D'UN COUP, D'UN SEUL

Elmore Leonard est né en octobre 1925 à La Nouvelle-Orléans. Il est licencié d'anglais et de philosophie. Pendant la seconde guerre mondiale, il sert dans la marine et en 1949 se marie une première fois. Il commence alors à travailler comme employé de bureau dans une agence de publicité. Entre 5 heures et 7 heures du matin, Elmore Leonard écrit avant d'aller travailler ! Il vend sa première nouvelle à une revue nommée *Argosy* (1951) et, tout en continuant à rédiger des annonces publicitaires, il écrit une trentaine de nouvelles et cinq romans dont deux pour le cinéma : tous des westerns, notamment *The Bounty Hunters* et *3 heures 10 pour Yuma*.

C'est en 1959, après avoir écrit *Hombre*, qu'Elmore Leonard quitte la publicité pour un travail en « free lance » consistant à réaliser des films documentaires pour l'*Encyclopaedia Britannica*. L'achat des droits de *Hombre*, en 1966, par la Fox, lui permet de s'adonner enfin pleinement à l'écriture. C'est ainsi qu'en 1966 il rédige son premier roman policier : *The Big Bounce*. Ce livre est vendu à la Warner Bros pour une adaptation cinématographique, avec Ryan O'Neal et Leigh Taylor Young.

Durant les quinze années qui suivent, Elmore Leonard écrit toujours des romans policiers qui sont presque tous vendus au cinéma (douze sur seize livres), les grands manitous des studios de Hollywood comprenant que ses livres, dont l'histoire est faite de scènes qui s'enchaînent rapidement avec de nombreux dialogues, ressemblent à des scénarios tout prêts...

Lent à se manifester, le succès se précise. Il se transforme en triomphe en 1984 quand Elmore Leonard remporte un Edgar (prix du meilleur roman policier, équivalant à notre Goncourt pour les romans) avec *La Brava*. Il sera même salué par *Newsweek* comme l'un des meilleurs écrivains américains vivants. Sa renommée s'internationalise et la France lui décerne le Grand Prix de littérature policière en 1986 pour *La Loi de la cité*. Il est actuellement l'auteur de vingt-cinq romans.

Elmore Leonard vit actuellement à Birmingham, non loin de Detroit, avec sa seconde femme Joan, qu'il a épousée en 1979. Il a cinq enfants.

Paru dans Le Livre de Poche :

LA LOI DE LA CITÉ.
UN DRÔLE DE PÈLERIN.
GOLD COAST.
LA BRAVA.
BANDITS.

ELMORE LEONARD

D'un coup, d'un seul

ROMAN

TRADUIT DE L'AMÉRICAIN
PAR FRANÇOISE BOUILLOT

ÉDITIONS DU MASQUE

pour Gregg Sutter

Titre original :
KILLSHOT

1

Blackbird se dit qu'il buvait trop à cause du *Silver Dollar*, juste en face de l'hôtel, au coin de la rue. Pas moyen de passer devant sans pousser la porte. Quand on arrivait par Spadina Avenue, et qu'on était aveuglé par les centaines d'ampoules de cette foutue enseigne du *Silver Dollar*, impossible de ne pas se laisser entraîner à prendre quelques verres, avant de remonter dans cette chambre au plafond comme une carte routière, avec toutes ses fissures. Ou alors, c'étaient les gens du *Silver Dollar*, à force de parler sans arrêt de l'équipe des Blue Jays, qui l'obligeaient à picoler. Il s'en tamponnait, des Blue Jays. Il se dit qu'il était temps de partir, de quitter pour de bon Toronto et le Waverley Hotel; après ça, il boirait moins, et il ne serait plus malade le matin. Ouais, s'en aller, suivre une des fissures du plafond, là-haut.

Le téléphone retentit. Il ne décrocha qu'au bout de plusieurs sonneries, comme s'il s'était agi d'un signe. Il aimait les signes. Blackbird dit « Oui? », et une voix qu'il reconnut lui demanda s'il voulait aller à Detroit voir un type dans un hôtel, vendredi matin. Ça ne lui prendrait pas plus de deux minutes.

Au moment où la voix prononça « De-troit », il pensa à sa grand-mère, qui habitait par là-bas, et se revit chez elle avec ses frères, quand ils étaient gamins. Il pensa : « C'est peut-être un signe. » La voix dit :

– Qu'est-ce que t'en penses, Chef?

– Combien?

– Pour Detroit, j'irai jusqu'à quinze mille.

Blackbird, allongé sur le dos, contemplait les fissures du

plafond, qui formaient des routes et des rivières. Les taches représentaient les lacs; de grands lacs.

– J' t'entends pas, Chef.

– Je me dis que t'es un peu court.

– D'accord, donne-moi un chiffre.

– Vingt-mille, ça ira.

– T'es bourré. Je te rappelle plus tard.

– Je suis en train de me dire que ce type, à l'hôtel, il est d'ici, non?

– Qu'est-ce que ça change?

– Tu veux dire, qu'est-ce que ça change pour *moi*. Toi, c'est quelqu'un que tu n'as pas envie de regarder en face.

– Tu sais quoi, Chef? dit la voix. Va te faire foutre. Je trouverai quelqu'un d'autre.

Ce type était un petit branleur, il ne savait pas parler autrement. Blackbird s'en foutait. Il savait comment ce mec et ses gars le voyaient : un métis un peu cinglé, un dur qui venait de Montréal, à qui ils refilaient les sales boulots. Si on acceptait les boulots, on acceptait aussi leur façon de vous parler. On pouvait répondre sur le même ton, quand ils avaient besoin de vous. On ne faisait pas de politesses, mais des affaires.

– Tu n'as pas quelqu'un d'autre. Tu m'appelles seulement quand tes mecs veulent pas le faire. C'est pour ça que je sais que le type de l'hôtel... c'est sans doute le vieux à qui vous baisez tous la main en rang d'oignons. Un qui a fait son temps, et qui n'aime pas vos façons de faire.

Il y eut un silence au bout du fil, puis la voix reprit :

– Laisse tomber. Tu m'as jamais eu au téléphone, vu?

– Moi, je lui ai jamais baisé la main, ni autre chose, d'ailleurs. Qu'est-ce que ça peut me faire?

– Alors, tu prends?

– Je réfléchis, dit Blackbird, le nez au plafond. Tu as une Cadillac, tu vois, la bleue...? (Le même bleu pâle que la maison de sa grand-mère, à Walpole Island) Elle a quoi, un an?

– Oui, à peu près.

Donc elle en avait deux, voire trois. Mais ça lui allait, elle avait l'air bien et elle était de la couleur qu'il voulait.

– D'accord, tu me la donnes, et marché conclu.

– En plus des vingt mille?

– Non, le fric, tu le gardes. Juste la voiture.

Ce mec allait dire à ses gars : « Je vous le disais, qu'il était cinglé. Vous pouvez lui refiler des cacahuètes, une montre

Mickey, n'importe quoi, et il est content ». Mais au téléphone, il dit :

– Si ça peut te faire plaisir, Chef...

La voix lui indiqua le nom de l'hôtel de Detroit et le numéro de la chambre, une suite au soixantième étage. La voix dit qu'il faudrait que ce soit fait le surlendemain vendredi, vers 9 heures et demie du matin, à quelques minutes près. Le vieux serait en train de s'habiller ou de lire les pages sportives, puisqu'il venait en ville pour le match des Jays contre les Tigers. Il n'aurait qu'à entrer et sortir.

– Je sais comment sortir. Mais pour entrer?

– Il y a une fille avec lui, celle qu'il voit quand il est là-bas. C'est convenu avec elle, elle te laissera entrer.

– Ah ouais? Et elle, qu'est-ce que j'en fais?

– Ce que tu fais d'habitude, Chef. (La voix était pleine de morgue, à présent, « non mais, écoutez-moi ça ».) Qu'est-ce que tu veux savoir, encore?

Blackbird raccrocha et se replongea dans la contemplation du plafond; il choisit une fissure qui pouvait être la Detroit River, au milieu de taches qu'il voyait comme les Grands Lacs. L'Ontario, le lac Erié, le lac Huron...

Il s'appelait Armand Degas, il était né à Montréal. Sa mère était une indienne Ojibwa, et son père, dont il n'avait aucun souvenir, un Canadien français. Ils étaient morts tous les deux. Pendant des années, il avait vécu et travaillé avec ses frères. Le plus jeune était mort, aujourd'hui, et l'aîné en prison jusqu'à la fin de ses jours. Armand Degas avait cinquante ans. Il avait passé la majeure partie de sa vie à Toronto, mais commençait à se demander s'il devait y rester. Bien sûr, il pouvait descendre au *Silver Dollar* et se sentir nettement mieux après quelques verres. Il y avait un paquet d'Ojibwas qui y traînaient. Il leur ressemblait peut-être, avec son corps lourd et son épaisse chevelure noire plaquée en arrière avec de la laque. Ils lui parlaient, mais il sentait bien qu'il leur faisait peur. Il y avait aussi de plus en plus de voyous dans ce bar, des cinglés avec des cheveux roses et verts; il n'aimait pas leur façon de l'appeler Blackbird, leur façon de prononcer son nom. Les Italiens, eux, l'appelaient Chef. Ils pouvaient bien l'appeler comme ils voulaient, ces guignols qui frimaient dans leurs costards de macs en parlant avec leurs mains. Ils pouvaient toujours dire qu'il bouffait au même râtelier qu'eux, il ne serait jamais des leurs. Quand le téléphone avait sonné, il était occupé à se demander pourquoi il buvait autant. Maintenant, tout en imaginant une jeune fille dans un hôtel de Detroit, il se dit qu'il buvait parce qu'il avait besoin de boire.

La fille serait jeune et très jolie. C'était ce genre-là qu'on trouvait pour le vieux. Elle aurait peur. Même s'ils lui avaient dit : « Tu ouvres la porte, c'est tout ce qu'on te demande », et s'ils lui avaient donné de l'argent, elle serait terrorisée. Il se demanda si le vieux s'en apercevrait. On ne faisait pas de vieux os, dans ce business, si on n'avait pas l'œil pour les signes. Il se demanda s'il devait mettre son complet : une fois boutonnée, la veste le serrait aux entournures. Il prendrait la Cadillac pour aller à Detroit... Il se remit à penser à sa grand-mère, et s'efforça de se la représenter aujourd'hui; elle était encore plus vieille que l'homme qu'il allait voir et qu'ils appelaient Papa. C'était un homme qui avait longtemps mené la barque à sa façon, mais pour qui c'était fini, aujourd'hui. Blackbird se vit devant la maison de sa grand-mère, dans sa Cadillac assortie, et sa grand-mère sur le seuil... Puis il eut de nouveau la vision d'une jeune fille terrifiée dans une chambre d'hôtel.

Mais quand la fille ouvrit la porte, elle n'avait pas l'air terrifié du tout. Agée d'environ dix-huit ans, elle était en peignoir et ses longs cheveux blonds tombant sur ses épaules lui donnaient l'air d'une petite fille. Sauf que son expression n'était pas celle d'une gamine. Elle l'examina de la tête aux pieds, tourna les talons et disparut dans la chambre à coucher tandis qu'il passait dans le séjour, où une table roulante supportait les restes d'un petit déjeuner. La porte de la chambre était ouverte. Il entendit la fille parler, cette jolie fille qui n'avait pas le genre auquel il s'attendait. Il jeta un coup d'œil dans la chambre, mais ne vit personne. Il se dirigea vers la grande baie vitrée, emplie d'un ciel couvert. A présent, il surplombait le Canada de deux cents mètres de hauteur. De l'autre côté du fleuve, l'Ontario; Toronto se trouvait à trois cents kilomètres de là. Pas droit devant, mais plus à l'est, là où la Detroit River devenait le lac St Clair. En continuant dans cette direction, on arrivait à Walpole Island. Il s'efforça de la distinguer au loin... Un bruit dans son dos le fit se retourner.

Le vieil homme qu'ils appelaient Papa était en train de se verser une tasse de café. Sa tête penchée laissait voir la raie bien droite qui séparait ses cheveux blancs. Cet homme toujours élégant, arborant des cols anglais, et bronzé à longueur d'année, ne portait qu'une serviette blanche qui lui ceignait les reins et la poitrine, et tranchait sur sa peau bronzée. Il était tout frêle et desséché, vieilli par le soleil. Un oiseau aurait pu se percher sur ses omoplates. Une douche se mit à couler derrière la porte de la chambre ouverte. La fille s'arrangeait pour les laisser seuls.

– Papa?

Le vieil homme leva les yeux, surpris, puis fronça les sourcils, la lumière dans les yeux. Il avait eu la même expression quand la commission fédérale enquêtant sur le syndicat du crime au Canada lui avait demandé comment il gagnait sa vie et qu'il avait répondu qu'il faisait dans les pepperoni, qu'il vendait aux boîtes qui faisaient de la pizza.

Il dit avec son accent prononcé et une note d'espoir :

– Vous avez quelque chose pour moi?

– De la part de votre gendre.

L'espoir du vieil homme s'évanouit : « Seigneur » dit-il d'un air las. Il baissa les yeux vers la table roulante, mais parut avoir oublié ce qu'il cherchait. Il releva la tête au bout d'un moment.

– Je l'avais dit à ma fille, épouse pas ce type, c'est un voyou. Mais elle a pas écouté. Je lui donne pas plus de six mois, et y aura un autre enterrement.

– Si vous voulez vous en débarrasser encore plus vite, vous me le dites.

Le vieil homme fronça de nouveau les sourcils et Blackbird ajouta :

– Vous ne savez pas qui je suis?

– Je ne vous vois pas, dit le vieux en contournant la table roulante, une main crispée sur sa serviette et l'autre frôlant le rebord de la table. (Il avait l'air si fragile, avec ses os saillants, ses yeux las et chassieux.) Si, bien sûr.

Il parut hausser les épaules et s'approcha de la fenêtre.

Blackbird regarda le vieil homme contempler l'Ontario qui s'étirait au-delà de la ville jusqu'à l'horizon.

– Vous connaissez Walpole Island, Papa? (Blackbird pointa un doigt en amont.) C'est là-bas, de l'autre côté, sur la rive canadienne. Les gros cargos remontent par là de la St Clair River au lac Huron, ils vont jusqu'au lac Supérieur, font un peu de cabotage et reviennent par la même route, jusqu'à la période des glaces. Walpole Island, c'est une réserve indienne où vit ma grand-mère.

Le vieil homme prit son temps pour lever les yeux vers lui, sans hâte ni impatience, faisant durer ces instants.

– Elle est Ojibwa, comme moi. Et vous savez quoi? C'est une sorcière. Une fois, elle a voulu me changer en hibou, mais je lui ai dit : « Je veux pas être un hibou, je veux être un corbeau. » Voilà d'où ça vient, mon nom de « Blackbird » : mes frères me l'ont donné quand on était gamins et qu'on allait la voir.

Le vieil homme demeura le regard perdu au loin, perdu dans ses pensées.

– Vous vous souvenez de nous, les frères Degas? Un mort, abattu par la police en travaillant pour vous. Un autre à Kingston, qui tire une peine à vie pour vous. Vous m'écoutez, Papa? Et maintenant, me voilà.

– Elle peut vraiment faire ça? demanda le vieil homme. Vous changer en hibou?

– Oui, si elle veut. Vous savez, quand on était gosses, on allait là-bas, on avait une 22 long rifle, et on allait chasser le rat musqué dans les marais. Seulement, on n'en trouvait presque jamais, alors en rentrant à la maison, on tirait sur tout ce qui bougeait, chats, chiens, oiseaux. Bon Dieu, les gens étaient furieux, mais ils osaient rien dire. Vous savez pourquoi? Ils avaient peur que la grand-mère les change en Dieu sait quoi.

Le vieux écoutait.

– Les changer en quelque chose qu'ils ne veulent pas être, dit-il. Comment elle fait ça?

– Elle tape sur son tambour et elle chante en Ojibwa, alors je ne sais pas ce qu'elle dit. Imaginez une journée sans un souffle d'air, où on ne voit même pas les arbres bouger. Elle bat du tambour, se met à chanter, et brusquement un vent passe sous la porte et ranime le feu dans la cheminée. Si elle veut, elle peut mettre le feu à une maison, comme ça. Ou si vous lui faites quelque chose qui lui déplaît, elle peut obliger un oiseau à chier sur votre voiture. C'est avec les mouettes qu'elle réussit le mieux. Une mouette passe, elle bat du tambour, désigne votre voiture. Celle-là, là. Et la mouette chie sur le capot ou le pare-brise. Elle peut en faire venir une nuée entière, comme ça. Là, je vais lui rendre visite. On prend le ferry à Algonac. Walpole Island est à moins d'un kilomètre de la rive américaine.

Le vieil homme hocha la tête, songeur.

– J'aurais bien besoin d'une femme comme ça, remarqua-t-il. Pour qu'elle me change en geai bleu. (Il sourit, découvrant des dents parfaites.) Ces bon dieu de Jays, ils vont arriver en finale, cette année. Je vous le parie à cinq contre trois, et contre n'importe qui. On y va ce soir, les voir battre les Tigers. (Il fit une pause, leva ses yeux las.) Non... je vais aller enfiler un peignoir... non, je crois que je préfère être habillé. Ça vous ennuie pas?

– Comme vous voulez.

Le vieux se dirigea vers la salle de bains en disant :

– Mon putain de gendre... Je l'ai jamais aimé, ce type-là.

Blackbird lui laissa le temps. Il s'approcha de la table roulante et se versa du café; il était à peine tiède. Il mangea un croissant et deux tranches de bacon froid que la fille avait commandées et laissées dans son assiette. Elle s'en foutait, c'était pas elle qui raquait. Elle avait grignoté un petit bout de chaque toast. On entendait la douche à côté. Une bouteille de Coca était posée sur la table, avec un verre à moitié plein. Elle pouvait gaspiller, c'était pas son problème.

Il faisait chaud dans la pièce et il avait trop chaud dans son costume de laine noir, doublé, qu'il portait avec une chemise blanche et une cravate bleu-vert ornée de petits poissons verts. Le Browning 380 automatique coincé dans sa ceinture lui rentrait dans la colonne vertébrale. Ce fut un soulagement de le sortir de là. Blackbird manœuvra la culasse pour faire monter une balle dans le canon. Le pistolet était prêt à tirer, et lui pensait l'être aussi. Mais maintenant, son pantalon flottait un peu, et il prit le temps de bien rentrer sa chemise, de rajuster sa cravate et de boutonner son veston avant d'entrer dans la pièce. Il avait besoin de se sentir présentable, uniquement pour lui, car personne ne se soucierait de son aspect, personne ne remarquerait que son complet était trop étroit et qu'il avait besoin d'un coup de fer. Le vieux s'en fichait.

Le vieux n'allait même pas le voir, d'ailleurs. Il était allongé sur le lit défait, en chemise blanche et pantalon marron, chaussures et chaussettes assorties, les mains jointes sur la poitrine, les yeux clos.

La douche coulait toujours dans la salle de bains, et la porte de la chambre était entrouverte.

Blackbird remonta le drap, jusqu'à recouvrir le visage du vieil homme. Il ne voyait plus maintenant que son profil en silhouette, et le drap qui se soulevait au rythme de sa respiration, aspiré à chaque fois par sa bouche. C'est contre celle-ci que Blackbird pointa son Browning et tira. Une seule fois. Le bruit emplit la pièce. On l'entendit peut-être de l'autre côté du mur, dans la chambre voisine; peut-être pas. Ç'avait été très soudain. Si quelqu'un s'était arrêté pour se demander ce que c'était, il n'y avait plus rien d'autre à entendre. Rien que le bruit de l'eau coulant dans la salle de bains.

Quand il tira le rideau de la douche, la fille aux longs cheveux blonds, le visage et le corps luisant d'eau, le regarda et dit :

– Vous avez terminé?

– Pas encore, dit Blackbird en levant son arme, et il vit enfin la fille changer d'expression.

La dernière fois qu'il était venu à Walpole Island, c'était neuf ans plus tôt, avec ses deux frères. Ils avaient fini un boulot pour les Italiens à Sarnia et étaient passés par Wallaceburg en traversant le pont. De ce côté-là, on n'avait pas l'impression d'aborder sur une île.

Cette fois, il arrivait d'Algonac, dans le Michigan, du côté américain. Il descendit la Cadillac du ferry qui ne pouvait passer que neuf voitures et s'arrêta le temps d'expliquer au douanier qu'il habitait là quand il était enfant et qu'il revenait voir sa famille. Il emprunta la route qui longeait la rive sud du détroit où lui et ses frères avaient l'habitude de jeter des pierres aux cargos qui passaient. Ils leur paraissaient si proches, ces convoyeurs de minerai qui glissaient en silence, éternellement... C'était pendant l'été, quand leur mère les expédiait là en vacances. Une fois, ils avaient traversé le détroit à la nage en direction de Harsens Island, du côté américain : ça ne faisait guère plus de trois cents mètres, mais son frère, celui qui purgeait à présent une peine à vie à Kingston, avait failli se noyer.

Ses frères et lui n'étaient plus revenus qu'à l'âge adulte, parce qu'ils n'étaient pas loin, à Sarnia. Ils étaient restés le temps de repeindre la maison bleue et de réparer les fuites du toit. La maison, humide et qui sentait mauvais, était pleine de souris que les frères Degas avaient attrapées à l'aide de pièges enduits de glu achetés à l'Alimentation Générale d'Algonac. Les frères avaient sorti les souris, pattes et quelquefois même museau pris au piège dans la substance collante, puis avaient fait des cartons dessus avec leurs gros calibres. *Bang*, plus de souris; envolées. Et les frères Degas s'étaient regardés en rigolant, comme quand ils étaient gamins et tiraient sur tous les chiens et les chats du quartier. La grand-mère, qui se faisait vieille, les avait regardés, mais sans rien dire ni user d'aucune magie.

Cette fois-ci, quand il arriva, la maison lui sembla plus profondément perdue dans les bois. Sa peinture bleue passée s'écaillait, ses jalousies de contreplaqué étaient baissées et la cour envahie de mauvaises herbes.

La femme de l'Alimentation Générale, en face du quai du ferry, lui apprit que oui, la grand-mère était au cimetière, ils l'avaient enterrée l'hiver dernier. Elle ajouta que le Bureau des Affaires Indiennes ne savait pas quoi faire de la maison et des meubles, toutes les possessions de la grand-mère. Armand Degas lui dit qu'il allait s'en occuper et tourna les talons. Il n'avait pas envie de parler à cette femme dans le tapage des gamins agglutinés autour des jeux vidéo, *Mur de briques* ou *Donjons & Dragons*. Il y avait d'autres gens, aussi. Des amateurs de chasse au canard qui achetaient des barres de céréales et des chips en faisant beaucoup de bruit. Leurs voitures, immatriculées dans le Michigan, étaient garées devant la porte. Là, les guides de Walpole, qui attendaient en tirant sur leurs cigarettes, s'étaient arrêtés de parler quand Armand était passé devant eux. Ils savaient qui il était.

Les chasseurs de canards, avec leurs tenues de camouflage et leurs bottes bicolores, toujours aussi bruyants, finirent par se diriger vers la porte, et Armand aperçut dans le fond du magasin un type qu'il connaissait.

Lionel quelque chose. Il revenait de la vitrine réfrigérée avec deux boîtes de Pepsi. Mais oui, Lionel, le boiteux. C'était un gamin quand les frères Degas venaient autrefois. Ils lui avaient fichu une raclée la première fois qu'ils l'avaient rencontré; mais Lionel les avait menacés avec un serpent vivant et ils étaient devenus amis. Neuf ans auparavant, ils l'avaient revu à *Sans Souci,* au bar de Harsens Island où les Indiens allaient se soûler, et cette fois-là, il marchait avec une canne. Ils avaient pris quelques bières ensemble, et il leur avait raconté qu'il était tombé d'un immeuble, « dans le trou », comme il disait. Il travaillait dans la charpente métallique, à cette époque. Lionel Adam, voilà, c'était ça. Il boitait toujours, avec sa patte folle, mais il n'avait plus de canne, aujourd'hui. Il tendit les Pepsi à un type appuyé au comptoir où on vendait de l'artisanat indien.

Le type, mince, mais fort, était plus grand que Lionel, sans doute plus jeune, avec des cheveux clairs. Ce n'était pas un Indien. Il se redressa, se tourna pour prendre le Pepsi des mains de Lionel, et Armand vit une inscription sur le dos de son blouson bleu, en lettres blanches qui proclamaient : LES CHARPENTIERS, et en dessous, en lettres plus petites, FORCE DE L'AMÉRIQUE. Un ancien pote de travail de Lionel, sans doute.

Armand alla se chercher un Pepsi, qu'il ouvrit en se rapprochant de Lionel et de son copain, et tout en regardant une affiche qui annonçait : BINGO CE SOIR au Centre sportif et BOISSONS FRAÎCHES À EMPORTER. Lionel ne paraissait pas l'avoir remarqué. Les deux hommes parlaient de chasse au cerf.

Ça faisait bizarre, ce type qui construisait des gratte-ciel en train d'assurer à l'Indien qu'il allait se débrouiller pour lui ramener un beau cerf à suspendre devant son tepee; et puis aussi qu'il avait acheté un bloc de sel comme appât pour le poser dans les bois. Lionel, lui, dit qu'ils devraient prendre un bain de vapeur et ne pas manger de viande pendant une semaine, parce qu'un cerf était capable de renifler un hamburger à un kilomètre et de savoir s'il était à la moutarde ou au ketchup. Le gars dans la charpente métallique dit que le truc, c'était de prendre son temps, bien sentir le cerf, penser comme lui, et alors on faisait mouche à tous les coups.

– Imagine que t'es un grand mâle, dit Lionel, avec des tas d'andouillers.

– Un seize cors, ajouta le type.

– Et quand tu vois une biche en train de te remuer sa queue devant le nez, tu te demandes si tu dois tirer dessus ou la sauter.

– Ou les deux, et la manger après. Moi, je remplis le congélateur en novembre, et en mai, il n'y a plus rien.

Ils s'acheminèrent vers la sortie, et Lionel dit qu'ils pouvaient se retrouver le lendemain vers 4 heures. Armand se dirigea vers la devanture, son Pepsi à la main, et les vit à travers la vitre, à côté d'un pick-up truck marron, un Dodge. Quand le grand blond fit une marche arrière et prit la direction de l'embarcadère, Armand distingua une boîte à outils sur la plate-forme et une plaque d'immatriculation du Michigan. Il attendit que Lionel revienne dans le magasin, mais celui-ci passa devant la vitrine et s'éloigna en boitant. Il dut lui courir après.

– Hé, qu'est-ce que tu as fait de ta canne?

Lionel s'arrêta derrière la Cadillac bleue d'Armand et se retourna.

– Je me suis demandé si c'était bien toi, dit-il d'un ton éteint, très différent de celui qu'il avait eu en parlant avec l'autre type. Tu vas au Bureau des Affaires indiennes?

– Pour quoi faire?

– Pour ta grand-mère. On a essayé de mettre la main sur un parent, quelqu'un, pour savoir ce qu'il fallait faire de la maison.

– Je ne sais pas, dit Armand. J'ai pensé que je pourrais peut-être l'arranger.

Son regard se perdit dans les arbres qui bordaient la route, puis glissa jusqu'à la pointe de Russell Island, où le chenal rejoignait la St Clair River. Il y avait des mouettes là-bas, comme de petits points sur le ciel de l'après-midi. Lionel était en train de lui dire qu'il pouvait très bien vendre la maison en l'état. Pourquoi aller y dépenser de l'argent?

– Non, je veux dire l'arranger pour y vivre, dit Armand en tournant la tête pour voir la route qui longeait le fleuve.

Pas de maisons, rien que des arbres aux couleurs d'automne. Il n'y avait que des bois et des marais, sur cette île, et quelques champs de maïs. Il ne se voyait pas rester plus de quelques semaines. Pourtant, il voulait entendre Lionel lui dire bien sûr, quelle bonne idée, viens donc vivre avec nous.

Mais Lionel dit :

– Qu'est-ce que tu ferais ici? Un type comme toi, habitué à vivre à la ville. Dans cette baraque, il y a rien d'autre qu'un poêle à bois.

Le regard d'Armand revint à Lionel, avec sa chemise de laine, ses jeans et ses bottes de caoutchouc. Lionel toujours à demi détourné, comme s'il avait hâte d'en finir avec cette conversation.

– Tu fais quoi? dit Armand. Guide pour les friqués qui viennent chasser le canard de l'autre côté de la frontière? Moi aussi, je pourrais être guide. Je sais tirer. Et attraper des rats musqués en hiver.

Il voulait que Lionel dise « Bien sûr, pourquoi pas? »

– C'est au printemps qu'on les prend, en mettant le feu au

marais, dit Lionel. Et puis on se salit drôlement, on en sort dégueulasses. T'as un beau costume... Ça te plairait pas.

Armand regarda Lionel déplacer son poids d'une jambe sur l'autre, avec précaution, comme s'il en souffrait.

– T'as travaillé combien de temps, dans la charpente métallique?

Lionel haussa les épaules.

– Dix ans.

– Et maintenant tu travailles pour ces friqués qui viennent chasser et que tout fait marrer ici. Tu vis ici, mais tu es obligé de traverser le fleuve pour pouvoir aller te soûler dans un bar. Ou bien tu restes, tu joues au bingo, et tu vas chercher à boire au bazar. Et moi, je pourrais pas vivre ici? C'est ça que t'es en train de me dire?

Lionel le fixa avec l'air de chercher le courage de répondre et Armand, lui, détourna le regard, pour lui donner le temps, suivant des yeux le ferry en route pour Algonac, Michigan. Un autre monde. La voix de Lionel s'éleva :

– Il n'y a pas de vie pour toi, ici. Il n'y a rien pour toi.

Armand eut envie de demander, « Alors, dis-moi où il y a quelque chose pour moi », mais il se borna à dire :

– T'es déjà monté dans une Cadillac? Viens, on va aller se boire un verre.

– Vas-y, toi, dit Lionel. Moi, je rentre à la maison.

Il se dirigea vers sa camionnette en boitant, et Armand resta planté là, dans son costume, près de sa Cadillac bleue.

2

Richie Nix acheta chez *Henry's*, le restaurant d'Algonac, un tee-shirt sur lequel il était écrit : ÊTRE BIEN, C'EST BIEN. Il se changea dans les toilettes, ôta son vieux tee-shirt, qu'il jeta, et enfila le nouveau en se regardant dans la glace, mais se retrouva à ne plus savoir quoi faire de son revolver. S'il mettait sa veste en jean pour dissimuler le 38 nickelé coincé dans la ceinture de son jean, on ne voyait plus l'inscription sur le tee-shirt. Il finit par envelopper l'arme dans sa veste, qu'il garda à la main pour pénétrer dans le restaurant.

Un panneau de bois sculpté affirmant : ÊTRE BIEN, C'EST BIEN, ornait le mur de pin massif de la grande salle, après le salad bar. C'était la devise du restaurant depuis un demi-siècle. La plupart des clients de chez *Henry's* demandaient une table près des baies vitrées pour dîner en regardant passer sur le fleuve les cargos et les barges de minerai. Richie Nix choisit une table en retrait d'où on les voyait aussi, mais il était ce soir beaucoup plus intéressé par le parking du restaurant. Il avait besoin d'une voiture pour une affaire qu'il était en train de mettre au point.

La serveuse lui apporta une bière. Il leva les yeux en portant la canette à ses lèvres, et voilà justement que passait un de ces énormes transporteurs qui faisaient des kilomètres de long, qui passait du fleuve dans le chenal. Richie sourit. C'était super, cette impression de voir le bateau traverser la forêt. Une fois passé la mince bande de terre formant la pointe de Russell Island, on le voyait glisser à travers les arbres, mais sans distinguer le fleuve. Il allait peut-être jusqu'à Ford Rouge, ou dans l'une des aciéries en aval de Detroit.

Depuis quelques semaines, Richie était avec une femme qu'il

avait connue deux ans plus tôt à Huron Valley, quand il tirait son temps là-bas; c'était une fonctionnaire assermentée, chargée de l'intendance dans les pénitenciers. Elle s'appelait Donna, Donna Mulry. Elle avait été mise à la retraite d'office après vingt-cinq ans de bons et loyaux services, et n'appréciait pas la façon dont on l'avait traitée. Richie Nix pensait qu'elle ne devait pas avoir loin de cinquante ans, elle était assez vieille pour être sa mère adoptive (il n'avait jamais connu la vraie), mais c'était une petite chose bien roulée, avec un cul un peu gros par rapport à sa taille, mais pas trop moche. Donna s'était retirée à Marine City, la ville la plus proche en amont, et passait quatre heures par jour à conduire le car scolaire de la communauté chinoise. Elle rentrait le soir prête à jouer au Yahtzee, qu'elle adorait, ou à regarder la télé en prenant quelques verres. Donna avait fait découvrir à Richie son cocktail favori, Southern Comfort et Seven-Up. C'était plutôt pas mal. Après ça, comme elle n'avait jamais appris à cuisiner pour moins de douze cents personnes à la fois, elle lui demandait quelle variété de soupe Campbell et de plat surgelé gastronomique il voulait pour le dîner. Elle portait des lunettes pailletées en forme de papillon et faisait boucler ses cheveux oranges, tout ça pour avoir l'air jeune et sexy pour lui. Elle passait son temps à s'occuper de lui. Il s'était laissé percer l'oreille pour y passer un petit diamant. Il l'avait laissée lui laver les cheveux avec un conditionneur spécial pour les dégraisser et leur rendre leur soyeux naturel, mais refusé de se les laisser couper. Avec les cheveux longs, on avait l'impression de pouvoir faire ce qu'on voulait. Les cheveux courts, c'était ce qu'on récoltait en arrivant en prison. Elle lui disait :

– Chéri, tu veux pas te faire beau pour ta Donna?

Richie savait qu'il pouvait faire mieux que Donna et ses surgelés. Il était gentil avec elle parce qu'elle l'avait été avec lui en taule. Autrement, elle était pas de sa classe. Bon Dieu, lui dont les activités remplissaient au fichier central de la police un listing informatique aussi grand que lui – un mètre quatre-vingt-trois dans ses Santiags, avec trois semelles à l'intérieur. Son ambition, c'était de dévaliser une banque de chaque Etat de l'Union – ou peut-être quarante-neuf seulement, et merde pour l'Alaska – ça, ce serait sûrement un record, et il serait dans le Guiness, comme recordman des casseurs de banque pour les Etats-Unis d'Amérique. Il lui restait trente-sept Etats, mais il était jeune et bien portant.

Pour le moment, Richie réfléchissait au coup sur lequel il était branché. Rien à voir avec un hold-up. C'était nettement plus classe, et ça demandait de la réflexion.

En attendant, il occupait ses loisirs à boire du Southern Comfort au Seven Up, à regarder la télé en se laissant papouiller par Donna et à l'écouter lui raconter comment, après des années d'un dévouement sans bornes, l'administration pénitentiaire l'avait traitée comme de la merde. Pour Richie, quand on aimait les taules, c'est qu'on aimait vivre avec des bronzés, parce que ça revenait à ça. Il en savait quelque chose. La première taule où on l'avait envoyé, la maison de redressement du Wayne County, il s'était retrouvé au Bloc cinq avec vingt mecs, tous de couleur. En Géorgie, quand il avait tiré trois ans et demi à Reidsville pour tentative de vol et d'enlèvement : toute la journée avec eux dans les champs de petits pois, plié en deux à longueur de temps. Bon Dieu, il s'était qualifié pour une visite des plus célèbres prisons du Sud – Huntsville, Angola, Parchman et Raiford –, plus pleines de bronzés les unes que les autres, mais avait finalement eu le pot de n'être condamné qu'en Géorgie. Bon, d'accord, les deux ans au pénitencier fédéral de Terre Haute, ils étaient presque tous blancs. Mais après, il avait été transféré à Huron Valley, et allez donc, retour chez les bronzés. Comment est-ce qu'elle pouvait aimer vivre avec des mecs, blancs ou pas, qui vous défonçaient la gueule pour la moindre connerie? Elle affirmait :

– Les femmes sont un bien dans les prisons. Elles ont un effet apaisant sur les détenus, et leur donnent l'impression d'une vie plus normale.

– Mon cul, Donna! disait Richie.

Et puis il se fatiguait de rester affalé sur le canapé et allait faire un tour dans la minuscule Honda de Donna; il prenait le ferry jusqu'à Harsens Island et restait pensif devant toutes ces maisons d'été vides aux volets fermés. Il faisait halte au bar de l'île où des retraités en chemises écossaises venaient passer le temps en buvant de la bière. C'était déprimant. Donna lui disait de se tenir à l'écart du bar de *Sans Souci;* les Indiens de Walpole Island venaient se soûler là et ça tournait souvent mal. Ah ouais, vraiment? Richie y était allé un soir. Il avait passé une heure à regarder de travers plusieurs mecs, et pas un n'avait bougé. Merde, les Indiens, c'était de la petite bière.

Dans un bar de bronzés, y avait qu'à regarder un mec de travers pour se retrouver à l'hôpital.

Le coup sur lequel il était branché lui était tombé un peu par hasard. Un soir qu'il s'emmerdait à écouter les histoires de Donna en regardant la télé, il s'était éclipsé pour aller braquer un magasin ou une station-service, mais tous ceux qui avaient l'air bien étaient fermés. Alors il s'était introduit dans une grande maison plongée dans l'obscurité, à Anchor Bay. Il s'était mis à visiter les chambres, et merde, la maison était vide. Il n'avait pas remarqué le panneau À VENDRE dans le jardin. Ça l'avait tellement foutu en rogne qu'il avait arraché les fils électriques, pissé sur la moquette, bouché l'évier et ouvert les robinets en grand; il se demandait ce qu'il pourrait trouver d'autre – fracasser toutes les vitres, par exemple – quand il lui était venu une idée. Il était resté quelques minutes immobile dans le noir à réfléchir, puis était sorti et avait noté le nom et le téléphone inscrits sur le panneau À VENDRE.

Nelson Davies Immobilier.

Richie avait vu les enseignes vert et or de la compagnie dans toute la région d'Anchor Bay, depuis Mount Clemens jusqu'à Algonac, et il avait entendu leurs pubs radio dans la voiture : un effet sonore imitant le sifflement d'un coup de vent, puis une voix : « Et voilà! Encore une vente de Nelson Davies Immobilier! » Il se souvenait vaguement qu'ils avaient un nouveau lotissement en vente, une trentaine de coquettes petites maisons bâties sur un bout de marais du nom de Wildwood.

Quelques jours plus tard, à l'heure où Donna était partie conduire son car scolaire, Richie avait appelé Nelson Davies, et eu une voix joviale au bout du fil, à laquelle il avait dit :

– Les maisons de Wildwood, elles partent vite, hein?

Et comment, qu'elles partaient comme des petits pains, lui dit Nelson Davies, qui s'était employé à lui expliquer pourquoi, jusqu'à ce que Richie lui coupe le sifflet :

– Je parie qu'elles partiraient encore plus vite si elles prenaient feu, non?

Plus du tout jovial, Nelson Davies avait demandé à qui il avait affaire.

– Les accidents dans une maison vide, ça arrive, pas vrai?

Nelson Davies insistait pour savoir qui il était.

– J'ai appris que vous en aviez déjà une salement amochée, avait dit Richie. Des choses comme ça, ça peut arriver n'importe quand. Si vous appelez la police, elle gardera un œil dessus pendant un moment, mais pas jusqu'au dégel. Si elle se fatigue et qu'elle laisse tomber, ça peut recommencer, s'pas? Ou alors vous payez pour empêcher que ça arrive, un peu comme une assurance. Vous préparez 10 000 dollars en liquide et je passe les prendre un de ces jours. Si vous ne les avez pas quand je passe, vous êtes mort. Si je vois la police tourner autour de ce lotissement, vous êtes mort aussi. Compris? Et tâchez d'être prêt, parce que vous savez pas à quel moment je vais m'amener, et vous savez pas non plus à quoi je ressemble. (Il fit une pause pour réfléchir à ce qu'il venait de dire. Ça avait l'air de se tenir.) Je vais vous dire encore un truc. Vous vous souvenez d'un type qui travaillait dans une station-service de Port Huron, qui a été tué l'année dernière pendant un hold-up? Pas l'été dernier, celui d'avant?

L'agent immobilier n'en était pas sûr, il avait peut-être lu quelque chose là-dessus quelque part.

– Eh bien, c'était moi. Le type avait un gros paquet de fric dans sa poche. Je le savais, je l'avais vu, mais il voulait pas le sortir. Je lui ai fait : « Ecoute, t'as trois secondes. » Le temps qu'il se décide, j'avais compté jusqu'à trois, c'était trop tard. Alors je lui ai éclaté la tête. Vous pigez? J'hésiterai pas à vous en faire autant si vous essayez de me causer des ennuis. Ou si je vois que votre bureau est bourré de flics déguisés en agents immobiliers. Bon dieu, je sais reconnaître un flic quand j'en vois un. J'ai qu'à le regarder dans les yeux. Vous, vous pouvez pas me reconnaître au milieu de tous les types qui viennent acheter une maison, mais moi je saurai qui y a dans votre bureau, si jamais c'est des flics. Si j'en vois un, je ferai rien sur le moment, mais plus tard, n'importe quand. Mettons que vous sortiez de chez vous pour aller au boulot, je peux vous flinguer avec un fusil à lunette. Vous voyez le tableau? Vous avez aucun moyen de m'entuber. Alors 10 000 dollars quand je passe, ou vous êtes un agent immobilier mort.

C'était comme ça qu'il avait mis les choses au point, quatre jours plus tôt.

Le type devait avoir réuni la somme, à l'heure qu'il était. Richard avait inclus les 10 000 dollars dans son estimation de ce qu'il pouvait se faire en braquant une banque dans chaque Etat de l'Union, à peu près un demi-million de dollars, sans compter l'Alaska. Sauf qu'en braquant une banque tout seul, on avait juste le temps d'assommer un caissier, et à ce jour, le plus gros butin de sa carrière s'était monté à 2 720 dollars dans une banque de l'Ohio. L'autre différence sur ce coup-ci, à part le montant, c'est qu'il fallait jouer un rôle, et entrer dans ce bureau habillé comme un type qui peut se payer une maison. L'autre jour, il avait fauché chez Sears une veste de sport grise à chevrons. Les manches étaient bien un peu longues, mais dans l'ensemble ça allait. Excitée comme une puce, Donna lui avait acheté des chemises et des cravates, pensant qu'il voulait s'habiller pour chercher du boulot.

Il était donc là, assis chez *Henry's*, en train de boire sa bière et de se demander s'il pouvait y aller dans une tenue un peu plus relax, et mettre son tee-shirt ÊTRE BIEN, C'EST BIEN sous sa veste. Mais il réfléchissait surtout au moyen de se procurer une voiture pour le lendemain. Il ne pouvait pas prendre celle de Donna. Une fois sorti de l'agence immobilière, il se barrait. D'abord, si quelqu'un relevait le numéro d'immatriculation, ils pourraient remonter jusqu'à lui par son intermédiaire. Et puis, s'il prenait la voiture de Miss Pénitencier, elle le livrerait aux flics parce qu'il l'avait plaquée. Il fallait donc qu'il en vole une. A la nuit tombée, il irait sur le parking voir si un imbécile n'aurait pas laissé ses clés dans sa voiture. Les gens faisaient ça, ceux qui avaient de gros trousseaux de clés qu'ils n'avaient pas envie de trimballer avec eux, et qu'ils fourraient sous leur siège. Sinon, comme il n'avait pas d'outil pour forcer le démarreur, il lui faudrait attendre que des gens aient fini de dîner pour monter avec eux, ce qui supposait de les emmener faire une petite balade sans retour dans la campagne. Mais merde, tant pis, s'il n'y avait pas moyen de faire autrement. Comme ça, au moins, il pourrait choisir sa caisse.

Il vit une Cadillac 86 s'arrêter sur le parking. Bleu pâle, immatriculée dans l'Ontario, elle lui plut tout de suite. Un type en sortit, petit et râblé, les cheveux plaqués en arrière, ajustant sa veste. Bon Dieu, il préparait son entrée! Richie attendit. Le type entra, et la serveuse le guida vers une table près de la baie. Merde, il avait l'air d'un Indien. Ça devait être jour de paie et il s'était mis sur son trente et un, costume cravate et tout le tremblement, pour venir dîner.

La voiture plaisait à Richie, et le type lui plaisait aussi, de plus en plus, assis là tout seul, commandant un verre après l'autre, et continuant à boire en mangeant, tandis que dehors l'obscurité tombait sur le fleuve et les arbres. Le type regardait passer les lumières d'un cargo, ou levait les yeux vers Walpole

Island, où il habitait sans doute – il n'y avait qu'à le regarder. Il devait avoir un bon petit boulot à la raffinerie de pétrole, il avait reçu sa paye et il venait la dépenser ici, seul Indien de tout le restaurant. ÊTRE BIEN, C'EST BIEN, se dit Richie en surveillant le type et en se mettant en condition pour ce qu'il se préparait à faire. Mais j'ai une surprise pour toi, mon pote...

Armand buvait des doubles Canadian Club, des vrais. Il se disait que c'était pour garder l'esprit clair dans la discussion qu'il avait avec lui-même et pour les décisions qu'il prenait.

Pourquoi voudrais-tu vivre ici? se demanda-t-il. Réponse : Je ne veux pas. Pourquoi voudrais-tu que Lionel ou un autre ait envie de te voir vivre ici? Là, c'était plus difficile. Il prit une gorgée de whisky : Je ne veux pas. Je me fous de vivre ici ou de ne jamais y revenir. Il le savait, mais il avait besoin de se l'entendre dire. Il n'était plus Ojibwa, il ne s'appelait plus Blackbird. Il savait cela aussi. Qu'est-ce qu'il y perdait? Rien. On ne peut pas perdre ce qu'on ne sait pas qu'on a. Qu'est-ce que ça lui rapportait, d'être Ojibwa? Il contempla les feux d'un convoi surchargé qui glissait entre les arbres. Apprendre la magie et pouvoir se changer en un putain de lion, mec, ou en ce que tu veux. Demain, ce bateau passerait devant Toronto, puis Kingston, et il imagina son frère en train de le regarder par la fenêtre de sa prison. Armand n'avait jamais rendu visite à son frère; il ne savait pas si on voyait le lac ou le Saint-Laurent, de la prison; mais le bateau l'avait fait penser à lui et à leur vie tout entière, à commencer par l'époque où ils étaient de jeunes petits durs qui aimaient faire peur aux gens. Il fit signe à la serveuse en levant son verre, et regarda les dîneurs. Personne n'était seul, personne n'avait peur de lui. Il n'y avait qu'*un* autre type seul là-bas, un type aux cheveux longs qui le fixait et qui roulait des mécaniques, à voir sa façon de poser ses bras nus sur la table. Celui-là aurait été à l'aise au *Silver Dollar,* avec son tee-shirt. « Il essaie de te dire quelque chose », pensa Armand, qui se détourna vers le fleuve et contempla son propre reflet dans la vitre. Ce que le type voulait lui dire ne l'intéressait pas. C'était un petit voyou. Le bateau était passé, il avait franchi le chenal et traversait les marais, si appréciés des friqués de Detroit qui venaient chasser le canard. Il pourrait repartir par-là, ce soir, rouler vers le sud pendant deux mille kilomètres et passer l'hiver en Floride. Il y avait des Italiens là-bas s'il avait besoin de boulot. Aucun problème pour trouver du travail. Il songea au même instant : « Tu ne t'es pas débarrassé du flingue ». Trop pressé de revoir sa grand-mère. Il avait gardé l'arme sous son siège quand il avait franchi le tunnel qui reliait Windsor à Detroit : le douanier à qui il avait dit qu'il venait voir sa famille lui avait fait signe de passer. S'il avait voulu fouiller la voiture pour une raison quelconque et avait trouvé l'arme, ça l'aurait ennuyé, bien sûr. Mais la voiture était encore au nom du gendre et l'arme au nom de personne. Le Browning qui avait servi deux fois. Jette-le dans le fleuve en partant. Il avait décidé de faire ça. Mais il prit son temps, but encore deux verres avec son brochet pané, et mangea son poisson, ses frites et sa salade jusqu'à la dernière bouchée. C'était bon et il se sentait bien en sortant du restaurant; il jeta un œil à la table du petit voyou, mais celui-ci avait disparu.

Il était dehors, à côté de la Cadillac; il avait passé une veste sur son tee-shirt imprimé. Armand pensa qu'il devait l'attendre pour lui sortir des conneries sur les Indiens, bien qu'il n'ait pas le genre à ça : trop gringalet. Le type dit avec un grand sourire :

– Je cherche une voiture.

– Bonne chance.

– Ah non, toi, tu réponds : « Vous allez où? » Et moi, je dis : « Où je veux. » Regarde.

Il écarta le pan de sa veste pour montrer la crosse d'un revolver émergeant de son pantalon. Une crosse de bois et un canon nickelé, un truc qu'Armand identifia comme un 38 Spécial Smith & Wesson. Il vit le flingue en même temps que les mots ÊTRE BIEN, C'EST BIEN, imprimés sur le tee-shirt. Le type était plus vieux qu'il ne l'aurait cru, dans les trente ans, avec un regard qui disait : « J' suis un dur », et un diamant dans l'oreille : autant de preuves qu'il n'était qu'un petit voyou. Armand passa devant lui pour monter dans la voiture et l'autre se dirigea vers la portière du passager.

Quand ils furent installés tous les deux et qu'Armand le regarda de nouveau, le type avait baissé le joujou sur sa cuisse. C'était un Smith & Wesson modèle 27 avec un canon de dix centimètres. Armand en avait eu un comme ça : une bonne arme, qu'il aimait bien. Le type la tenait avec la main posée sur l'entrejambe. Armand ôta sa main gauche du volant pour pousser un bouton. Le siège avant recula avec un bourdonnement et le type dit : « Qu'est-ce que tu fais? »

Armand le regarda de nouveau en mettant le contact.

– Qu'est-ce qu'y a, t'es nerveux? Si tu dois garder ce machin pointé sur moi, j'espère que non. Tu veux cette bagnole? Elle est à toi.

– Je vais te dire ce que je veux. Je vais te dire mon nom, aussi, au cas où t'aurais entendu parler de moi : Richie Nix, N, I, X, pas comme Stevie Nicks.

Armand secoua la tête. Il n'avait jamais entendu parler ni de l'un ni de l'autre.

Ils traversèrent Algonac en tournant le dos au fleuve; le type disait prends à gauche, prends à droite, comme s'il savait où il allait. Au fond, il n'était peut-être pas si nerveux que ça, même s'il avait bien l'air d'un petit voyou.

Ils passèrent devant des maisons aux fenêtres éclairées, puis les maisons s'espacèrent et il n'y eut plus que des arbres. Ils se dirigeaient vers une départementale qui les amènerait à l'autoroute. Armand pensa que le type voulait aller à Detroit et qu'il descendrait une fois arrivé à destination. Pas de problème, ça ne lui faisait même pas un détour pour la Floride. Curieusement, l'autre prononça le mot au moment précis où Armand le pensait.

– Une fois, je remontais de Floride, dit Richie. J'avais passé la nuit à Valdosta et pris un auto-stoppeur sur la 75. Un type plutôt basané, comme toi, sauf qu'il devait être Mexicain. T'es Indien, non?

Armand lui jeta un coup d'œil.

– Non, je ne suis pas Indien.

– Qu'est-ce que t'es, alors?

– Québecois. Canadien français, ajouta-t-il en y mettant l'accent.

Pourquoi pas? Il l'était à moitié.

– Tu parles, dit Richie. Enfin, bref, on continue sur la 75, le Mexicain me raconte qu'il a cueilli des oranges pendant six mois et qu'il monte dans le Michigan ramasser des betteraves. On s'entendait plutôt bien, je lui avais payé un Coca quand on avait pris de l'essence, et le voilà qui se met à me dire combien de fric il s'est fait avec ses oranges, mille dollars qu'il a mis de côté pour les envoyer à sa famille quand il sera sûr d'avoir un boulot dans le Michigan. T'imagine, un mec qui raconte au premier venu qu'il a tout ce fric sur lui? Putain, aussi sec, je me mets à chercher une sortie pour aller lui faire son affaire dans un coin peinard. On était à cent trente quand je vois un motard de la police de Géorgie garé sur le bord de la route. Merde, la bagnole était même pas à moi, je l'avais piquée à West Palm... Une Buick Riviera, si je me souviens bien. En tout cas, je fais au Mexicain : « Hé, tu veux conduire? » et j'arrive à le faire changer de place avec moi tout en conduisant. Le type rigole, il s'amuse comme un fou. Et puis, il regarde dans le rétro et il fait : « Oh là là » en voyant le motard qui se rapproche avec sa sirène. Il nous fait garer, le type lui dit que c'est pas sa bagnole, c'est la mienne. Je fais comme ça : « Ma bagnole? Mais moi, je faisais du stop, m'sieur l'agent. Ce type m'a ramassé, je le connais même pas. » Ça a été rigolo pendant un moment et j'ai été à deux doigts de m'en tirer, mais il nous a quand même emmenés au poste tous les deux. Et là, ils se rendent compte qu'il y a un mandat contre moi, et je l'ai eu dans le cul. Je me retrouve accusé de tentative de vol et d'enlèvement. Je fais : « Enlèvement? Vous croyez peut-être que j'allais demander une rançon pour ce putain d'immigré? » Avec le Mexicain qui comprenait rien de rien. Je suis sûr qu'il s'est jamais rendu compte que je m'apprêtais à l'emmener lui trouer la peau, si y avait pas eu ce putain de motard. Celui-là, on peut dire que c'était un Mexicain verni, non? (Il scruta la route :) Là, ça a l'air bien. Tourne à gauche.

Ils n'allaient donc pas à Detroit, pensa Armand. Ils empruntèrent un chemin de terre, blanc dans la lumière des phares, dont les pierres claquaient sous la voiture avec un bruit sec. Pas de maisons en vue. Ils n'allaient pas tarder à s'arrêter.

– Alors comme ça, t'as fait de la prison, dit Armand.

– Trois prisons différentes. Quand je suis sorti de Reidsville, ils m'ont renvoyé en Floride, pour un autre chef d'accusation, une attaque à main armée, mais je m'en suis tiré parce qu'ils n'ont pas été fichus de retrouver un seul de leurs témoins. Après, on m'a expédié dans une prison fédérale pour un autre casse de banque. C'est là que j'ai tué un mec, et que d'autres mecs ont essayé de me tuer, *moi*, alors on m'a fait prendre en charge par un de ces plans fédéraux pour la protection des témoins où on te fait changer de nom et j'ai été transféré à Huron Valley. Mais ces cons-là m'ont retrouvé, même sous mon nouveau nom. Un des mecs avec qui je bossais aux cuisines a essayé de m'empoisonner, et du coup on m'a mis à l'isolement jusqu'à ma sortie. Ça fait à peu près deux ans... Hé, t'as vu? C'est bon, là. La petite route, si c'est pas l'allée d'une maison... Ça va, c'est qu'un vieux chemin. Vas-y et arrête-toi.

Armand ralentit et fit sa manœuvre : les phares balayèrent l'angle d'un champ labouré et finirent par éclairer une voûte d'arbres.

– Bon, maintenant, passe-moi ton portefeuille.

Armand se pencha contre le volant pour sortir le portefeuille de sa poche revolver. Il le glissa le long de sa cuisse et le laissa tomber sur le plancher. Puis il se pencha pour le ramasser, la tête de côté, surveillant le type par-dessus son épaule. L'autre ne le regardait même pas. Il était trop occupé à essayer d'ouvrir la boîte à gants.

– C'est fermé à clé, ce truc?

– Pousse le bouton, dit Armand en étreignant la crosse de son Browning automatique, sous le siège.

Il remonta l'arme entre ses jambes, et se penchait de nouveau quand le type tourna la tête vers lui.

– Qu'est-ce que tu fous?

– Tu veux mon portefeuille? (Armand se redressa, le portefeuille à la main.) Le voilà.

Mais Richie tenait la carte grise d'une main et son revolver de l'autre. La boîte à gants était ouverte, une faible lueur émanant de la lampe située à l'intérieur.

– Merde, dit-il, c'est même pas ta voiture. C'est quoi, L & M Distribution, Limited?

– Une société qui vend des poivrons aux pizzerias.

– Tu travailles pour eux?

– Des fois, quand j'en ai envie.

– Et ils te laissent te servir de leur bagnole?

– Ils me l'ont donnée. Elle est à moi.

– Ils t'ont donné une Cadillac, hein?

Armand regarda le type prendre le portefeuille et essayer de l'ouvrir d'une seule main. Il le vit poser son revolver sur ses genoux, tenir le portefeuille d'une main et en sortir les billets de l'autre, puis se pencher pour les examiner à la lumière de la boîte à gants.

– C'est quoi, des billets canadiens?

– La plupart, oui.

– C'est joli, mais Bon Dieu, qu'est-ce que ça vaut?

Armand posa les deux mains sur ses genoux tout en le

regardant compter les billets et s'efforcer d'estimer leur valeur.

– Dis-donc, ça te fait dans les mille dollars!

– Comme le Mexicain verni, hein?

Le type, toujours penché, demanda :

– Mais qu'est-ce que tu fais pour être aussi bien payé?

Armand sentit qu'il redevenait lui-même. Il n'était plus Armand Degas, le pauvre mec qui se faisait entuber, mais le vieux pro qui levait son automatique et appliquait le canon sur la tempe du petit voyou.

– Je tue des gens, dit Blackbird. Pour de l'argent, quelquefois, et quelquefois, pour rien.

Sans bouger d'un cil, les yeux toujours fixés sur les billets, Richie Nix parla :

– Je peux te dire un truc?

– Quoi?

– T'es exactement le type que je cherche.

3

Quand l'agent immobilier avait fait visiter la maison aux Colson, cinq ans plus tôt, il leur avait dit qu'elle datait de 1907, mais qu'elle était comme neuve. Un enduit au vinyl qu'il était inutile de peindre protégeait le bois d'origine. Il y avait un puits, et là-bas, un chenil flambant neuf, au cas où les Colson auraient un chien.

– On n'a pas de chien, avait dit Carmen Colson, mais on a une voiture et un pick-up, et je ne vois rien qui ressemble à un garage.

Ils se tenaient sur le porche de la cuisine, à l'arrière de la maison à un étage de style colonial. C'était vrai qu'il n'y avait pas de garage, avait reconnu l'agent immobilier, mais le vieux poulailler, là-bas, était une splendeur.

– Seigneur, regardez ça ! s'était alors exclamé Wayne, le mari de Carmen.

Il ne parlait pas du poulailler. Une biche se détachait contre la lisière du bois, tout au fond d'un pré qui n'avait pas dû voir une débroussailleuse depuis des lustres. Carmen avait compris sur-le-champ qu'ils allaient acheter la maison. Tant pis si le vestibule était plus grand que le salon, si les placards étaient minuscules et si des abeilles avaient fait leur nid dans les chambres du premier. Il y avait des cerfs sur la propriété. Une dizaine d'hectares, en comptant le grand pré qui séparait la maison de la première rangée d'arbres. Le reste était couvert de petits bois ouvrant directement sur la forêt – « Vous pensez s'il y a du cerf là-dedans », avait dit l'agent immobilier.

Plus tard, Carmen avait dit à son mari :

– Quand même, chéri, la maison où *moi*, je suis née était moins vieille que ça.

Tout comme la ferme miniature de Sterling Heights où ils avaient vécu depuis leur mariage.

Bien sûr, avait dit Wayne, elle n'était pas de la première jeunesse, mais est-ce qu'elle avait vu tout ce qu'on pouvait y faire? On abattait une cloison ou deux, on changeait la disposition des pièces, et c'était un boulot qu'il pouvait faire lui-même. Il avait ajouté : « Tu as vu? Quand on est assis à la fenêtre de la chambre de derrière, on se croirait dans un affût ».

Leur fils unique, Matthew Colson, était allé au collège d'Algonac, où il avait passé trois ans à jouer au baseball dans l'équipe des Muskrats, comme receveur, attaquant et troisième baseman, avait reçu neuf propositions d'équipes universitaires, avait obtenu son diplôme, puis s'était engagé dans la Marine où il servait maintenant à bord d'un porte-avions nucléaire, le *Carl Vinson,* qui croisait dans le Pacifique. Le vestibule était toujours plus grand que le salon et les placards étaient restés minuscules, mais il n'y avait plus d'abeilles dans les chambres, Carmen avait gratté la peinture de toutes les boiseries et ils avaient maintenant un garage à deux places. Le premier box abritait la barque en aluminium de Wayne, posée sur une remorque. L'Oldsmobile Cutlass occupait l'autre, parce que Carmen rentrait du travail une bonne heure avant que le pick-up Dodge de Wayne ne fasse son apparition dans l'allée. Wayne travaillait dans la charpente métallique, et les charpentiers en fer allaient toujours boire un pot ensemble quand ils redescendaient sur la terre ferme.

Le père de Carmen, aujourd'hui retraité en Floride, avait lui aussi travaillé dans la charpente métallique. Ses parents avaient divorcé quand elle avait dix-sept ans, l'année même où elle était sortie du collège avec mention très bien dans toutes les matières et où son père l'avait emmenée au pique-nique des charpentiers de la Brigade 25. C'est là qu'elle avait rencontré Wayne Colson, un apprenti blond et bronzé, surnommé Le Cow-boy, uniquement vêtu de son short et de ses chaussures. Elle n'avait pas pu s'empêcher de le suivre des yeux. Elle avait remarqué le regard qu'il lui lançait par-dessus son épaule nue tout en enfilant ses gants pour le concours de grimper de poutre. L'épreuve consistait à atteindre le sommet d'une poutrelle métallique à semelle de vingt centimètres, fichée en terre et maintenue par une grue, en ne s'aidant que des pieds et des mains. Carmen avait regardé Wayne Colson grimper le long de cette poutre de dix mètres de haut avec la même désinvolture que si ça avait été une simple échelle, et elle était tombée amoureuse quand il en était redescendu en sept secondes pile, les muscles saillants, et qu'il avait regardé de nouveau dans sa direction.

Cet été-là, Carmen avait pris l'habitude d'emprunter la voiture sous prétexte de déposer sa mère à la compagnie de téléphone du Michigan où elle travaillait comme opératrice, puis de rouler jusqu'à soixante kilomètres de là, où elle passait comme par hasard devant le chantier de Wayne. Elle le retrouvait tout de suite debout au sommet de l'ossature d'acier rouge, torse nu, le casque en arrière, à neuf ou dix étages de haut, parce qu'il lui faisait signe dès qu'il avait repéré la voiture. Il prenait alors une pose de guetteur indien, un pied en arrière, une main posée à plat au-dessus des yeux, et elle frisait régulièrement la crise cardiaque. Le dimanche, ils allaient se promener en voiture; il lui montrait les immeubles de bureaux qu'il avait montés, et Carmen se l'imaginait en train d'escalader des piliers, de marcher sur des poutres et de faire l'idiot là-haut dans les airs. Il n'avait jamais eu peur? Il lui avait rétorqué qu'on se tuait aussi bien en tombant du deuxième étage que du dixième. Et tant qu'à tomber, il valait mieux le faire à l'intérieur de l'ossature, parce qu'ils posaient les planchers à mesure que l'immeuble s'élevait. Mais qu'on tombe à l'intérieur ou à l'extérieur, ça s'appelait « passer dans le trou ». Wayne avait fait soupeser ses outils à une Carmen de dix-sept ans. Sa clé à boulon, sa barre d'ajustage, son tourillon, le marteau qu'ils appelaient une batte et qui servait à enfoncer le tourillon pour aligner les trous de perçage. Il avait bouclé sa ceinture d'outils autour de ses hanches minces et elle avait à peine pu bouger sous le poids. Il lui avait tendu la clé d'une force de douze kilos dont ils se servaient pour boulonner et Carmen avait du bander ses muscles pour la tenir. Il lui avait dit qu'elle était drôlement forte, et avait ajouté : « Fais attention à ne pas prendre un truc comme ça sur la tête, il y a des Joe qui en laissent tomber, quelquefois. »

Il lui avait expliqué qu'un Joe était un charpentier qui faisait du mauvais boulot. Si on s'appelait Joe, il valait mieux changer de nom en entrant dans le métier. Il lui avait appris qu'un apprenti était un « petit con », et que si un contremaître vous interpellait comme ça, il n'y avait pas de quoi s'énerver. Il lui avait dit qu'elle était la plus jolie fille qu'il avait jamais rencontré. Elle sentait si bon, et il aimait plonger son nez dans ses cheveux bruns. Il lui avait dit et répété qu'il voulait l'épouser le plus tôt possible, et à chaque fois, Carmen en avait eu le frisson.

Sa mère, Lenore, avait hurlé : « Tu es folle de vouloir te marier avec un gars de la charpente métallique. »

Carmen avait répondu : « Tu l'as bien fait, toi. » « Oui, mais je m'en suis débarrassée dès que tu as été assez grande, lui avait dit sa mère. Ils boivent tous, dans la charpente métallique. Ils ne rentrent pas à la maison, ils passent des heures au bistrot après le travail. Tu ne te rappelles pas quand tu étais petite et qu'on mangeait toutes seules? Wayne ne boit pas, peut-être? S'il ne boit pas, ils le ficheront à la porte. »

Wayne avait dit à Carmen : « Bien sûr que les types boivent. Comme les peintres, les vitriers, les électriciens... Dans tous les métiers que je connais, les types boivent. Où est le mal? »

Lenore avait dit : « Tu es une très jolie fille qui a toute sa vie devant elle. Tu es intelligente, tu as eu ton bac avec mention très bien. Tu pourrais aller à l'université, devenir programmatrice dans l'informatique. Si tu continues à voir ce type, il va te pousser à faire des choses que tu regretteras plus tard. Tu vas tomber enceinte aussi sûr que deux et deux font quatre, et là, tu l'épouseras, sois tranquille : tu n'auras plus le choix. »

Wayne lui avait dit avec un clin d'œil : « Je ne te forcerai jamais à faire une chose que tu n'as pas envie de faire. »

Lenore avait dit : « Crois-moi, avec une mignonne frimousse comme la tienne, tu peux trouver mieux qu'un type du bâtiment. Tu sais ce qui va se passer? Tu vas te retrouver coincée à la maison avec plein de gosses sur les bras pendant qu'il ira s'amuser avec ses copains. Une fois mariée, tu ne le verras plus, ma petite. »

Wayne avait dit :

« Qu'est-ce que je fais de mal? Je vais pêcher de temps en temps, je chasse le cerf en novembre. Je fais partie d'une équipe de base-ball, mais de toute façon tu m'accompagnes aux matchs. Alors? Rien de plus que les autres mecs. »

Lenore avait dit : « Viens au moins habiter Port Huron, que je ne sois pas trop loin quand tu auras besoin de compagnie, ce qui ne va pas tarder. »

Vers la fin de ses années de collège, Carmen avait suivi un cours de graphologie intitulé « Le guide du caractère et de la personnalité ». Un soir, dans un bar, curieuse de vérifier son jugement, elle avait demandé à Wayne de tracer quelques mots, pour qu'elle puisse les analyser. Il n'avait pas hésité une seconde. Elle l'avait regardé écrire, assez vite et d'une écriture légèrement penchée vers la droite, traçant de grandes lettres régulières, soulagée de pouvoir lui dire que d'après son écriture, il était fiable, enthousiaste et sociable. Wayne avait approuvé de la tête. L'écartement de ses lettres indiquait un ego assez fort, mais c'était sans doute nécessaire quand on avait un travail comme le sien. Elle lui avait dit qu'elle aimait la façon dont son écriture tendait vers le haut, et aussi sa façon de barrer ses T, la barre au-dessus de la hampe de la lettre; c'était signe qu'il était spirituel, et parfois sarcastique. La pression égale de son écriture indiquait qu'il était doué d'une forte volonté et qu'il ne se laissait pas marcher sur les pieds. Elle lui avait dit qu'une pression inégale était un signe d'instabilité émotionnelle. « Ou bien qu'il n'y a plus d'encre dans ton stylo », avait-il remarqué.

« Tu vois? avait dit Carmen à sa mère. On peut lui faire confiance, et en plus il a le sens de l'humour. »

Lenore lui avait répondu : « Et pourquoi est-ce que tu n'as pas encore analysé mon écriture, alors que je te l'ai demandé cent fois? »

Tout simplement parce que Carmen connaissait l'écriture de sa mère et qu'elle n'y avait rien vu de bon. Ses espaces inégaux et son mélange de cursive et de script étaient des signes d'indécision et de confusion de pensée. Et elle ne pouvait pas le lui dire, parce que les barres de ses T, placés trop loin du corps, montraient qu'elle était susceptible et qu'elle risquait de le prendre très mal.

Carmen et Wayne s'étaient mariés à Port Huron, en l'église catholique Saint-Joseph, en mai 1968. Ils avaient emménagé dans la minuscule maison de Sterling Heights, et Matthew était né en mars.

Au cours des années suivantes, Carmen avait fait une série de fausses couches dues à ce que le médecin appelait une endomètriose, et avait finalement subi une hystérectomie. Elle était devenue très silencieuse pendant des mois, avait laissé le ménage aller à vau-l'eau et regardé la télé en pensant aux deux garçons et aux deux filles qu'ils avaient projeté d'avoir. Wayne lui avait dit que Matthew comptait pour dix, que ce garçon en valait vingt à lui tout seul. Deux fois au cours de sa dépression, Wayne les avait emmenés tous les trois en Floride voir le père de Carmen. Les voyages pouvaient peut-être la distraire un peu.

Carmen avait fini par revenir à la vie. Elle s'était souvenue de son livre de graphologie : d'après lui, quand on était malheureux ou qu'on avait perdu sa confiance en soi, il fallait analyser son écriture en faisant surtout attention à la façon dont on traçait ses « Je ». Carmen avait examiné ses « Je », et s'était exclamée, « Nom de Dieu! ». Dans l'ensemble, son écriture n'était pas mal, mais elle avait maintenant tendance à pencher vers l'arrière, elle était devenue faible, irrégulière, et ses « Je » ressemblaient à des petits 2.

Elle avait d'abord attaqué le « J » majuscule, qu'elle s'était mis à modeler bien droit et sans fioritures, signe de clairvoyance et de capacité à analyser ses propres sentiments. Elle avait choisi une écriture claire et droite, le genre de style qui indiquait qu'on vivait dans le présent, qu'on avait confiance en soi tout en étant réservé, et qu'on était capable de maîtriser ses émotions. Cette écriture lui était tellement naturelle – faire son « J » un peu plus grand à mesure qu'elle s'entraînait, et surveiller strictement l'équilibre des autres lettres –, qu'elle avait fini par éprouver suffisamment de confiance en elle pour mettre noir sur blanc : « A quoi ça sert de te morfondre? Bouge-toi les fesses et fais quelque chose. »

Sa mère était retraitée de la Michigan Bell, mais ne pouvait pas s'empêcher d'utiliser le téléphone. Elle appelait sa fille tous les jours pour lui donner des recettes que Carmen n'utilisait jamais, pour disserter sur le temps et sur l'arrogance des médecins qui n'étaient jamais pressés de venir, alors qu'ils savaient qu'elle souffrait horriblement du dos. Elle finissait généralement par Wayne : « A quelle heure le maître de maison est-il rentré hier soir? Si c'était avant 7 heures, tu as encore de la chance. Enfin, ça dépend comment tu vois les choses. Si ça ne te gêne pas qu'il empeste l'alcool quand il t'embrasse en rentrant à la maison, c'est qu'on n'est pas faites pareil, et dans ce cas je n'ai plus qu'à me taire. »

Wayne disait : « Tu devrais la bâillonner. »

Il n'avait pas eu besoin de voir les voyelles de Lenore, ni ses « g » et ses « d » trop petits pour savoir à quel point elle était bavarde.

Wayne lui avait énuméré toutes les bonnes raisons qu'avaient les charpentiers pour boire un coup après le travail. C'était un boulot fichtrement bruyant, et sûrement pas l'endroit idéal pour s'engueuler. Quand on était perché sur une structure métallique de deux cents mètres de haut, il était plus prudent de montrer un minimum de courtoisie envers les autres et d'attendre pour régler ses comptes d'être redescendu sur le plancher des vaches. Et puis, c'était un travail stressant. Une fois en bas, on avait besoin de décompresser, un peu comme les chevaux après une course.

Bon, d'accord, mais qu'est-ce qui l'empêchait de décompresser à la maison? Elle irait le chercher, ils rentreraient à pied. Et puis il pourrait s'installer avec une bière et aider Matthew à faire ses devoirs, pour changer. Wayne avait dit que ça n'était pas grave, de manger un peu plus tard.

Et Carmen lui avait répondu : « C'est ça, bien sûr. D'ailleurs, à Sterling Heights, c'est du dernier chic de dîner à 8 ou 9 heures du soir. »

Elle ne s'était jamais plainte, ne l'avait jamais asticoté. Mais une fois que Matthew était entré au collège et s'était mis à faire du sport après la classe, elle avait trouvé un travail à la chaîne à l'usine de camions Warren. « Si c'est ça que tu veux, avait dit Wayne, au poil, pas de problème. »

Le jour où elle était rentrée plus tard que lui, où elle l'avait trouvé dans la cuisine en train de faire cuire des hamburgers pour leur fils affamé, et qu'il lui avait dit : « Qu'est-ce qui t'est arrivé, des ennuis de bagnole? », elle lui avait répliqué qu'elle travaillait huit heures par jour en plein courant d'air, à serrer des boulons toute la journée dans un boucan pas possible, alors quand elle sortait de là, elle avait besoin de décompresser.

« Tu vois? lui avait-il dit. Si tu as besoin de ça au bout de huit heures d'usine, imagine un peu quand tu en as passé dix tout en haut d'une charpente métallique. »

Carmen disait : « J'aime être avec toi. » C'était vrai, Wayne était un type bien et elle l'aimait. Le fait de boire ne modifiait en rien son comportement, ça le faisait plutôt bander.

– On ne pourrait pas trouver quelque chose à faire ensemble?

– Tu veux dire à part aller voir ta mère et faire semblant d'être aussi bêtes qu'elle?

– Je veux dire un genre de travail qu'on pourrait faire tous les deux pour se voir plus souvent.

– On pourrait s'habiller pareil, et se lancer dans des concours de danse. Tu veux faire quoi, au juste?

– Je ne sais pas, mais en tout cas, sûrement pas le ménage, la vaisselle ou les gâteaux. D'ailleurs, je ne sais pas faire les gâteaux.

– J'avais remarqué.

– Et je n'ai pas l'intention d'apprendre, figure-toi.

– Tu regrettes de ne pas être devenue analyste-programmeuse.

– Ça doit être ça, avait dit Carmen. J'adore les machines qui parlent, les voitures qui te disent que ta portière n'est pas fermée et que tu n'as pas mis ta ceinture.

– Tu veux être indépendante, comme moi.

– Vous les hommes, vous vous croyez individualistes et vous faites tous la même chose. Tu te rappelles les hippies? Vous êtes comme des hippies, sauf que vous travaillez.

Pendant que Wayne réfléchissait là-dessus, Carmen avait repris :

– Je pourrais rester aux camions Warren, tu sais. Je peux faire n'importe quoi si j'ai décidé de le faire. Je pourrais même entrer en apprentissage pour devenir charpentier. Il y a des femmes chez vous, maintenant. Qu'est-ce que tu en dis? avait-elle ajouté, sachant que rien que d'y penser, il en était mal à l'aise.

– Tu parles, on a une femme contremaître et une demi-douzaine d'apprenties sur une brigade de 2200 membres. De toute façon, il faut un certain genre pour faire ce boulot. Toi, tu es trop douce, trop gentille, et trop gamine, aussi.

– Merci du compliment.

Ils avaient emménagé dans leur nouvelle maison, et elle avait eu de l'occupation pour un moment. Wayne était plus à l'aise avec sa clé qu'avec un marteau et une scie, et c'était elle qui s'était occupée de l'aménagement. Deux fois par an, il empruntait une débroussailleuse et s'attaquait au pré, pour empêcher les herbes de masquer la lisière du bois. Carmen, cherchant des idées de ressources supplémentaires, lui avait fait nettoyer le poulailler, pensant le transformer un jour en bed-and-breakfast pour accueillir les chasseurs de canard de Detroit trop bourrés pour rentrer le soir.

– On l'appellera l'Auberge de la merde de poule, avait dit Wayne. J'en ai jamais vu autant de ma vie.

Carmen avait fait pousser un potager dans la cour. Au printemps, Wayne plantait une rangée de maïs à l'orée du bois et laissait les cerfs s'y servir au mois d'août.

Ils étaient là depuis cinq ans quand Matthew s'était engagé

dans la Marine. Il était parti en janvier, et Carmen était alors allée prendre des cours d'immobilier au Collège de Macomb County, puis s'était mise à travailler pour Nelson Davies Immobilier.

« Si tu es contente comme ça, avait dit Wayne, ça me va. »

Elle avait vendu sa première maison en avril. Wayne l'avait emmenée dîner chez *Henry's* et avait écouté une Carmen radieuse et surexcitée lui raconter comment elle avait conclu l'affaire, et lui expliquer combien c'était fantastique, comme d'être son propre patron. En juin, elle avait suggéré qu'ils pourraient peut-être travailler ensemble dans l'immobilier, en équipe. Ce serait amusant. Bon Dieu, avait dit Wayne, il ne se voyait pas retourner à l'école. En août, Carmen avait commencé à jouer avec l'idée de fonder leur propre société. « C'est ça, avait-il dit, la paperasse, c'est vraiment le pied. »

On était en octobre, à présent, et Wayne avait au moins consenti à discuter avec Nelson Davies. Un homme à peine plus âgé que lui, disait Carmen, et qui avait déjà amassé une fortune.

Wayne dit qu'il se consumait littéralement d'impatience.

Carmen rentra la première et mit la voiture au garage. Quelques minutes plus tard, comme elle rangeait les courses dans le réfrigérateur, elle vit le pick-up de Wayne dans l'allée. Il était 6 heures et demie, la nuit commençait à tomber. Wayne rentrait plus tôt, depuis que Matthew était parti. Elle sortit sur la véranda. Elle portait son léger tailleur bleu marine « femme d'affaires », et frissonna dans la fraîcheur du soir, serrant ses bras autour d'elle. Wayne sortit quatre grands sacs de la plate-forme du pick-up et les porta jusqu'au seuil.

– « Douceur des bois », dit-il en regardant Carmen. C'est de l'avoine et du maïs, mais ils appellent ça comme ça.

– Je croyais que tu parlais de moi.

– Tu as meilleur goût que le maïs. Comment ça a été?

– J'ai vendu un quatre pièces à Wildwood.

– Super.

Il portait son blouson : LES CHARPENTIERS, LA FORCE DE L'AMÉRIQUE. Carmen le regarda sortir un bloc de sel de dix kilos du pick-up et le poser dans l'herbe. Il se redressa en disant :

– J'ai croisé Walter sur la route. Il m'a montré des traces de cerfs qui allaient de sa plantation jusqu'au bois.

Walter, le voisin, faisait pousser du gazon pour les pelouses des pavillons de banlieue. Carmen se disait que c'était une drôle de façon de gagner sa vie, que de regarder l'herbe pousser.

Wayne remonta les marches avec deux sacs supplémentaires de « Douceur des bois ».

– Ils raffolent de ce truc-là.

– Ils se disent que tu es un type super, dit Carmen, jusqu'au jour où tu leur tires dessus.

– T'aimerais pas manger du gibier vivant. C'est dur à découper et difficile à digérer.

Il plongea la main par la portière et en ressortit d'autres sacs en papier qu'il lui tendit :

– Ça, ça va dans la maison.

Au poids, elle devina ce qu'ils contenaient : des boîtes de cartouches de douze.

– Je ne comprends pas comment tu peux les tuer.

– A plus de cinquante mètres, je ne peux pas. Pas avec ce fusil-là, en tout cas.

– Tu sais très bien ce que je veux dire.

– Mais moi, je ne les vois pas comme des personnages de Walt Disney, dit-il en remontant la vitre. C'est ça la différence. Si tu n'en tues pas quelques-uns en automne, ils crèvent de faim en hiver. Essaie de voir les choses de cette façon.

C'était la même conversation tous les ans. Carmen donnait son point de vue sans lui faire de morale. Pour Wayne, les cerfs étaient des animaux bons à manger, et il invoquait de temps en temps les lois écologiques. Carmen leva son visage comme il montait les marches. Ils s'embrassèrent sur la bouche, en prenant leur temps, et se regardèrent longuement dans les yeux. Vingt ans de mariage et c'était toujours aussi bon. Elle lui demanda comment marchait le boulot.

– J'ai fini à la Standard Federal. Ils voulaient me mettre sur les finitions, mais j'ai dit pas question, je suis charpentier, moi. Les boulots merdiques, c'est pas pour moi.

– Tu ne leur as pas dit ça.

– Que si. Et puis, j'avais envie de quelques jours de congé.

– Très bien!

– Je vais chercher un autre chantier la semaine prochaine.

Il lui raconta qu'ils étaient en train de construire un nouveau terrain de basket à Auburn Hills, juste à côté. Mais c'était du précoulé, et il préférait aller à Detroit, travailler sur le Jefferson Building, un hôtel de trente-deux étages. Il aimait mieux se taper tout ce chemin pour faire de la vraie charpente métallique plutôt que de travailler dans le précoulé à deux pas de la maison.

– A propos, Lionel va passer demain. On va chercher des traces de cerf.

– Wayne?

Il passa devant elle et maintint la porte ouverte.

– Si on s'offrait une bière?

– Tu as promis que tu verrais Nelson demain.

– Moi, j'ai dit ça?

– Ne fais pas l'innocent, s'il te plaît.

– J'ai oublié, c'est tout. A quelle heure?

– 2 heures.

– Parfait, Lionel ne vient qu'à 4 heures. On va aller voir s'il n'y a pas de chênes blancs par ici. J'ai lu quelque part que les cerfs raffolent de l'écorce des chênes blancs. En tout cas, je sais que c'est bourré de chênes rouges.

Carmen posa le sac de cartouches sur le comptoir de la cuisine. Wayne sortit deux canettes de bières du réfrigérateur, les ouvrit et lui en tendit une.

– Tu es mignonne. Je t'achèterais une maison même si j'en avais déjà une.

– Tu vas vraiment aller parler à Nelson?

– J'en meurs d'envie. Tu sais bien que j'adore travailler pour des connards.

– Essaie, au moins. D'accord?

– Tu seras là, non?

– Je serai dans mon bureau. Qu'est-ce que tu vas te mettre?

– Sais pas. Faut que je m'habille?

– Je crois que tu devrais mettre un costume.

Wayne posa sa bière et ouvrit le sac en papier.

– Ou ma veste de sport.

– Et une cravate?

– Et une cravate si tu veux, dit-il en sortant ses boîtes de cartouches. Cette année, j'essaie des soixante-quinze magnum. Lionel dit qu'elles foudroient leur bête comme de rien à cinquante pas.

– Wayne?

– Quoi?

– Ça compte, tu sais, l'aspect extérieur. La première impression.

Il se tut. Elle le vit vagabonder en pensée dans les bois. Puis il avala une gorgée de bière, la canette presque entièrement dissimulée dans sa grande main, son alliance captant le reste de lumière venant de la fenêtre. Elle le revoyait se raser dans la salle de bains, son corps puissant vêtu seulement d'un slip, et pensa : « Seigneur, il est à moi. » Elle souhaita n'avoir rien dit. Il n'avait pas besoin d'impressionner qui que ce soit.

– Mets ce que tu veux, dit-elle, pourvu que tu sois à ton aise.

– Je vais mettre mon costume bleu, et toi ton tailleur. Avec ça, s'il n'est pas impressionné...

– Oublie ce que j'ai dit, d'accord?

Il prit une nouvelle gorgée en la regardant fixement. Puis il eut un sourire :

– J'aime bien quand tu t'habilles court. Et à mon avis, ça doit plaire à Nelson aussi.

– Sì ça lui plaît, c'est que quand les jupes remontent, la Bourse en fait autant. Personne ne sait pourquoi. Alors les taux d'intérêt baissent et on vend plus de maisons.

– Comme la lune et les marées, hein? Ou les saisons. Tu sais que la saison de la chasse tombe quand les femelles sont en chaleur? (Il replongea dans le sac et en sortit une petite bouteille munie d'une étiquette.) Les cerfs le savent. Ils sont prêts, alors on se sert de ça. « Appât sexuel de biche des Montagnes ». (Il lui lut l'étiquette :) « Une recette secrète où il entre de l'urine de biche vivante, recueillie au plus fort de la période des chaleurs. »

– Tu plaisantes, dit-elle. Tu vas t'arroser de ça?

– Pourquoi pas? On peut aussi en asperger les alentours de l'affût. Le cerf le sent, il se dit, « Bon dieu, celle-là je vais me la faire », et il s'amène au galop... Dis-donc, je me disais qu'on pourrait peut-être inventer un truc comme ça pour l'immobilier. On en met partout dans la maison et tous les acheteurs se précipitent, tu vois le genre? Qu'est-ce que tu en penses?

– J'en pense que tu as raison, dit Carmen. Mets ton costume bleu.

– Et mon casque? Il est bleu aussi, ça fera un bel ensemble.

– C'est ça, et bien en arrière, surtout.

– Je viens comme je suis, quoi.

– Tu fais exactement ce que tu veux, dit-elle en se détournant pour regarder à l'extérieur le pick-up de Wayne, les vignes mortes dans le potager, et le poulailler qui resterait un poulailler jusqu'à ce qu'il tombe complètement en ruines.

– Pourquoi tu es fâchée?

– Je ne suis pas fâchée.

– Tu es quoi, alors?

– Je ne sais pas, dit Carmen. Si je trouve, je te ferai signe.

4

Richie avait invité Armand pour la nuit, et c'était quand ils étaient arrivés chez Donna, à Marine City, qu'il s'était mis à l'appeler Bird. Il l'avait présenté à cette Donna comme Mr Blackbird, et avait ajouté aussitôt :

– Ouais, je suis tombé sur Bird chez Henry's.

Et deux minutes plus tard :

– Tu veux pas nous servir un verre, à moi et à Bird?

Comme s'ils étaient de vieux potes et qu'il l'appelait comme ça depuis des années. Et le plus drôle, c'est qu'Armand s'en fichait.

Bird. Un nouveau nom pour une nouvelle phase de sa vie. Ça faisait moins indien que Blackbird, à tout prendre. « Qui êtes-vous? » Je suis Bird. Pas un corbeau ni une mouette, mais un oiseau d'une espèce unique. Il aimait bien la façon dont Richie Nix prononçait « Bird », comme s'il était fier de le connaître et voulait se prévaloir de son amitié. Donna revint de la cuisine, un verre plein d'un liquide sombre dans chaque main.

– Bird est de Toronto, déclara Richie.

– C'est vrai? répondit Donna. J'y ai été une fois, c'est ravissant.

Armand-Bird prit une gorgée de son verre et faillit la recracher. Bon Dieu, il n'avait jamais rien bu d'aussi dégueulasse.

– Qu'est-ce qui ne va pas? demanda Richie.

– Qu'est-ce que c'est que ce truc?

– Du Southern avec du Seven Up, expliqua Donna. Notre boisson favorite.

Armand, ou qui qu'il soit à ce moment-là, alla ouvrir le

coffre de sa voiture, où il avait embarqué quatre flasques de Canadian Club en prévision du séjour chez sa grand-mère. Il en rapporta une et dit à Donna :

– Je ne bois que du vrai whisky.

Après cette déclaration, Donna se colla contre Richie et ne dit plus rien, se bornant à fixer Bird à travers ses grands verres brillants, l'air d'un oiseau elle aussi, avec son visage pointu et son nid de boucles dorées sur le crâne. Coiffée et maquillée comme pour aller au bal, mais avec des tennis aux pieds et un sweater noir plein de peluches et de cheveux. Au moment d'entrer dans la maison, en revenant du bar où ils s'étaient arrêtés pour prendre un verre et bavarder, Richie Nix lui avait confié :

– Attends de voir Donna. Elle travaillait dans la taule où j'étais. Ils l'ont virée parce qu'elle baisait avec les prisonniers, tu te rends compte?

Donna n'impressionna pas beaucoup Bird : une bonne femme qui s'envoyait en l'air avec des taulards et qui vivait dans une espèce de taudis, une bicoque minuscule à la peinture écaillée, entourée d'un jardin plein de broussailles. Il ne voyait pas comment il pouvait y avoir trois pièces là-dedans, et comment Richie Nix pouvait coucher avec cette femme, si c'était le cas.

Richie non plus, ne l'impressionnait pas, sauf que le gars avait quand même du cran. Un type qui pouvait dire, avec une arme pointée sur la tempe : « T'es exactement le type que je cherche », et qui arrivait en plus à convaincre Bird que c'était vrai, n'était pas qu'un bluffeur. Il avait ajouté :

– C'est pas des blagues, merde. Je suis content d'être tombé sur toi.

Et plus tard :

– Mon pote, faut que tu sois quelqu'un, pour conduire une bagnole comme ça avec un feu sous ton siège.

Il y avait du respect dans sa voix. Et puis il lui avait exposé son plan en détail. Bird écoutait; il se disait qu'en effet ce petit voyou avait là quelque chose, qu'il n'était pas en train de lui raconter des craques. Ça pouvait même marcher, son truc. A Toronto, Bird avait vu pas mal de variations sur ce thème, dans la série chantages et extorsions de fonds; il savait comment convaincre un type dur du portefeuille d'abouler la monnaie. Là, c'était plus direct : vous payez ou vous êtes mort.

Mais le principe restait le même : terroriser le type pour être sûr qu'il paie à tous les coups.

Il y avait un aspect du coup qui l'ennuyait, mais il avait du mal à réfléchir dans ce salon entièrement décoré de photos de groupe : Donna avec des matons; Donna avec des taulards. Une des photos portait même une dédicace : « A Donna Mulry, La Rouquine explosive, les gars du bloc E. » A l'époque, visiblement, la Rouquine explosive ne portait pas de lunettes. Richie et elle regardaient la télé, affalés sur le canapé : une histoire de flics avec de grosses bagnoles et du rock porto-ricain. Richie dit :

– Regarde-moi ce truc, Bird, c'est pas croyable!

Bird regarda et il n'y crut pas non plus : le flic du téléfilm se retenait de pleurer, brisé par l'émotion. Les vrais flics ne faisaient pas ça. C'étaient des salopards qui ne montraient jamais leurs sentiments – à supposer qu'ils en aient. Que ce soit ici ou de l'autre côté de la frontière canadienne, les flics étaient partout les mêmes. Il y en avait en ce moment à Detroit, en train d'enquêter sur un homicide commis le matin même dans un hôtel, et que ni le vieux ni la fille n'allaient attendrir. Richie Nix, ce petit voyou, affichait un sourire béat et stupide, tandis que la femme passait la main sous son tee-shirt qui disait qu'être bien c'était bien. Quand ils étaient entrés et qu'elle avait vu le tee-shirt, elle avait dit : « Oh, si c'est pas mignon, ça. » Elle se prenait pour sa mère, ou quoi? Bird avait demandé à Richie quel était son vrai nom, et il avait dit que Richie, c'était son vrai nom.

– Donna m'appelle Dick, tu vois le genre, mais c'est pas mon nom.

Il y avait une poupée d'Elvis Presley en costume blanc juste à côté de la chaîne, et des animaux en peluche un peu partout : des ours, un chien, un chaton, une tortue, une grenouille... Bird eut l'impression que cette bonne femme, cet ex-matonne avec ses lunettes et sa choucroute sur la tête, allait finir par transformer Richie en peluche et l'utiliser comme coussin.

Il se leva de sa chaise et alla éteindre la télé. Elle protesta derrière lui.

– Hé là, qu'est-ce que vous faites?

Quand il se retourna, il la vit assise très droite, le dos arqué, une jambe repliée sous elle.

– C'est l'heure d'aller faire dodo, pour toi.

– Ouais, eh bien, je suis chez moi, ici, dit Donna.

– Ouais, eh bien chez toi, c'est un taudis.

– Vous, au moins, vous manquez pas d'air!

– Tu préfères que je t'y emmène moi-même? dit Bird.

Donna tourna la tête vers Richie assis à côté d'elle, la bouche ouverte. Richie leva les yeux sur Bird qui attendait, sans un mot. Donna regarda Bird, puis de nouveau Richie. Bird attendait toujours. Au bout d'un moment, elle se leva et sortit de la pièce.

– Et ferme la porte! cria Richie dans son dos.

Il rigola en l'entendant claquer.

– Tu vas téléphoner à ce type demain, dit Bird.

– Quel type?

Bird alla vers le canapé sans se presser et s'assit.

– Le type de l'agence immobilière. Tu l'appelles et tu lui dis d'apporter l'argent dans une de ses maisons témoins, à 4 heures de l'après-midi. On ira jeter un coup d'œil avant, pour voir laquelle.

– Ça m'a l'air d'aller.

– Tu sais pourquoi il vaut mieux faire comme ça?

– Ça nous mettra plus près de l'autoroute?

Bird secoua la tête.

– Non. Mais comme ça, s'il en parle aux flics, c'est là qu'ils iront nous attendre.

– Ouais? dit Richie, attendant la suite.

– Seulement nous, on va aller à son bureau avant qu'il parte pour sa maison témoin. On surveille, et si on ne voit pas de flics autour, ni de mecs qui pourraient en être, on fonce. A 2 heures, mettons.

5

L'agence Nelson Davies Immobilier était installée dans une grande maison blanche de style victorien dont Wayne trouvait qu'elle ressemblait à une entreprise de pompes funèbres. Située St Clair River Drive, elle avait dû appartenir autrefois à un gros bonnet du transport fluvial ou du commerce du bois. Nelson Davies avait ajouté sur le devant un vestibule vitré, mais la maison possédait déjà tellement d'éléments disparates installés au cours des années que, quoi qu'on fasse – toujours selon Wayne – il était impossible de l'enlaidir davantage.

Carmen lui avait dit de laisser le pick-up derrière. Trois voitures y étaient déjà garées, y compris celle de sa femme. Elle lui sourit quand il entra, et tandis qu'elle passait en revue son costume bleu nuit, il réalisa combien elle était crispée. Elle lui demanda où était passée la pochette assortie qu'elle lui avait donnée. La pochette? Nulle part. Il l'avait enlevée, c'est tout. Son sourire s'évanouit quand elle posa les yeux sur ses vieilles chaussures de travail mal foutues.

– Wayne... dit-elle d'un ton déçu, mais ce fut tout.

Ce que Wayne appréciait le plus chez Carmen – outre ses yeux bruns et la façon qu'elle avait de le regarder, même au bout de vingt ans – c'est qu'elle ne se lamentait jamais sur les choses auxquelles elle ne pouvait rien. Il lui arrivait de donner un coup de pied à la tondeuse à gazon quand celle-ci refusait de démarrer; mais elle ne ferait jamais un plat d'un truc comme celui des chaussures. Il regarda ses jambes comme elle montait l'escalier, sa jupe moulant son joli petit derrière. Wayne aimait les jambes de Carmen avec ces jupes qui lui venaient à quelques centimètres au-dessus du genou. Parfois, en rentrant du travail, il lui arrivait de sentir une envie pressante de remonter sa jupe jusqu'aux hanches. Et il ne s'en privait pas, quand il sentait qu'elle en avait envie aussi et qu'ils étaient seuls dans la maison, sans Matthew.

Nelson Davies s'était réservé un immense bureau au premier étage, sur le devant. La première chose que vit Wayne fut une tête de cerf montée en trophée sur le papier peint rayé. Seigneur, un douze cors, et le type travaillait dans l'immobilier!

– Tu ne m'as jamais dit qu'il était chasseur.

– Nelson chasse le canard. Tu vois ses leurres?

Il y en avait une étagère entière derrière le bureau façon acajou, aussi grand qu'une table de billard. Des canards de barbarie, des colverts, plus un ou deux autres que Wayne ne reconnut pas sur le moment. Aucune importance, c'était la tête de cerf qui l'intéressait.

– Il n'a pas tiré ça par ici. C'est possible, mais ça m'étonnerait.

– Il raconte à qui veut l'entendre que c'est la seule fois de sa vie qu'il a chassé le cerf.

– Je parie qu'il l'a foutu en l'air avec sa voiture.

Wayne continua à regarder autour de lui tandis que Carmen lui disait que Nelson n'était jamais en retard à ses rendez-vous et qu'il devrait arriver d'une minute à l'autre. L'horloge fixée au mur ne portait aucun chiffre, et Wayne se demanda comment on faisait pour lire l'heure à ce truc. Il y en avait une autre sur le bureau, entre la lampe en céramique et l'ordinateur, une pendulette plaquée or qui ressemblait à un Oscar. Carmen lui dit de s'asseoir dans le fauteuil de Nelson, un fauteuil en cuir noir à tubulure argentée, pour qu'il voie quel effet ça faisait d'être le patron. Puis elle alla lui chercher une tasse de café.

Quand elle revint, il était toujours dans le fauteuil, les pieds sur le bureau.

– J'ai idée que ça me déplairait pas.

– Tu vois? dit-elle avant de retourner travailler.

Faire de la paperasse, remplir des imprimés, jongler avec les chiffres – c'était là l'idée que se faisait Wayne de l'immobilier. Le bureau était couvert de piles de formulaires à remplir par le vendeur. Plans épargne logement, demandes de crédits, autorisation des banques, échéances, hypothèques... « Bon dieu, je pourrai jamais faire ça », se dit-il. Il était capable de lire des plans, mais pas cette merde. Un contrat de vente avec des clauses écrites en tout petit. On pouvait même s'esquinter les yeux, dans ce boulot. Il appuya au hasard sur quelques touches de l'ordinateur : celui-ci fit entendre de petits bips, mais rien ne se produisit. Il se leva et s'approcha de la grande baie vitrée où le soleil donnait en plein; devant, le fleuve, avec au loin la ligne sombre de Walpole Island. Il pensa à Lionel, qui allait arriver à 4 heures. Il se pencha et vit le toit du vestibule entouré d'une petite rambarde décorative. A quoi bon mettre une rambarde alors qu'on n'avait aucune raison de passer sur ce toit? Quand il voyait ce genre de décoration merdeuse, il était heureux de monter des gratte-ciel.

Une Cadillac bleue arriva à hauteur de la maison et se gara. Un type en sortit et leva les yeux vers la maison, tout en rejetant en arrière ses cheveux, qui lui tombaient dans la figure; il semblait flotter dans une veste trop large, aux manches trop longues pour lui. Un autre type fit le tour de la voiture en boutonnant son veston; celui-là était plus vieux et plus trapu, les cheveux peignés en arrière et brillants dans le soleil. Ils avaient l'air de ces pauvres types qui fréquentent les soupes populaires et reçoivent des vêtements usagés de l'Armée du Salut. Mieux habillés qu'ils ne le seraient jamais. Et peu habitués à fréquenter les quartiers résidentiels, à voir leur façon de scruter les alentours. Ils remontèrent l'allée, lorgnèrent vers l'arrière de la maison, puis disparurent au coin; Wayne les perdit de vue.

Il retourna au bureau, s'assit et prit une brochure en couleurs qui décrivait Wildwood : « un ensemble doté de tout le confort moderne dans un cadre entièrement naturel ». On y voyait des maisons témoins plantées sur un terrain en grande partie déboisé au bulldozer. Pourquoi? Carmen disait que comme ça, on pouvait planter ses propres arbres, s'asseoir dans son jardin et passer cinquante ans à les regarder pousser. Elle disait ça sans rire, et Wayne n'arrivait pas à savoir si elle était sérieuse ou non.

Il leva les yeux en entendant la porte se refermer.

Les deux types de la Cadillac venaient d'entrer : le plus trapu avait encore la main sur la porte tandis que le maigrichon, qui s'était mis des lunettes de soleil, rejetait ses cheveux en arrière et examinait la pièce en s'approchant du bureau. Il ouvrit sa veste et posa ses mains sur ses hanches. Le plus âgé se mit à son tour à inspecter les lieux du regard. Ils faisaient comme chez eux. Le maigrichon fit un large sourire à Wayne :

– Vous vous rappelez ce que je vous ai dit? Que vous ne

sauriez pas qui je serais quand je passerais la porte. Eh ben, c'est moi.

– Quoi?

– Au téléphone. Il y a quatre jours.

– Vous feriez mieux de vous adresser à la réception, dit Wayne. Ils vous renseigneront.

Le maigrichon jeta un regard au plus âgé, qui contemplait la tête de cerf d'un air absorbé.

– T'entends ça? Il joue les andouilles.

– Il essaie de te baiser, dit le trapu, sans cesser de regarder le trophée.

Wayne eut un hoquet de surprise. Il se redressa dans son fauteuil de cuir, gagné par l'irritation. Il était d'ailleurs aussi curieux qu'irrité; mais quand même sur ses gardes. Il regarda le maigre poser ses mains sur le bureau, se pencher vers lui et le fixer à travers ses verres fumés.

– Vous n'allez pas me jouer la comédie, maintenant? Vous savez ce que je veux. C'est où?

Il portait un petit diamant à l'oreille.

– C'est où, quoi?

Wayne lui rendit son regard, mais put à peine distinguer ses yeux derrière les lunettes. Il se demanda d'abord si le jeu consistait à savoir lequel cillerait le premier, puis si le type n'avait pas une maladie quelconque. Il était blême et n'avait pas l'air en forme.

– Vous essayez de me dire que vous m'avez jamais eu au téléphone, c'est ça?

– Non, ce qu'il veut dire, dit l'autre en s'approchant du bureau, c'est qu'il ne croit pas ce que tu lui as raconté sur ce qui pourrait lui arriver. C'est pour ça qu'il essaie de te baiser.

Wayne comprit soudain que le type était Indien. Il en était presque certain maintenant qu'il le voyait bien en face, et de près. Ces cheveux huileux, ce corps épais dans un costume trop étroit. Indien ou métis. Il avait quelque chose de familier qui le fit penser à Walpole Island et à Lionel, bien que Lionel ne parle pas comme ce type-là, qui avait une pointe d'accent. Wayne ne savait pas lequel, canadien français, peut-être. Il se mit à penser que c'était lui surtout qu'il fallait surveiller, même si le maigrichon l'agaçait davantage.

– Fais-lui voir que c'est du sérieux, suggéra l'Indien. Montre-lui ce qui peut arriver à son petit commerce.

Il étendit le bras et, sans cesser de regarder Wayne, fit voler la tasse d'un revers de main, renversant le café sur les papiers de Nelson Davies.

– C'est un signe, non? De ce qui peut arriver.

– Ouais, tu as raison, fit le maigrichon, se réveillant soudain.

Wayne le regarda saisir la pendule plaquée or, chercher une cible puis la lancer vers l'horloge sans chiffres accrochée au mur. Il la manqua, jura « Nom de Dieu! » saisit la tasse de café, la lança et manqua de nouveau l'horloge. « Merde! » cria-t-il d'un ton vraiment furieux, cette fois-ci. Il attrapa alors la lampe en céramique et la brisa contre le mur, ce qui eut l'air de le soulager. Il chercha un autre projectile, sous le regard patient de l'Indien.

Wayne pensa se lever et sortir. Qu'est-ce qu'ils pourraient bien y faire? Mais il resta assis là, regardant le maigrichon se diriger cette fois vers le trophée, rejeter ses cheveux en arrière, puis sauter et attraper les andouillers. Il y resta suspendu un bon moment, bataillant avec la tête, donnant des coups de pied dans le mur; puis le trophée céda d'un coup, il tomba avec, et le lança à travers la pièce. Wayne le vit haleter – il n'était vraiment pas en forme pour un type si jeune – cherchant encore une autre victime. Les leurres peut-être, les beaux canards en bois de Nelson proprement alignés sur l'étagère. Ces mecs pouvaient bien tout démolir, il ne restait rien à casser. A moins de jeter les appeaux par la baie vitrée. Wayne se dit qu'il pouvait passer le chevelu par la baie en question, sans problème. L'Indien, lui, risquait d'être plus lourd à soulever.

– T'as pigé? dit le chevelu.

– Tu perds ton temps, dit l'Indien en secouant la tête.

– Eh bien, il va y avoir un putain d'agent immobilier transformé en viande froide s'il nous file pas le fric. Je lui ai déjà promis.

– Ouais, mais il ne te croit pas.

– Alors, je vais lui faire voir.

– Ça va, dit Wayne en repoussant son fauteuil. Vous avez gagné. Je vais vous le chercher. Il est en bas.

Il fit le tour du bureau et l'Indien vint se planter devant lui.

– Je vous ai déjà rencontré quelque part.

Ils étaient assez proches pour que Wayne puisse voir les yeux du type, brun très foncé, calmes mais las, injectés de sang. Il sentait l'après-rasage. Wayne n'aurait pas su dire la marque, un truc bon marché, en tout cas. Curieusement, il se souvint alors où il avait vu l'Indien, et où celui-ci l'avait vu, lui. La veille, à l'Alimentation Générale de Walpole Island.

– C'est où que je vous ai vu?

Il avait bien une trace d'accent. Wayne haussa les épaules.

– Laisse-le passer, dit le maigrichon. Je veux lui montrer quelque chose.

L'Indien le fixait toujours. Il avait quelques centimètres de moins que Wayne, mais facilement quinze kilos de plus. Le maigrichon dit : « Tu vas te pousser? » L'Indien prenait son temps et l'autre attendait avec impatience. Il se glissa entre Wayne et l'Indien, ses verres fumés touchant presque les yeux de Wayne, planté là comme l'entraîneur d'une équipe de première division prêt à assommer l'arbitre.

– Tu te rappelles que je t'ai dit que j'avais tué des gens? Je veux être sûr que tu le crois.

Wayne ne le croyait pas. Pas d'après ce qu'il voyait, la gueule boutonneuse et la faiblesse de caractère dissimulée sous les lunettes noires. Même si c'était effectivement à lui qu'on l'avait dit, il ne l'aurait pas cru. Jusqu'à ce que la main du type surgisse de nulle part avec un gros calibre nickelé dont il colla le canon sous le nez de Wayne. Celui-ci essaya de lever la tête en se disant cette fois que oui, c'était possible qu'il ait tué des gens.

Il détourna doucement le canon de la pointe de ses doigts sans cesser de le regarder, et affirma :

– J'en ai jamais douté une minute.

– Je voulais que t'en sois sûr. Comme ça, tu sais ce qui peut t'arriver.

L'Indien dit en le poussant par-derrière :

– Il te croit, ça y est? Alors on y va.

Ils descendirent, Wayne ouvrant le chemin. Il s'arrêta dans l'entrée en disant : « Par ici », et les guida le long d'un couloir sur lequel s'ouvrait une succession de bureaux séparés par des panneaux de pin et de verre dépoli. La plupart étaient vides. Celui de Carmen se trouvait tout au bout de la rangée, sur la droite. Wayne pria pour qu'elle se soit absentée, mais elle était là, au téléphone. Elle eut un regard surpris lorsqu'ils passèrent devant elle avant d'atteindre la porte vitrée à l'arrière de la maison. L'Indien posa la main sur la porte alors que Wayne s'apprêtait à l'ouvrir, et la maintint fermée, scrutant le parking de la cour.

– C'est dans ta voiture?

Le maigrichon, inquiet, intervint :

– Et où veux-tu que ce soit? Puisqu'il allait l'embarquer dans la maison que je lui ai dit.

– Okay, allons-y, dit l'Indien.

Wayne ouvrit la porte. Il passait le seuil quand la voix de Carmen s'éleva derrière lui, venant du hall : « Wayne? » Mais il ne se retourna pas, et ne s'arrêta même pas. Il continua à marcher, tandis que l'Indien demandait : « Qui c'est, Wayne? », et que le maigrichon, plus près, répondait : « Qu'est-ce que ça peut foutre? Quelqu'un qui bosse ici. » Puis il s'adressa à Wayne :

– C'est à vous, le pick-up?

Wayne avait atteint la plate-forme du Dodge et commençait à ouvrir sa boîte à outils.

– Ouais, je m'en sers pour le boulot, dit-il en faisant glisser le cadenas.

Il souleva le couvercle et glissa la main dans la boîte.

« Il y a une femme qui nous regarde là-bas », dit l'Indien tandis que Wayne explorait à tâtons le fond de la boîte; tous les outils qu'il rencontrait étaient trop courts, ou trop légers. Ah, cette fois, ça y était : il avait la main sur sa barre d'ajustage, quatre-vingts centimètres de métal, deux bons kilos, avec une extrémité aplatie. Il l'agrippa au moment où le maigrichon râlait :

– Alors, qu'est-ce que tu fous?

– Elle est toujours là à nous regarder, dit l'Indien.

– Alors, ça vient? pressa le maigre en se retournant vers Wayne.

Celui-ci, toujours la main dans la boîte à outils, serrant la barre d'ajustage, tourna juste assez la tête pour voir le chevelu dans son dos et l'Indien à quelques pas derrière lui, le regard tourné vers le bureau.

– Ça y est, dit-il, je l'ai trouvé.

– Alors, file-le-moi.

– Voilà, dit Wayne en se retournant.

Carmen vit la scène à travers la porte vitrée, à commencer par le type trapu, parce qu'il la regardait et semblait vouloir revenir vers la maison.

Wayne se retourna. Un éclair métallique luisit dans sa main, et elle sut que c'était sa barre d'ajustage, vit le type aux cheveux longs pivoter sur lui-même, tandis que ses lunettes volaient et que la barre le cueillait aux épaules. Il trébucha, hurla quelque chose, mais ne tomba pas, pas tout de suite. Wayne le frappa aux jambes, visant les genoux. Le type faisait des bonds en arrière, mais Wayne finit par l'atteindre au bas des cuisses, et ses jambes se dérobèrent sous lui. Carmen vit le gros tenter de déboutonner son veston, poursuivi par Wayne qui brandissait sa barre au-dessus de sa tête. L'homme plongea une main dans sa poche intérieure, mais dut la ressortir aussitôt pour se protéger, et Wayne le frappa deux fois au niveau des épaules. Comme l'homme levait les bras pour tenter d'esquiver, il fit tournoyer la barre à deux mains, comme une batte de base-ball, et lui assena un coup terrible à l'estomac. Le type se plia en deux, baissant les bras, et cette fois, Wayne la lui abattit deux fois sur le dos, de toutes ses forces. Le type tomba à quatre pattes sur le gravier, puis s'affala sur les coudes et les genoux, et se couvrit la tête de ses grosses mains.

Mais ce n'était pas fini. Carmen vit l'autre, le chevelu, se remettre sur pied, tête baissée, et apparemment essayer de défaire sa ceinture pour glisser une main dans son pantalon. Il leva les yeux vers Wayne qui revenait en faisant tournoyer sa barre, mais cette fois-ci, esquiva le coup et tomba à plat ventre. Wayne se tenait au-dessus de lui, l'empêchant de se relever, le repoussant vers la maison à grands moulinets. Carmen n'en crut pas ses yeux : elle n'avait jamais vu cet air froid et déterminé sur le visage de son mari. Elle aperçut le gros format encore à terre, puis éprouva un choc en voyant celui aux cheveux longs se précipiter sur la porte, se tenant l'entrejambe d'une main. Elle distingua son visage tout proche à travers la vitre, blême et tendu, puis hideux comme celui d'un forcené tandis qu'il tapait sur la porte. Elle tenta de la maintenir fermée mais il força le passage, la clouant contre le mur, et se rua vers l'entrée principale. Carmen se cramponna au battant, le tenant ouvert pour Wayne, et comme il remontait le hall au pas de course, elle cria :

– Il a une arme!

Elle ne comprit pas ce qu'il lui criait en retour, il était déjà trop loin, bien décidé à rattraper le chevelu.

Carmen dit plus tard qu'elle avait vu le revolver, ou ce qu'elle avait pensé être un revolver, quand Wayne était descendu et passé devant son bureau suivi des deux hommes, et que le chevelu avait ralenti le pas pour la regarder. A ce moment-là, elle avait bien cru voir une arme à sa ceinture. Quand Wayne avait frappé le type, celle-ci avait dû glisser et il la retenait d'une main sur son entrejambe pour l'empêcher de tomber dans sa jambe de pantalon. Carmen dit qu'elle n'avait compris qu'après que Wayne lui criait d'appeler la police.

Au lieu de cela, elle avait couru derrière eux et grimpé jusqu'au premier étage, où elle avait vu Wayne pénétrer dans le bureau de Nelson. Le temps qu'elle y arrive...

Carmen racontait ce qui s'était passé ensuite d'une voix calme, le regard perdu, désolidarisant bien chaque mouvement, revoyant la scène comme au ralenti.

– J'ai vu Wayne de dos, au milieu de la pièce. Le chevelu était près de la fenêtre, la braguette de son pantalon ouverte. Il portait des bottes de cow-boy. Wayne s'est approché de lui, le type a sorti le revolver – qui avait un éclat métallique – de son pantalon, et allait le lever quand Wayne lui a lancé sa barre dessus. Mais il l'a raté. Le type a plongé en se détournant, et la barre est allée fracasser la baie vitrée. Mais comme le type s'était détourné, Wayne a eu le temps de lui sauter dessus et c'est à ce moment-là que le coup est parti. Il y a eu trois coups de feu en tout. Wayne avait saisi le bras du type d'une main, de l'autre il agrippait le devant de sa veste, et le poussait vers la baie. Il a réussi à le soulever, pas beaucoup, mais assez pour que je voie ses bottes décoller du sol et donner des coups de pied dans le vide, et il l'a fait passer par la fenêtre brisée. Je me suis précipitée, persuadée que Wayne avait été touché, mais il n'avait rien. Il regardait par la fenêtre quand je l'ai rejoint et j'ai regardé moi aussi, croyant voir le type étendu sur le toit juste au-dessous. Mais il n'y était pas. Il n'y avait que du verre cassé, c'est tout. Et puis j'ai remarqué que la petite balustrade autour du toit était défoncée, là où il était passé au travers avant d'atterrir en bas. Mais lui, je ne l'ai pas vu. Enfin, pas tout de suite. Le premier que j'ai vu, c'était le gros, qui se dirigeait vers une voiture garée, le regard tourné dans notre direction. Ce n'était pas nous qu'il regardait, c'était l'autre, celui aux cheveux longs. Celui-là, on l'a vu alors déboucher de la maison et courir à travers la pelouse en boitant. Quand il a atteint la voiture, il s'est retourné et il a tiré deux fois, mais il n'a même pas dû toucher la maison. Le gros l'a poussé, et j'ai eu l'impression qu'ils s'engueulaient, le plus jeune en train de pointer du doigt vers nous. Je crois qu'il avait du sang sur le visage et sur le devant de sa veste. Le type trapu l'a de nouveau poussé et fait monter dans la voiture, puis est allé se mettre au volant. Ils ont fait demi-tour et ils sont partis vers le nord.

Carmen remarqua que la police les appelait tous les deux Carmen et Wayne, mais que Nelson Davies était *Mr* Davies. Il était arrivé avec la police, comme toujours vêtu d'un costume cravate avec pochette assortie.

L'interrogatoire eut lieu dans le hall de l'agence, et Carmen répéta plusieurs fois son histoire : aux deux agents de service de la police locale d'Algonac, aux enquêteurs de la police du Michigan, à la police municipale et aux quatre adjoints au shérif du St Clair County. Tous avec des uniformes différents. Elle sentait que Wayne s'énervait. D'abord, parce qu'il avait rendez-vous avec Lionel et qu'il était obligé de rester là, et ensuite parce que le ton de leurs questions donnait le sentiment que tout était de sa faute.

Et d'abord, qu'est-ce qu'il faisait dans le bureau de Mr Davies?

Est-ce qu'il avait dit aux deux types qu'il était Mr Davies?

Est-ce qu'il le leur avait laissé croire?

Est-ce qu'il avait essayé de jouer les durs, de les contrarier?

Est-ce qu'il se rendait compte qu'il aurait pu mettre en danger la vie des autres personnes dans l'agence?

Wayne dit que c'était bien pour ça qu'il les avait entraînés dehors. Ils étaient tellement persuadés qu'il avait l'argent, qu'il n'avait pas vu d'autre solution que de leur laisser croire.

Ils voulaient savoir s'il avait essayé de les tuer avec ce levier.

Wayne expliqua que ce n'était pas un levier, mais une barre d'ajustage, ou de connection, et qu'on l'utilisait dans la charpente métallique pour soulever les extrémités des poutrelles d'acier et les encastrer. Il dit que s'il avait eu l'intention de les tuer, c'est la tête qu'il aurait visée. Et il ajouta :

– Ce que je ne comprends pas, c'est pourquoi vous n'allez pas droit à Walpole chercher qui conduit une Cadillac 86? Ça doit pas être trop difficile à trouver.

Il y avait des flics qui n'appréciaient pas ce genre de réflexions. Un des adjoints au shérif lui demanda s'il avait un problème au niveau du comportement, et Wayne, qui laissait tout bonnement tomber un boulot si le contremaître était incompétent, répondit :

– Non, m'sieur, je voudrais juste savoir pourquoi vous restez là sur votre cul sans rien foutre.

Carmen comprit l'insolence de Wayne. Surtout quand l'adjoint lui dit que si le gars qu'il avait jeté par la fenêtre était gravement blessé, il pouvait traîner Wayne devant les tribunaux.

– Ce sera peut-être votre seule chance de mettre la main dessus, répliqua celui-ci.

C'étaient eux qui avaient un problème de comportement. Aux yeux de Carmen, ils se montrèrent froids et impersonnels, n'exprimant de la sympathie que pour Nelson, et condescendants à son égard, la traitant comme une gamine :

– Bien, maintenant, Carmen, vous allez essayer de nous raconter exactement ce que vous avez vu. D'accord?

« Seigneur! » dit Wayne. A un moment, ce fut à elle que Nelson demanda, à *elle*, de faire du café pour les policiers. Elle évita le regard de Wayne.

Il montra son exaspération tandis qu'elle s'efforçait de dissimuler la sienne. Jusqu'au moment où, écoutant Nelson discuter avec la police, elle eut l'impression qu'ils avaient été au courant dès le début. Quand elle posa la question à son patron, il lui répondit :

– Mais oui, bien sûr. L'un des deux m'a appelé.

– Mais vous n'avez rien dit à personne.

– Je l'ai dit à la police.

– Je veux dire à *nous*, mon mari et moi.

– Parce que le type m'a rappelé et qu'il a changé le rendez-vous. S'il allait à Wildwood, alors nous devions... enfin, la police devait mettre en place une surveillance. Il fallait penser à la sécurité des propriétaires de Wildwood.

Carmen écouta Nelson lui dire qu'il aurait préféré que les deux types aillent à Wildwood. Ils ne se seraient sûrement jamais doutés que les jardiniers en train de ratisser les feuilles étaient des policiers.

– Vous auriez pu appeler Wayne, lui dire de ne pas venir.

– Quoi? dit Nelson. A dire vrai, ajouta-t-il, je ne pensais pas qu'il viendrait. Ou bien que s'il venait, ce serait par... par courtoisie.

– Pour me faire plaisir?

Nelson eut un petit sourire.

– C'est vous qui le dites. (Il regarda Wayne :) Ce n'est pas vrai? Vous n'êtes pas obligé de répondre, si ça doit vous causer des embêtements.

– On peut s'en aller? dit Wayne.

Il était 6 heures passées quand ils arrivèrent chez eux. Wayne ouvrit deux bières. Il en tendit une à Carmen assise au comptoir de la cuisine. Elle prit une gorgée et le regarda.

– Quand Nelson a parlé des flics qui ratissaient les feuilles, j'ai failli lui dire : « Vous avez dû les amener par camions, parce que les arbres, là-bas, il en reste pas lourd. »

– Tu aurais dû.

Au bout d'un instant, elle dit :

– Tous ces types avaient l'air tellement... sûrs d'eux.

– Comme des types qui savent ce qu'ils font.

Carmen fit une pause, et reprit :

– Quel connard.

– Lequel?

– Nelson, tiens! J'aurais dû m'en rendre compte bien avant, rien qu'à voir ses jambages inférieurs.

– Quoi, ses jambages inférieurs?

– Quand il écrit. Il les fait très ornés, très élaborés, ce qui veut dire qu'il ne se soucie que de lui-même. Ses boucles supérieures, ça va, elles montrent qu'il a l'esprit vif.

– Qu'est-ce que ça prouve? Il faut avoir l'esprit vif pour être un connard fini?

– Ce qui est sûr, en tout cas, c'est que je ne vais pas retourner travailler pour ce crétin.

Wayne porta un toast avec sa canette de bière.

– Eh ben, c'est toujours ça de gagné.

6

Armand avait pensé qu'il aimait bien qu'on l'appelle Bird, mais il commençait à en être moins sûr, depuis que Richie, saignant de partout, n'arrêtait pas de geindre :

– Bird, t'as pas un mouchoir? Putain, Bird, je me suis salement coupé. Emmène-moi chez Donna, Bird.

Tout ça parce que Donna était secouriste. Richie avait une entaille au menton, là où il avait rencontré la vitre en passant par la fenêtre. Rien d'autre qu'une coupure et des genoux tuméfiés qu'il s'obstinait à frotter, mettant du sang partout sur son pantalon. Armand avait mal au dos et aux côtes, là où le type lui avait flanqué des coups de barre de fer. Un dur, celui-là. C'était bien leur chance, de tomber sur un type comme ça, qui en plus n'était pas le bon. Persuadé que le sang qui pissait de la blessure de Richie la faisait paraître plus grave qu'elle n'était, il lui dit :

– Fais voir un peu? (Richie leva docilement le menton.) Quelques points de suture, et on n'en parlera plus.

Ils traversèrent Marine City, dépassèrent la rue qui menait à celle de Donna et Richie s'énerva :

– Mais arrête! Tu vas où, comme ça?

– A Sarnia.

– Mais c'est au Canada!

– On ne peut pas continuer avec cette voiture, dit Armand. Le mec l'a vue.

Celui qui n'était pas agent immobilier. Et la femme aussi, d'ailleurs : ils avaient très bien vu la Cadillac tous les deux. Armand se rappelait maintenant qui était le mec, avec le même pick-up qu'hier. Celui qui parlait à Lionel à l'Alimentation

Générale, avec une veste marquée LES CHARPENTIERS, LA FORCE DE L'AMÉRIQUE.

Il était à peu près sûr que la femme travaillait à l'agence. Il la revoyait en train de les fixer derrière la porte vitrée : elle pouvait les reconnaître. C'était elle qui avait crié le nom du type, mais il ne s'en souvenait pas pour l'instant.

Il était trop occupé à réfléchir à ce qui pourrait lui arriver, à lui. S'il se faisait prendre, le type du bâtiment et la femme de l'immobilier diraient oui, c'est bien lui. La police ne tarderait pas à découvrir d'où il venait; elle saurait vite qu'il conduisait une voiture appartenant au gendre d'un type qui venait lui aussi de Toronto et s'était fait descendre la veille à Detroit. Armand savait au moins une chose : il devait intervenir avant qu'ils n'aillent rechercher sa fiche dans leur foutu ordinateur.

Richie dit qu'il allait se faire ce fils de pute.

– J'y ai promis, et je vais le faire.

– Quel fils de pute?

– Le mec de l'agence. Pourquoi t'as pas tiré? Ils étaient tous les deux en plein dans la fenêtre, Bird. Pourquoi t'as pas tiré, Bon Dieu?

– C'est lui, le type que tu veux, hein?

– Putain, tu pouvais l'avoir!

Il y avait tant de choses que ce petit voyou ne savait pas.

– Laisse-moi te dire un truc, d'accord?

– Quoi?

– Ce n'était pas le mec de l'agence.

– Qu'est-ce que tu racontes?

– Je t'expliquerai un de ces jours. Ce que je veux te dire, pour l'instant, c'est que le seul moment où tu dois sortir ton flingue et viser quelqu'un, c'est quand tu veux le tuer.

– T'aurais pu, là-bas.

– Non, pas de « t'aurais pu ». C'est seulement quand tu es sûr de ton coup, et à ce moment-là, un seul coup suffit. Comme un chasseur, quand c'est un mec qui sait ce qu'il fait. Il ne tire pas s'il se dit qu'il risque de manquer l'animal, ou seulement de le blesser. Parce qu'après, il faut qu'il aille le chercher pour l'achever. Et qu'est-ce qui se passe, si c'est une bestiole assez grosse pour le bouffer? Un lion, par exemple, qui est furieux parce qu'il est blessé, et qui l'attend pour lui sauter dessus? Tu piges? C'est pour ça qu'il faut toujours être sûr. D'un coup, d'un seul.

– Merde, je saigne, quelque chose de soigné.

– N'en mets pas sur le siège. Ce que je te dis, c'est que tu dois tirer qu'une fois.

– Mais ça fait mal, bon Dieu!

C'était pas seulement un voyou, mais un nourrisson, pardessus le marché.

– Je vais t'emmener à l'hôpital, dit Armand.

– A Sarnia?

– L'hôpital St Joseph, je crois. Ça me reviendra quand on y sera. Moi et mes frères on a été là-bas une fois tuer un mec.

– Tu déconnes pas? dit Richie, calmé.

Voilà ce qu'il fallait pour distraire son attention : lui raconter comment les grands s'y prenaient.

– Pas des conneries comme dans les films, expliqua Armand. Tu sais, quand le type arrive à l'hôpital? On le voit entrer dans une chambre et fermer la porte. Quand il sort, il a une blouse blanche et tout le monde croit que c'est un toubib. Un type que personne a jamais vu avant dans l'hôpital.

– Ou le concierge, dit Richie. J'en ai vu un où le type est supposé être le concierge, avec un balai et un seau. Et c'est vrai, personne lui dit : « Hé, putain, vous êtes qui, vous? »

– Tu m'écoutes? Tu veux apprendre quelque chose?

– Ouais, vas-y, continue.

– On arrive à l'étage, un de mes frères garde l'ascenseur ouvert. Mon autre frère regarde autour si personne se pointe.

Une infirmière, par exemple, pensa-t-il. Mais il garda ça pour lui. Il fit une pause, pensant toujours à une infirmière et à ce qui s'était produit ensuite, des mois plus tard...

Jusqu'à ce que Richie dise : « C'était la nuit? », et sorte Armand de sa rêverie.

– Oui, c'était la nuit. Je vais dans la chambre où était le mec – je crois qu'il avait eu une crise cardiaque, c'est pour ça qu'il était là. Je remonte le drap sur son visage, et je tire. Une seule fois.

Armand lâcha le volant et pointa un doigt sur sa bouche.

– En plein ici. Un seul coup.

– D'un coup, d'un seul, dit Richie. Et le type qu'est-ce qu'il a fait?

– Il est mort.

– Je veux dire, il avait fait quoi pour que tu le descendes?

– Sais pas. Pas demandé.

– Pourquoi pas?

– C'était pas mes oignons, juste un boulot.

– Tu descends un type et c'est pas tes oignons?

– Ce qu'il avait fait avant, non.

– Il t'avait pas fait chier?

– Mais je ne le connaissais même pas! Tu comprends rien à rien!

– Pour moi, ça a pas de sens, dit Richie. Moi, il faut que le mec me fasse chier. S'il veut pas faire ce que je lui dis de faire, par exemple.

Tout en conduisant le long du fleuve en direction du Port Huron, Armand tourna la tête pour regarder Richie, plein de sang, un mouchoir taché sur son menton. Il y avait peut-être des choses qu'on pouvait pas expliquer à un type comme ça.

Ils passèrent la frontière canadienne par le Blue Water Bridge. On était au milieu de l'après-midi. Le douanier regarda la plaque immatriculée dans l'Ontario et demanda où ils habitaient. A Toronto, dit Armand. Ils venaient chercher du travail à la raffinerie de pétrole. Le douanier se pencha à la portière pour regarder Richie et les taches sombres sur sa veste. Il leur demanda ce qu'ils avaient fait. Armand dit qu'ils étaient allés à Port Huron s'amuser un peu, et que son ami s'était coupé en essayant d'ouvrir une bouteille de bière avec ses dents.

– C'est vraiment con, ça, non? dit le douanier.

Armand lui dit que son ami *était* con. Ça, au moins, c'était vrai. Le douanier hocha la tête et leur fit signe de passer.

Armand se gara près de l'entrée des urgences. Il laissa Richie pénétrer seul dans l'hôpital et attendit dans la voiture, pour réfléchir un peu.

Ils allaient retourner vers le sud en suivant le fleuve du côté canadien. Prendre Vidal Street à la sortie de Sarnia. Il se rappelait avoir fait ça neuf ans plus tôt avec ses frères. Descendre des kilomètres au milieu des raffineries de pétrole et d'usines de produits chimiques, – l'*Ontario Hydro*, ce nom-là aussi il s'en souvenait. Aller jusqu'à Wallaceburg, passer le pont suspendu qui enjambait la Snye River et se retrouver à Walpole Island. C'était comme rentrer par la porte de service.

Il ne croyait pas que Richie ait jamais tué quelqu'un. Ou peut-être une fois, au rasoir, en taule. Mais il aurait été surpris que Richie ait jamais utilisé un flingue pour éclater la tête à un mec, comme il disait. C'était un truc qu'il avait pris dans les films, ça. Armand essaya de se souvenir de l'expression qu'utilisaient ses frères.

Ils disaient qu'ils allaient « faire » un boulot. Ou encore, le gendre du vieux leur demandait s'ils voulaient bien aller voir quelqu'un. « Voir » quelqu'un... Armand ne se rappelait pas s'être jamais servi du mot *tuer*. Peut-être parce que c'était un péché mortel.

Une seconde... Armand se souvenait maintenant que Richie avait employé une fois le mot tuer. Non, c'était quand il était en prison, qu'il avait tué un taulard et que d'autres avaient essayé de le tuer à son tour.

Le Mexicain qu'il avait pris en auto-stop : il disait qu'il l'aurait dévalisé et lui aurait troué la peau si le flic n'avait pas été là. Mais celui-là, comme tous ceux que Richie prétendait avoir descendus au cours de hold-ups, – une épicerie et une station-service – c'était de la frime. Aller tuer quelqu'un sans aucune raison. Ou parce qu'on l'avait fait chier, comme il disait. C'était bien comme ça qu'un petit voyou qui n'avait jamais rien fait devait se monter un bateau.

C'est vrai aussi qu'il avait tiré sur le type de l'agence.

Ouais, parce qu'il était mort de trouille. Il n'avait pas le choix.

Une chose était sûre, en tout cas : si Richie n'avait jamais tué personne, il mourait d'envie d'essayer. Rien que pour voir ce que ça faisait de se servir d'un revolver.

Ouais, se dit Armand, il y avait moyen de l'aider, là-dessus. On pouvait déjà lui montrer où pointer son flingue. Il fallait bien que ce type soit bon à quelque chose.

Ses dix points de suture au menton n'empêchaient pas Richie de parler. Sauf que maintenant il pouvait à peine ouvrir la bouche et qu'il était difficile à comprendre. Armand commençait à en avoir marre de dire « Quoi? » à chaque fois que Richie demandait quelque chose. Il voulait savoir où ils allaient. Ils n'avaient pas déjà dépassé la maison de ce type, Lionel?

– Tout juste. Et sa femme était là. Ça commence à faire un peu trop de gens qui ont vu cette voiture.

– Je t'ai dit de l'emmener à Detroit et de te la faire piquer. Et maintenant, où on va?

Ils traversaient un pont miniature qui enjambait un des nombreux canaux du marais.

– Pour l'instant, on est dans Squirrel Island. C'est une partie de Walpole Island. Je veux voir si c'est un bon coin.

– On serait mieux dans le marais.

Il avait sans doute raison. Armand laissa la Cadillac s'arrêter doucement sur le chemin de terre et se souvint de l'île en été, toute verte de champs de maïs. A présent le maïs était moissonné et il n'en restait que des rangées de tiges desséchées à perte de vue, jusqu'au grand cargo qui passait là-bas dans le chenal. Richie était tout excité.

– Regarde ça! C'est comme s'il passait en plein dans le maïs. Là-bas, chez *Henry's*, on les voit, c'est comme s'ils flottaient au milieu de la forêt. Et maintenant, on va où?

– On repart dans l'autre sens.

Ils empruntèrent des chemins forestiers pour retraverser Walpole, en direction de la maison de Lionel, sur la Snye River. Richie disait : « Bon alors, que je m'y retrouve un peu. Ce type, Lionel, est Indien, mais il travaillait dans la charpente métallique. Comme le type dont t'essaies de me dire qu'il est pas agent immobilier. »

– Tu peux me croire.

– Alors, qu'est-ce qu'il faisait là-bas?

– Je m'en fous, tant que tu sais ce qu'on a à faire, nous. Voilà la maison. Sa femme n'est pas là, tant mieux.

– Comment tu le sais?

– Parce que lui est là – tu le vois? – et que le pick-up n'y est plus.

– Ah, c'est lui, là? La maison n'est pas mal – enfin, pour un Indien, je veux dire. Qu'est-ce qu'il fout?

C'était une petite bicoque en bois nichée au milieu des saules : une fenêtre, une porte, une fenêtre. Une bicyclette dans la cour. Lionel, sur le porche, était occupé à enlever la moustiquaire de la porte d'entrée pour la remplacer par un volet anti-tempête. Armand ne vit personne d'autre. Lionel avait deux grands enfants qui avaient quitté la maison, et une fille qui était encore un bébé quand Armand était venu la dernière fois. Il suivit les ornières qui menaient à une cabane où Lionel rangeait ses pièges à rats musqués et ses appeaux; des filets de pêche pendaient du toit. Lionel les regarda venir, les mains sur les hanches, visiblement peu désireux d'avoir de la compagnie. Derrière la maison se trouvait le petit quai de bois où était amarré son bateau. Il finit par venir à leur rencontre avec sa patte folle.

– Qu'est-ce qu'il a?

– Demande-le-lui.

– Il a l'air plus indien que toi, Bird.

Ils sortirent de la voiture et Armand dit :

– Lionel, ce type veut aller chasser le canard.

Il ne se soucia pas de faire les présentations. Lionel s'était arrêté, bras croisés sur la poitrine, peu disposé à lui serrer la main, de toute façon. Et pas vraiment ravi de les voir. Il dit pourtant :

– On veut se faire quelques canards, hein?

– Tu vois son menton? expliqua Armand. Il était en train de mettre ses volets anti-tempête, il est tombé de l'échelle, il s'est salement coupé et il a une semaine d'arrêt de travail. Alors je lui ai dit : « Autant aller chasser le canard. » Du coup, on est venus voir si tu serais libre demain.

Lionel fit comme s'il avait besoin d'y réfléchir.

– Ça peut se faire... J'irai voir un peu plus tard comment ça se présente, s'il y a des canards qui arrivent.

– Où, dans les marais?

Lionel examina le ciel, où des bancs de nuages blancs alternaient avec des couches plus sombres.

– Je vais descendre tout à l'heure à St-Anne pour voir. Peut-être, je sais pas.

– On pourrait y aller maintenant, dit Armand. Faire un tour dans ton bateau. Richie n'a jamais vu de marais.

– Moi? J'ai déjà vu des marais, merde alors! Même celui-là. (Armand lui jeta un regard noir et Richie ajouta :) Mais j'ai jamais été dessus. En bateau.

– Et vous voulez y aller habillés comme ça? demanda Lionel avec un petit sourire.

Armand boutonna son veston et écarta les bras.

– Qu'est-ce que ça peut faire? C'est toujours ça que je mets quand je vais chasser le canard. Et lui, tu l'as vu? (Il désigna du pouce Richie et sa veste pleine de sang.) On a la classe, tous les deux, non?

Il s'approcha de Lionel en disant : « Allez, on y va », voulut lui toucher le bras, mais celui-ci se détourna, souleva sa jambe et se dirigea vers le quai. Tout en lui emboîtant le pas sur le sentier qui bordait la rivière, Armand lui dit :

– Lionel? Raconte-lui ce qui t'est arrivé, comment t'es tombé et sur quoi.
– Je suis tombé, voilà, dit Lionel.
– Dis-lui de quelle hauteur t'es tombé.
– Plus de vingt mètres.
– Ben merde, dit Richie qui suivait Armand, et il s'est pas tué?
– Dis-lui sur quoi t'as atterri. Comment t'appelles ces trucs qui sortent du béton?
– Des tiges de renfort.
– Des tiges de renfort, répéta Armand par-dessus son épaule. Ils mettent ça dans le béton. Il a atterri sur un de ces trucs qui sortent tout droit du sol.
– Bon Dieu! dit Richie.
– Comme s'il s'était assis dessus, quoi.
– Tu veux dire qu'il l'a eu dans le cul?
– Il l'a pris juste sous les fesses, dit Armand en se retournant.
Ils arrivaient au quai, un simple ponton de bois qui s'avançait dans l'eau, auquel était amarré un canot en aluminium avec un moteur Johnson de quarante chevaux.
– La barre m'a transpercé et elle m'est ressortie par le rein, dit Lionel en les regardant. Enfin, là où j'avais un rein.
– Bon dieu, souffla Richie.
– Il a plus qu'un rein, ajouta Armand.
– J'ai perdu un rein, je me suis cassé les pieds et les jambes et j'ai une rotule en plastique à ce genou-là, dit Lionel. Mais j'ai eu de la chance, parce que si j'avais pas atterri sur cette tige, je serais mort. Elle a ralenti ma chute. Qu'est-ce que vous voulez encore savoir? ajouta-t-il en se mettant à détacher l'amarre du bateau.
– Ça fait combien, dix, douze ans? dit Armand.
– Plus que ça. C'était quand on construisait le Renaissance Center de Detroit. Il y a plus de quatorze ans, maintenant.
Il retint le canot à quai et leur tendit la main pour les aider. Armand monta à bord en agrippant celle-ci, mais Richie l'ignora.
– Tu parlais avec un type hier, dit Armand. J'ai remarqué qu'il était dans la charpente, lui aussi.
– Oui, et il était aussi sur ce boulot-là. Je crois bien que c'est là que je l'ai connu. C'était un « petit con », à l'époque.
– Mais plus maintenant, hein?

– Un « petit con », dit Lionel en enroulant l'amarre, c'est comme ça qu'on appelle les apprentis, dans la charpente métallique. Mais c'est plus un apprenti, aujourd'hui, tu peux me croire.

– Comment il s'appelle?

Armand patienta. Lionel regardait vers la maison, ayant l'air de réfléchir, ou bien, il ne l'avait pas entendu.

– J'aurais dû laisser un mot à ma femme, dit-il enfin. Elle a emmené la petite faire du patin à glace.

Armand regarda la maison, puis Lionel sur le quai :

– On n'en a pas pour longtemps.

Un petit caboteur apparut, les dominant de toute sa hauteur. Lionel dit qu'il allait décharger du grain à Wallaceburg. Maintenant, il s'était détendu, et parlait sans qu'on ait besoin de lui poser de questions.

Ils traversèrent d'abord un paysage semblable à celui de toutes les rivières, avec des rangées d'arbres sur chaque rive, des fourrés, des halliers. Mais à mesure qu'ils descendaient vers le sud, les rives de la Snye devenaient marécageuses, et des roseaux de plus en plus hauts leur masquaient la vue. Bientôt la rivière parut se frayer un chemin à travers les herbes aquatiques.

– Où est la terre? dit Armand. Il n'y a pas d'endroit où aborder.

Lionel eut un petit sourire. Il avait perdu son air revêche maintenant, à la barre de son canot dont le moteur vrombissait. Il désigna une clairière dans la bordure marécageuse :

– Quand l'eau est haute, vous entrez dans le trou, là, c'est plein de rats musqués.

– Où ça? dit Richie assis à l'avant. Je vois pas la queue d'un rat musqué.

– Ils vous ont vus les premiers, dit Lionel. Si j'avais un piège, c'est là que je le mettrais, parce que c'est là qu'ils remontent à la surface.

– On les mange?

– On peut. Grillés – c'est comme ça que je les préfère – ou en ragoût. Seulement, ils se nourrissent de tout ce qui traîne dans l'eau, alors il y a beaucoup de gens qui n'en veulent pas : ils ont peur de se retrouver avec une sauce aux déchets toxiques.

– A quoi y servent, alors? dit Richie.

On gagnait six dollars cinquante avec une bonne fourrure, lui dit Lionel.

Merde, c'était tout? s'étonna Richie.

– Surveillez le ciel, dit Lionel. Si vous voulez des canards, il faut voir où ils vont se poser.

– J'ai mal aux mâchoires, et j'ai froid, se plaignit Richie.

Et Armand se souvint des étés où il venait ici, il y avait longtemps, quand il faisait chaud.

– Ça n'a plus la même tête, avec toute cette eau.

– Tu n'as jamais dû descendre si loin avec tes frères, dit Lionel. Il n'y a pas de chats ni de chiens à tirer, par ici.

– Continue comme ça, dit Armand, et je te change en rat musqué.

Il regarda par-dessus son épaule Lionel installé à l'arrière.

– J'ai appris des trucs de sorcellerie avec ma grand-mère. Elle voulait me changer en hibou, une fois.

– Dommage qu'elle l'ait pas fait, dit Lionel.

Armand se retourna de nouveau.

– Qu'est-ce que tu veux dire?

– Un hibou sait ce qui va arriver. (Lionel sourit légèrement et ajouta :) Si tu me changes en rat musqué, attends un peu le printemps, quand ils sont en chaleur, tu vas voir. Je m'amuserai.

– T'es déjà comme un rat musqué, dit Armand, à vivre dans un trou pareil.

Il avait froid et hâte que la promenade se termine. Se retourner pour avoir le vent dans le dos ne changeait pas grand-chose. Lionel n'avait qu'un sweat-shirt sur le dos, mais il ne paraissait pas sentir le froid. Il fallait le voir avec ses jeans et ses tennis sales. Il se plaisait ici, et il n'y avait aucun moyen de l'insulter. Armand le regarda lever les yeux pour lire dans les nuages, ou le vent, ou faire un de ses foutus trucs indiens.

– Combien pour nous emmener tous les deux demain?

– Cent dollars chacun.

– Pas de ristourne? Pour un vieil ami?

Lionel se borna à répondre :

– Il vous faut du calibre douze. Je peux vous en avoir. Vous n'aurez qu'à acheter les cartouches.

– Et ce type qui travaille dans la charpente? demanda Armand. Tu l'emmènes de temps en temps? Le type d'hier?

– Pas souvent. Lui, il ne chasse que ce qu'il mange. En fait, je crois qu'il n'aime pas les plumer. Ma femme le fait pour les chasseurs. C'est une plumeuse, comme qui dirait. Un dollar le canard.

– Et il s'appelle comment, ce type?

– Quel type?

– Ton copain charpentier.

– Wayne.

Ouais, c'était bien le nom qu'avait crié la femme de l'agence. Wayne.

– Tu vas chasser le cerf avec lui, non?

– Oui, il a une chasse réservée sur sa propriété.

– Il a l'air d'un type sympa, dit Armand. Il s'appelle Wayne comment?

– Wayne Colson.

– Il habite où? Dans le coin?

– Du côté d'Algonac.

– Il a l'air sympa.

– Ouais, je vais le voir de temps en temps, dit Lionel. Avec ma femme et Debbie, ma petite fille. Quand on va là-bas, sa femme dit toujours à Debbie qu'elle aimerait avoir une petite fille comme elle.

– Alors il est marié, hein?

– Ouais, sa femme travaille dans l'immobilier.

– Tu te fous de moi, dit Armand.

– Qu'est-ce que ça a de bizarre?

– Bah, rien, mais ça fait drôle de voir un charpentier marié à une bonne femme dans l'immobilier.

Lionel haussa les épaules.

– Ils ont un grand fils dans la marine, ajouta-t-il, et il se remit à scruter le ciel.

Au bout d'un moment, Armand entendit Richie crier :

– J'en vois, là-bas!

Il se retourna pour voir une nuée d'oiseaux se poser sur un vieux saule. Des corbeaux.

– Je vais avoir du mal, avec lui, dit Lionel avec un petit rire. Il va tirer sur des foulques en croyant que c'est des colverts.

Richie s'était retourné.

– Qu'est-ce qu'il y a?

– Les canards ne se posent pas dans les arbres, dit Lionel. Les oiseaux, oui, mais les canards, jamais. C'est la première chose à apprendre.

Armand vit le regard que Richie lançait à Lionel.

– Allons aborder là-bas pour nous dégourdir un peu les jambes, dit-il.

– Si tu veux, acquiesça Lionel.

Il les amena jusqu'à la rive, et coupa le moteur. Richie agrippa des roseaux, sortit du bateau et s'enfonça jusqu'aux chevilles dans l'eau et la boue. Averti de ce qu'il ne fallait pas faire, Armand sauta jusqu'à la terre ferme. Il atterrit sans problème, mais il avait des roseaux jusqu'à la taille, et sentit le sol moussu se dérober sous lui. Il regarda Lionel, toujours dans le bateau.

– Tu viens?

– J'ai pas besoin de me dégourdir les jambes.

Armand dit à Richie : « Fais-le », et se demanda quelle bonne excuse il allait lui sortir. « Ici? Mais c'est trop à découvert! » Ou un truc de ce genre.

Mais non. Il passa la main sous le pan de sa veste, sortit le Smith & Wesson, l'arma, visa à deux mains comme dans les films et tira trois fois sur Lionel au moment où celui-ci s'efforçait de sortir du bateau. Le troisième impact le projeta dans l'eau. Richie avait tiré d'affilée, sans hésitation. L'écho de la rafale, qui résonnait sèchement, commençait à s'évanouir.

– Bon, il t'a fallu plus d'un coup, dit Armand, mais tu l'as eu.

Richie regardait Lionel, tombé la face dans l'eau, un bras passé par-dessus le plat-bord.

– Ça, ça m'a fait chier, dit Richie. Quand il m'a dit que les canards se posaient pas dans les arbres. Je le sais, putain!

De retour chez Lionel, avant de remonter dans la Cadillac et de repartir, Armand pénétra dans la maison et en ressortit avec deux fusils à pompe Remington et deux tenues de camouflage pour la chasse aux canards.

– C'est pour quoi faire? demanda Richie, et Armand lui dit qu'il allait bien voir.

Puis, quand il quitta l'île par le même pont qu'à l'aller, en direction de Wallaceburg, Richie intervint :

– On passe pas à la maison? Putain, j'ai besoin de me changer.

Armand lui dit d'enfiler une des vestes de camouflage, qu'ils allaient à Windsor. Ils allaient laisser la voiture à l'aéroport dans un parking tranquille, et en piquer une autre, pour pouvoir circuler sans problème.

– Et puis on ira à la maison?

– Et puis on va repasser la douane à Detroit, comme deux chasseurs de canards en route pour Algonac. Et après, on ira voir où habite le mec dans la charpente.

– Y a pas le feu, dit Richie. S'il habite là, il va pas s'envoler.

– Pourquoi? Tu veux faire quoi, toi?

– Prendre une bière. Et regarder un peu la télé.

– Une fois qu'on aura trouvé leur maison, on ira jeter un coup d'œil. T'as entendu ce qu'a dit Lionel? Je suis sûr que la bonne femme de l'agence est sa femme. Celle qui nous a vus.

– Celle qu'était avec lui? dit Richie d'un air surpris. Elle a rien fait du tout. C'est lui qui nous a foutu sur la gueule.

Il commençait à faire sombre dans la campagne, et Armand alluma les phares.

– J'oubliais que tu avais besoin d'être en colère. Parmi tous les gens que tu as descendus, il n'y a jamais eu de femme, hein?

– Jamais eu besoin.

– Eh ben, tu ferais mieux de l'avoir, maintenant.

Richie ne dit plus rien. Armand se demanda si ce n'était pas la première fois de sa vie que ce type prenait le temps de réfléchir avant de l'ouvrir. Il attendit encore un peu avant d'ajouter :

– Je vais te dire un truc. Il ne faut jamais faire les choses à moitié. Et ne crois surtout pas que les gens vont pas se souvenir de toi. Moi et mes frères, quand on était dans cet hôpital à Sarnia...

– Tu m'as déjà raconté.

Et allez donc, encore en train de parler sans réfléchir.

– Ecoute un peu. Mon plus jeune frère, Jackie, retenait l'ascenseur. Mon autre frère, Gérard, surveillait que personne n'entre dans la chambre. Il était debout derrière la porte entrebâillée. Et puis, voilà une infirmière qui s'amène dans le couloir. Elle ouvre et elle se trouve nez à nez avec mon frère, tout près. Il l'emmène en vitesse dans la salle de bains, éteint la lumière et lui dit de la boucler.

– Moi, je l'aurais butée, dit Richie.

– J'en termine avec le gars et je dis à mon frère : « Qu'est-ce qu'on fait d'elle, là-dedans? » La porte de la salle de bains est fermée. Il me répond : « Je crois pas qu'elle m'ait bien vu. » Je lui fais : « Comment ça, tu *crois pas*? » Il fait : « Non, elle m'a pas bien vu. » Sept mois plus tard, la police a débarqué au Waverley Hotel...

– La police montée?

– La police de Toronto, ça suffit bien comme ça. Ils s'amènent dans l'hôtel où on était, ils cherchaient les frères Degas. Cette fois-là ils n'ont trouvé que Gérard, ils l'ont embarqué et l'infirmière l'a reconnu dans la file. « Oui, il était dans la chambre quand l'homme a été tué. » Ils mettent la main sur mon frère Jackie et ils l'abattent, soi-disant après avoir fait les sommations d'usage. C'est pas impossible, d'ailleurs. Ils me retrouvent, l'infirmière me regarde : « Non, je ne l'ai jamais vu. » Ils ont été obligés de me laisser partir. Seulement, j'ai perdu mes deux frères dans l'histoire. Un qui est mort, et l'autre en prison à vie, tout ça parce que Gérard a dit qu'elle ne l'avait pas bien vu. Pour juste une seconde... Pourquoi il a dit ça? Je ne sais pas, peut-être qu'il l'a regardée, elle. Peut-être que sa figure lui a plu, va savoir. Je comprendrai jamais ça.

– Tu lui as demandé?

– Bien sûr, je lui ai demandé. Il ne sait pas non plus. Il est à Kingston, maintenant, et il a toute la vie pour essayer de comprendre.

Ils roulèrent en silence dans le crépuscule.

– De toute façon, que ce soit un homme ou une femme, je vois pas la différence... finit par dire Richie. Il y en a une?

– Si tu n'y penses pas, non.

7

Tard dans l'après-midi, alors qu'il faisait un beau temps frais, le téléphone se mit à sonner. C'était trois jours après le grand ramdam à l'agence. Carmen alla décrocher le récepteur mural près de la fenêtre, au-dessus de l'évier de la cuisine.

Elle savait que c'était sa mère, parce qu'elle avait les mains dans un mélange d'œuf, d'oignons, de chapelure et de bœuf, et que Lenore appelait toujours au bon moment : quand elle était occupée ou aux toilettes. Si Carmen appelait sa mère, celle-ci répondait aussitôt : « *Qui* est à l'appareil? », parce qu'elle redoutait les coups de téléphone obscènes. Elle avait travaillé un temps au Service des Réclamations de la Michigan Bell et n'ignorait plus rien sur les pervers qui débitent des horreurs téléphoniques aux ménagères. Le mois dernier, elle avait même changé de numéro après avoir répondu deux fois sans qu'il y ait personne au bout du fil.

– C'est comme ça qu'ils savent si tu es chez toi, expliqua-t-elle à Carmen. Et après, ils viennent te violer.

– Dis-lui qu'elle n'a pas de souci à se faire, lui conseilla Wayne. Dès qu'un type verra sa tête, il lui fichera la paix.

Carmen se rinça les mains dans l'évier et les essuya sur un torchon, tandis que le téléphone continuait de sonner. Parfois, elle décrochait en disant : « Salut, m'man. »

Mais pas aujourd'hui. Elle regarda par la fenêtre en décrochant le récepteur et ne dit pas un mot.

Elle vit quelque chose bouger dans les bois. Pas tout au bout, là où Wayne faisait pousser son maïs et avait placé son bloc de sel, mais dans le bosquet derrière le poulailler, à l'endroit où la forêt avançait jusqu'à la limite de la cour. Elle était pratiquement certaine qu'il y avait un homme là-bas, debout dans l'enchevêtrement des branches. Il était aux trois-quarts dissimulé par l'épaisseur des branchages, et elle distinguait à peine une vague silhouette. La voix de Lenore s'éleva :

– Carmen? Carmen, qu'est-ce que tu fais?

Qui que ce soit, en tout cas il demeurait immobile.

– Salut, m'man, dit Carmen.

Elle n'en parla pas tout de suite à Wayne quand il rentra. Pourtant, elle y pensait encore en préparant le dîner. Wayne ouvrit deux bières et téléphona à Lionel. Pas de réponse. Ça faisait déjà deux jours que ça ne répondait pas chez lui. Carmen suggéra qu'ils étaient peut-être partis rendre visite à leur famille dans l'Ohio.

– En pleine saison du canard?

En semaine, Carmen allumait la télévision dans la cuisine et ils regardaient *Jeopardy* en dînant, assis au comptoir. Wayne était bon dans les noms de capitales, la musique country, un peu d'histoire parce que c'était tout ce qu'il lisait en dehors des magazines de chasse, et les guerres. Avec une préférence pour la guerre de Sécession. Carmen était bonne dans les groupes pop, les acteurs qui avaient gagné des Oscars et la biologie. Elle trouvait la bonne réponse plus souvent que Wayne. Ce soir, les catégories proposées étaient l'Art, le bowling, les gros mots et les rois nommés Edward. Mais ils n'y prêtaient pas grande attention. Carmen écoutait Wayne lui dire qu'il irait bien jusqu'à Walpole jeter un coup d'œil chez Lionel. Lui dire aussi qu'il aimait bien le chantier Jefferson, qu'il connaissait la plupart des gars de l'équipe et que le contremaître était un vieux copain. Un des charpentiers avait reçu un bouquet de fleurs avec une petite carte, de la part de cinq femmes qui l'avaient regardé travailler de l'immeuble d'en face. Wayne raconta aussi qu'il faisait du boulonnage et un peu de soudure, et que c'était le genre de boulot en hauteur qui lui plaisait. Il dit aussi que son pâté à la viande était particulièrement réussi, et ajouta qu'il ne comprendrait jamais que Matthew n'aime pas ça. Comment pouvait-on ne pas aimer le pâté à la viande?

– A propos, dit Carmen en sortant de sa distraction, on a eu une lettre aujourd'hui.

Wayne la regarda d'un drôle d'air, parce que les rares lettres de Matthew avaient leur place bien en évidence sur le comptoir.

Carmen dut aller la chercher dans un tiroir où elle rangeait le courrier et les factures.

Wayne se mit à lire la lettre de leur fils. Carmen prit une bouchée du pâté – pas mauvais, mais elle avait déjà fait mieux –, joua avec ses carottes et ses petits pois, regarda par la fenêtre et vit la cuisine se refléter dedans, la télévision formant un carré lumineux. Un des concurrents de *Jeopardy* avait choisi la catégorie « Les rois nommés Edward ». On parlait de l'un d'entre eux qui devait être un saint, et une des concurrentes demanda :

– Qui était Edward le Confesseur?

Juste au moment où Wayne disait :

– Il n'écrit plus qu'en initiales, celui-là. Les A-7E, les AE-6B. Il n'est pas sur un porte-avions, mais sur un PA. Ecoute un peu ça : « Mon nouveau boulot consiste à m'assurer que la barre de remorquage du train d'atterrissage s'engage bien dans la catapulte, et ensuite à m'écarter vite fait. Il n'y a pas intérêt à se faire prendre entre le jet et la BAS. » Qu'est-ce que c'est que la BAS?

– La barrière anti-souffle, dit Carmen.

– Ah ouais, et qu'est-ce que c'est que le DCONI? Il dit : « On vérifie qu'il ne traîne rien sur la plate-forme d'envol qui soit susceptible de causer un DCONI sur un chasseur. »

– Dommage causé par un objet non identifié, dit Carmen. Quelque chose qui pourrait se trouver aspiré dans le réacteur, je suppose.

Wayne parut irrité.

– Comment tu sais ça?

– C'était dans le livre qu'il nous a envoyé. « Les porte-avions de la Marine américaine. »

– Je ne l'ai pas encore lu.

La concurrente de *Jeopardy* poursuivait dans la catégorie des Rois nommés Edward, répondant à une question sous la forme d'une autre question, comme le voulait la règle du jeu. C'était la concurrente la plus brillante que Carmen ait jamais vue à *Jeopardy*.

Elle dit : « Maman a appelé cet après-midi. »

Wayne leva les yeux de sa lettre.

– Comme si tu avais besoin de ça. Elle t'a demandé ce que tu préparais pour ce soir, tu lui as dit du pâté à la viande et elle t'a dit de ne pas mettre de tabasco, que ça nous faisait mal à l'estomac.

– Elle m'a dit de ne pas oublier d'ajouter du lait.

– Je parie qu'elle a aussi demandé comment allait ton père, et ce qu'il faisait.

– Elle a plus ou moins essayé.

– En espérant que tu allais lui dire que son foie avait fini par craquer. Ton père est heureux comme un roi à Tampa. Et elle, elle se morfond ici à boire sa vodka-pamplemousse et à chercher tous les moyens de se rendre malheureuse. Comment va son dos?

– Pareil. Elle ne peut pas se pencher sans que ça lui fasse comme un coup de poignard dans les reins.

– Je préfère ne rien dire, soupira Wayne, qui reprit sa lecture, puis releva la tête au bout d'un moment. J'aime bien ça. Matthew dit : « L'équivalent de la pression de vapeur nécessaire pour catapulter un avion de trente tonnes de la plate-forme d'envol propulserait un pick-up truck à plus de sept kilomètres sur l'océan. » Ça, au moins, je comprends. Et puis, il parle de la production de vapeur dans « les accumulateurs du pont inférieur ». Comment est-ce qu'un gamin comme Matthew fait pour savoir tout ça? Il a dix-neuf ans!

– Il a grandi. Quand tu avais son âge, tu travaillais déjà.

– Et il termine par : « J'espère que vos journées ont un PVI, et que vous allez bien. » Il n'en rajouterait pas un peu, des fois? C'est quoi encore, un PVI?

– Plafond et visibilité illimités.

– Tu sais à quoi c'est dû? C'est le fait d'avoir un nouveau boulot. On se gargarise de tous les mots, pour montrer qu'on sait de quoi on parle. En bref, Matthew est là-bas sur son PA, avec des BAS et des DCONI, par une belle journée à PVI.

– Il y avait quelqu'un dans le bois cet après-midi, dit Carmen. Je l'ai vu par la fenêtre pendant que je parlais à Maman.

– C'est bien possible, dit Wayne. (Et puis, après une pause :) Tu n'as pas vu qui c'était?

Carmen secoua la tête.

– Peut-être même qu'ils étaient deux, je n'en suis pas sûre.

– Pendant que tu parlais avec ta mère?

– Oui, mais je ne lui ai rien dit.

– Ça, je m'en doute. Mais comment ça se fait que tu aies attendu jusqu'à maintenant pour me le dire, à moi?

– Je voulais t'en parler tout de suite, et puis... Je ne sais pas, ça ne m'a plus semblé aussi important. C'était peut-être des chasseurs.

– C'est la saison du canard, chérie, et il n'y a pas de canards dans les bois. C'était peut-être juste des promeneurs?

– Plutôt des gens qui s'efforçaient d'observer en restant cachés. C'est l'impression que j'ai eue.

– Je ne vois pas comment ça pourrait être ces deux types, si c'est à ça que tu penses.

– Non, je ne vois pas non plus.

– Ils aimeraient peut-être bien me tomber dessus un de ces jours, mais ils ne vont pas courir le risque de traîner dans le coin alors que la police les recherche. Enfin, c'est du moins ce que disent les flics.

– Comment pourraient-ils savoir où on habite?

– Ils ne peuvent pas, ils n'ont aucun moyen de le savoir.

Elle vit que Wayne réfléchissait à tout ça en terminant son dîner. Les concurrents de *Jeopardy* se tenaient prêts pour l'épreuve finale.

– A moins que l'Indien se souvienne de m'avoir vu parler à Lionel et qu'il aille chez lui. Sauf que Lionel n'est pas là. Je ne sais pas où il est, mais ce qui est sûr, c'est qu'il n'est pas chez lui.

– Ce n'était sans doute personne de spécial. Juste un type qui passait. Je ne vais pas m'inquiéter pour ça.

– Tu as raison, ils seraient vraiment cons de traîner dans le coin.

Carmen ne dit rien. C'était l'heure de la Grande Finale. Elle regarda Wayne descendre de son tabouret et aller au débarras où il rangeait tout son matériel de chasse : ses fusils, ses munitions, ses bottes, ses leurres et sa collection de revues de chasse. Elle le vit fouiller tout au fond.

– Chéri, quels sont les deux Etats limitrophes dont les noms sont un mot espagnol et un mot indien qui veulent tous les deux dire « rouge »?

Elle était pratiquement sûre qu'il s'agissait du Colorado et de l'Utah.

Wayne sortit du débarras avec son Remington 870 à canon rayé.

– Le Colorado et l'Oklahoma, dit-il en traversant la pièce pour aller poser le fusil contre le mur près de la porte d'entrée.

– Moi, je crois que c'est le Colorado et l'Utah.

C'était aussi ce que pensait la femme la plus brillante qu'elle ait jamais vue à *Jeopardy*, et elles avaient tort toutes les deux. C'était bien le Colorado et l'Oklahoma.

Carmen en fut surprise, mais aussi ravie, et elle sourit en disant :

– Comment tu sais ça?

– J'ai été tirer des oiseaux là-bas, une fois. Tu te rappelles?

« Qu'ils m'aient traitée comme ça, alors qu'ils connaissaient mon amour pour les pénitenciers, avait répété Donna à Richie Nix sur tous les tons, ça m'a fait perdre tout le respect que j'avais pour notre système carcéral. »

Richie dit à Bird qu'elle n'arrêtait pas de ressasser ça. Pour lui, c'était la preuve qu'ils pouvaient lui faire confiance, et lui dire au moins où ils avaient pris la camionnette. Bird lui dit que non.

– Elle comprend pas ce qui se passe, dit Richie. On part samedi dans une Cadillac et on revient cette nuit dans une Dodge avec des tenues de chasseurs sur le dos.

Des tenues de camouflage avec les casquettes assorties, vert foncé, mouchetées de brun et de noir.

– On s'en fout, qu'elle comprenne pas.

– Ouais, mais on n'a pas envie qu'elle soit en rogne contre nous.

– On raconte pas ses affaires à une bonne femme qui portait l'uniforme fédéral, dit Bird.

Il ne comprenait rien.

– Mais c'est justement ce que je suis en train de te dire, dit Richie. Elle les *connaît*, mes affaires. Elle *sait* qu'il y a des mandats d'arrêt pour crimes majeurs contre moi. Elle s'en fout, elle a passé sa vie avec des types dans mon genre. C'est une putain de groupie à taulards, mec. Si on reste copains avec elle, on a une bonne petite planque peinarde. Mais si on la contrarie, elle va se foutre en rogne. Tu comprends ce que je veux dire, Bird?

– M'appelle plus Bird.

Richie se tut, désorienté.

– Mais tu m'as dit qu'on t'appelait Blackbird.

– Plus maintenant.

– Il faut que je t'appelle comment, alors?

– Par mon nom, Armand.
– Armand? Tu déconnes?

Ils avaient eu plusieurs différends au cours de ces derniers jours. Il leur avait fallu du temps pour localiser la maison du charpentier, située sur un minuscule chemin vicinal. Puis ils avaient dû aller là-bas en reconnaissance. C'était Bird qui avait voulu laisser la camionnette sur une petite route, couper à travers bois comme s'ils étaient des chasseurs, et se glisser par-derrière. Bon, d'accord, ils avaient fait comme ça. Ils avaient fait le pied de grue au milieu des herbes hautes et des buissons trempés, dans leurs tenues de chasseurs. La maison était bien là, il y avait une Oldsmobile Cutlass et un hors-bord sur une remorque dans le garage, mais pas de pick-up. En clair, le type n'était pas chez lui et Bird ne voulait pas pénétrer dans la maison tant qu'il n'était pas sûr qu'ils seraient là tous les deux. Richie aimait bien l'idée d'entrer dans la maison et de s'occuper de la femme en attendant que le type revienne. Pour une surprise, ce serait une surprise. Bird avait dit :

– S'occuper de la femme, hein? Tu crois que tu en es capable?

Il remettait toujours ça sur le tapis. Bird n'aimait pas l'idée de Richie, parce que quelqu'un pouvait arriver à l'improviste pendant qu'ils étaient dans la maison. Des flics, pourquoi pas? Ces gens-là avaient bien dû parler aux flics, non? Et il se passerait quoi si les flics venaient leur poser des questions juste à ce moment-là? Chaque fois que Richie voulait faire un truc, Bird était contre. Et maintenant il voulait qu'il l'appelle Armand. Un nom de pédé, ça.

Ils étaient assis dans le living de Donna, sous les photos de gardiens et de fonctionnaires des prisons : tous les deux avec leurs verres à la main au milieu des animaux en peluche. Armand s'amusait à tirer sur les yeux de la grenouille, pendant que Donna leur préparait un dîner fin à base de surgelés, faisant du bruit avec ses casseroles du fond de la cuisine pour bien leur signifier qu'elle était là.

– Armand? dit Richie. (Bon dieu, ça faisait drôle de dire ce nom-là). T'as remarqué qu'elle nous parle plus? Quand elle fait un potin pareil, ça veut dire qu'elle est de mauvais poil. Et je veux pas qu'elle fasse une connerie.

– Ta nana, il faut lui foutre une raclée, si tu veux qu'elle file droit.

– Tout ce que ça ferait, ça serait de la mettre vraiment en colère.

– Si elle a pas plus de jugeote que ça, il va lui arriver des bricoles.

Ce mec-là débarquait vraiment d'une autre planète.

– Armand, t'as jamais été marié?

– Sûrement pas.

– T'as jamais été avec une femme? A part ta famille, je veux dire?

– Où tu veux en venir?

– Armand, laisse-moi te dire un truc. T'es toujours en train de me dire des trucs, maintenant c'est mon tour. Ecoute un peu, Armand. (A force de répéter le nom, il finirait peut-être par s'y faire.) T'as déjà dû buter une femme ou deux, dans ton business, non?

– Continue ce que tu voulais me dire.

– Mettons que tu l'aies fait. Mais buter une femme et la comprendre, c'est deux choses différentes, mec. Moi, j'ai été avec des femmes à l'Assistance et depuis j'ai continué. (Il baissa la voix pour ajouter :) Je suis peut-être même encore marié à l'heure qu'il est. J'en suis pas sûr, parce qu'elle a eu peur et qu'elle s'est tirée. Une femme qui a peur, ça va, mais les laisse jamais se mettre en rogne contre toi si tu peux l'éviter. D'abord, elles vont arrêter de te parler. Comme celle-là. Et si t'insistes un peu trop, alors là, fais gaffe. Une femme va pas te sauter dessus, elle a d'autres moyens. Comme mettre du verre pilé dans ta bouffe, par exemple. Ou te verser de l'essence dessus pendant que tu dors et foutre le feu. Je connais des types à qui c'est arrivé. Te dénoncer, c'est la dernière chose qu'elles feront, parce que c'est trop facile, putain. Donna sait que j'ai un dossier épais comme ça, et des mandats d'arrêt d'ici au Kentucky. Elle peut me foutre dans la merde quand elle veut. Mais tu vois, c'est pas ça qui m'inquiète. Ce qui m'inquiète, c'est le coup foireux qu'elle peut nous faire, si on prend pas des gants avec elle. Ce que tu dois savoir, Armand, c'est qu'une femme doit croire que ce qu'elle pense a de l'importance pour toi.

– Alors, tu lui fais pas confiance, dit Armand.

– C'est ce que je suis en train de t'expliquer, mec. J'ai pas besoin de m'emmerder à lui faire confiance, tant qu'elle me fait confiance, *elle*.

L'Indien prit le temps de finir son whisky avant de répondre :

– Qu'est-ce que tu veux lui dire, alors?

Il n'avait plus l'air aussi sûr de lui. Richie sentit qu'il le tenait. Il dit : « Regarde » et cria :

– Hé, Donna? Tu veux nous redonner à boire?

Elle apparut, semblable à une araignée de bande dessinée, avec ses jambes maigres, ses bras maigres et son gros cul. Elle emporta leurs verres dans la cuisine et les rapporta remplis de glace, en les examinant pour savoir lequel donner à qui. Elle tendit le plus foncé à Richie et leurs yeux se croisèrent, mais sans qu'il dise rien encore. Il savait que l'Indien regardait la scène avec intérêt. Donna vint vers lui pour lui donner son whisky, mais elle ne lui accorda pas même un regard, impassible avec sa choucroute sur la tête et ses lunettes pailletées. Richie attendit qu'elle reparte vers la cuisine.

– Donna?

Elle s'arrêta et dit « Quoi? » mais sans se retourner.

– Je veux te dire quelque chose. Tu sais, la camionnette?

– Ouais?

– Je l'ai piquée.

Donna revint un peu sur ses pas.

– A l'aéroport de Windsor, dit Richie. Il y avait cette petite blonde dedans en train d'attendre quelqu'un. Au bout d'un moment, voilà un négro qui devait faire dans les deux mètres qui sort du terminal. La blonde sort de la bagnole, elle a une minijupe supercourte, elle court vers le type, elle lui saute dans les bras et ils se roulent un patin, avec le négro qui lui met la main aux fesses. Et puis voilà un autre grand négro qui s'amène, et elle court vers celui-là *aussi*. Ils restent là à bavarder une minute et ils retournent tous les trois vers l'aéroport, pour chercher les sacs des deux types, je suppose. Dès qu'ils sont partis, j'ai sauté dans la camionnette et je me suis tiré avec. (Richie fit une petite grimace à l'intention de Donna :) J'ai pas pu m'en empêcher, quand j'ai vu cette petite mignonne en train d'attendre ces deux négros.

– Qu'est-ce que tu as au menton? dit Donna.

– Je me suis battu.

– Avec les Noirs?

– Non, ça, c'était avant. Un type qui me cherchait.

– Et ça te fait mal?

– Non, ça va.

– Qu'est-ce qui est arrivé à sa voiture, à lui? dit Donna en parlant de l'Indien, mais sans le regarder.

– Elle nous a lâchés. On a dû la donner à réparer dans un garage.

– Et du coup tu t'es dit que c'était bien de prendre cette camionnette?

– Je vais pas l'abîmer, dit Richie. On va s'en servir, aller chasser un peu et puis je l'abandonnerai quelque part.

– Tu préfères du poulet basses calories, ou du normal? dit Donna.

– Qui, moi? (Richie eut un petit rire.) Tu rigoles.

– Et lui?

– Oh, Bird, tu lui donnes une double portion de basses calories.

Il attendit que Donna soit retournée à la cuisine avant de lever les yeux vers son associé.

– J'ai vu ça une fois, pas à Windsor, mais à Detroit. Ouais, une jolie nana qui venait chercher ces deux nègres géants. Des joueurs de basket, j'imagine. A se demander comment ces types-là font pour grandir comme ça.

Richie remarqua que l'Indien regardait en direction de la cuisine.

– Elle l'a crue, cette histoire?

– Qui, Donna? Elle sait que c'est pas loin de la vérité, même si c'est pas tout à fait ça. Elle va me poser d'autres questions plus tard. Comme ça, sans avoir l'air, et elle va essayer de me coincer... Hé, tu sais ce que tu vas faire, maintenant, Bird, enfin, Armand? Tu vas dans la cuisine et tu lui files une petite tape sur le cul. Fais-lui voir qu'on est tous copains, ici.

8

Comme Richie avait volé la camionnette, c'était lui qui conduisait, maintenant. Et Armand avait l'impression que ce n'était plus lui qui menait la barque, qu'il avait perdu son autorité sur ce petit voyou qui conduisait trop vite sans regarder la route. Ils étaient déguisés en chasseurs et se dirigeaient vers la maison du charpentier et de sa femme. Quatre jours s'étaient écoulés depuis leur visite à l'agence immobilière. Comme ils passaient devant la grande bâtisse victorienne au bord du fleuve, Richie ralentit et se pencha sur le volant pour regarder les fenêtres du premier.

– Tu crois qu'il est là?

Armand ne répondit pas.

– Si j'étais sûr qu'il y était, j'entrerais et je monterais droit à son bureau. Ça, ce serait chic, non, de voir sa gueule?

Armand ne répondit pas davantage. Il se disait que ses frères auraient regardé Richie de la tête aux pieds et dit : « Qu'est-ce que tu fabriques avec ce mec? C'est un petit voyou. » Son frère mort aurait dit : « Un mec essaie de te braquer ta tire et tu le laisses faire? » Son frère en prison aurait dit : « Tu le balances pas par la portière avant de continuer? » Allez donc leur expliquer. Le coup avait l'air bien monté. Ses frères auraient dit : « Ah ouais? Bien monté? Avec ce mec-là? » Ce serait comme s'ils l'avaient vu au *Silver Dollar* en train de peloter une mocheté et de lui payer à boire. Il aurait pu être bituré à mort, ça n'aurait pas été une excuse.

Le *Silver Dollar*, lui, était en train de changer : bourré de voyous. Il ne pouvait plus retourner là-bas. Alors, il était embarqué dans cette histoire et c'était comme se réveiller avec la mocheté sans savoir où il était, en sachant seulement qu'il fallait se sortir de là en vitesse.

Ses frères auraient eu aussi leur mot à dire sur Donna.

La veille, Richie avait pas arrêté de lui répéter :

– Vas-y, mais vas-y donc! Dis-lui un petit truc gentil, mets-la à l'aise. File-lui une petite tape sur le cul.

Bon, d'accord. Il était allé à la cuisine. Ça la rendait nerveuse de le sentir dans son dos, en train de la regarder faire la cuisine, et il avait vu qu'elle faisait des efforts pour avoir l'air naturel. Son parfum sentait plutôt bon. Son corps lui plaisait, et aussi sa façon de le mettre en valeur avec un pantalon moulant. Elle lui avait demandé s'il voulait quelque chose et il avait répondu :

– Si tu pouvais te transformer en oiseau, lequel tu choisirais?

Elle lui avait lancé un regard bizarre. Il lui avait dit qu'une fois sa grand-mère avait voulu le changer en hibou; il lui avait parlé de ce qu'elle faisait faire aux mouettes. Il l'avait vue se détendre et prendre un air intéressé, tout en disant : « C'est des blagues », à propos des mouettes. Ses verres brillaient à la lumière du plafonnier. Armand était persuadé qu'il y avait des femmes à lunettes dont on voyait tout de suite qu'elles aimaient bien baiser. Il avait classé Donna dans cette catégorie. Il ne lui avait pas donné de tape sur le derrière, et s'était borné à lui redemander quel oiseau elle aimerait être. Donna l'avait regardé et dit qu'elle avait besoin de réfléchir à la question. Il se débrouillait plutôt bien avec elle, jusqu'au moment où Richie avait fait irruption dans la cuisine en disant :

– Hé là, qu'est-ce qui se passe ici?

Richie qui était devenu un problème depuis qu'il conduisait. Richie qui brisa soudain le silence :

– On y est presque, Bird.

Armand fouillait du regard les champs et les bois des deux côtés de la route.

– Ralentis, dit-il. Attention de ne pas rater l'endroit.

La veille, ils avaient suivi des ornières qui partaient de la route et menaient à une ferme abandonnée, séparée de la propriété des Colson par un petit bosquet.

Richie le dépassa. Armand se redressa :

– Où tu vas?

– Je veux jeter un œil à la baraque.

Un toit et des lucarnes apparurent : c'était une grande

maison d'aspect confortable, entourée de grands arbres. Le pick-up truck était dans l'allée, derrière, près de la véranda. La porte de la maison était ouverte.

– Bon sang, Bird, le mec est chez lui.

– Dis-moi où tu vas.

– Je vais faire demi-tour et revenir m'arrêter juste devant. Et débouler là-dedans, mon pote.

– Alors t'as changé d'idée. Tu veux leur donner une occasion de nous voir.

– T'en fais pas, dit Richie en faisant son demi-tour. Je veux ce mec, vu? Je veux lui flanquer un coup de fusil. Je me suis jamais fait quelqu'un au fusil. Et toi?

Armand ne répondit pas. Il regardait la maison en comptant les piliers de la véranda; huit, il y en avait huit, ça faisait beaucoup pour soutenir un toit, pensait-il; il pensait aussi qu'il aurait préféré le faire avant, tout de suite, mais que dès que ce truc serait réglé, il allait devoir mettre une balle dans la tête de Richie.

Et l'abandonner sur la pelouse, là. Mais en attendant, ils avaient quitté la route, et s'étaient garés à l'abri d'une rangée d'arbres. Richie se retourna pour attraper un des fusils chargés à l'arrière.

– T'es prêt?

Armand ouvrit la portière et sortit de la camionnette. Oui, il était prêt. Il plongea la main droite dans la poche de sa veste de chasse, pour agripper son pistolet. Non, il n'avait jamais tué personne avec un fusil de chasse. A quoi bon se servir d'un fusil? Ce mec se croyait au cinéma. Armand contourna l'avant de la camionnette.

A ce moment précis, il leva les yeux et vit le pick-up faire une marche arrière rapide dans l'allée, freiner d'un coup sec et partir dans la direction d'où ils venaient. Armand recula et rouvrit la portière. Richie était penché sur le démarreur. Il jeta un coup d'œil à Armand en disant :

– Lui, je vais le coincer! Tu t'occupes de la bonne femme.

Armand secoua la tête pour dire non, la main sur la portière de la camionnette. Mais Richie démarra brutalement sous son nez, et il l'entendit répéter : « Je vais le coincer! » tandis qu'il se lançait à la poursuite du pick-up.

Carmen dit à sa mère qu'elle s'apprêtait à faire du kielbasa aux choux pour le dîner, le plat favori de Wayne.

– Oh, il est là, pour une fois? dit Lenore. Passe-le-moi, que je dise bonjour à l'homme de la maison.

Carmen lui expliqua qu'ils étaient à court de bière, qu'elle avait oublié d'en acheter et que Wayne venait juste de sortir en chercher. Sa mère fit : « Hu-hum » et dit que le kielbasa et les choux étaient un bon plat de dernière minute, pas vrai, on pouvait toujours les faire réchauffer en vitesse quand le mari se décidait enfin à rentrer. Carmen regarda par la fenêtre au-dessus de l'évier et dit :

– Ecoute, M'man...

Sa mère était en train de lui expliquer qu'elle faisait d'abord frire le kielbasa puis mettait le chou à cuire pendant environ vingt minutes et servait le tout avec des pickles.

– Je te rappelle, M'man, dit Carmen, et elle raccrocha.

Le type lourdaud dont Wayne pensait qu'il était Indien venait de remonter l'allée et se tenait devant la véranda. Carmen le reconnut aussitôt, malgré son accoutrement de chasseur, planté juste en face de la porte de la cuisine et examinant tranquillement la maison.

Wayne était rentré et ressorti aussitôt, laissant la porte ouverte. Le fusil qu'il avait chargé et placé la veille près de la porte était toujours là, contre le mur. Mais la porte était de l'autre côté du comptoir, par rapport à Carmen.

Elle se dit que si elle avait pensé à prendre de la bière, ou si Wayne était rentré plus tôt... Mais c'était justement en prévision d'une situation de ce genre qu'il avait posé le fusil à côté de la porte, le Remington qu'elle avait bien dû utiliser une douzaine de fois au cours des cinq dernières années, mais jamais sur une cible vivante. D'après Wayne, elle tirait plutôt bien. Oui, quand c'était sur des canettes de bière qu'il jetait en l'air...

Le type lourdaud s'approchait des marches, les mains dans les poches de sa veste de chasse. Elle était trop petite pour lui, tout comme la casquette rabattue sur son front, dont la visière masquait ses yeux.

Elle ne voulait pas qu'il monte sur la véranda. Mais s'il le faisait, elle se doutait que ce n'était pas en verrouillant la porte qu'elle l'empêcherait d'entrer.

Alors, Carmen contourna le comptoir et le vit lever la tête

pour la regarder dans l'encadrement de la porte. Elle saisit le Remington, ôta le cran de sûreté et sortit sur la véranda pour qu'il voie le fusil qu'elle tenait dans la main droite, pointé vers le bas.

Il toucha la visière de sa casquette avec un vague sourire.

– Vous allez à la chasse, miss?

Carmen ne répondit pas.

– Je cherchais votre mari, j'avais deux mots à lui dire.

– Il n'est pas là.

– Je sais. Mais je peux l'attendre à l'intérieur. (Il haussa les épaules, regarda vers la route, puis revint à Carmen, le visage levé, sa casquette sur les yeux. Il dit :) « D'accord? » et se mit à monter les marches.

Carmen se tourna vers lui, levant son fusil à deux mains, la crosse sous le bras.

Le geste l'arrêta. Il fronça les sourcils et prit un air étonné :

– Pourquoi vous pointez ça sur moi?

– Qu'est-ce que vous voulez?

– Je vous ai déjà dit, je veux voir votre mari. Pourquoi est-ce qu'on l'attendrait pas ensemble, tous les deux?

– Vous feriez mieux de partir. Tout de suite. Je ne plaisante pas.

– Ou alors quoi? Vous allez me tirer dessus? C'est ça votre métier, tirer sur les gens?

La façon dont il le dit la mit en colère, et elle ne répondit pas.

Le doigt sur la détente, elle tenait un fusil chargé avec des cartouches magnum. Mais l'arme ne constituait une menace que si elle était prête à s'en servir. L'homme paraissait très à l'aise, la croyant visiblement incapable de le faire, ce qui l'exaspéra davantage. Il la terrifiait. Elle ne voulait pas qu'il fasse un pas de plus, qu'il monte les marches. Mais s'il le faisait, elle serait obligée de tirer.

Il regarda de nouveau la route, puis la maison, et enfin revint sur elle, sans se presser, comme s'il disait, aucune importance, je monterai ces marches si j'en ai envie, je ferai ce que je veux...

Il s'avança, Carmen appuya sur la détente et le vit changer de visage, les yeux grands ouverts dans l'écho fracassant du coup de fusil qui venait de passer au-dessus de sa tête. Elle réarma le fusil et le maintint pointé sur lui; l'homme recula et leva les mains en disant :

– D'accord, miss, d'accord, du calme, je m'en vais.

Il continua à regarder par-dessus son épaule en s'éloignant, non pas vers la route, mais vers la cour et le poulailler. Il prit son temps, comme pour voir ce qu'elle en pensait. Carmen n'apprécia pas du tout. Elle voulait qu'il parte, pas qu'il reste à surveiller les alentours. C'est pourtant ce qu'il fit : il s'appuya contre l'angle du poulailler et la regarda fixement, sans bouger.

Carmen épaula et visa les lattes de bois du poulailler à hauteur de la tête de l'homme. Il ne bougea pas davantage, continuant à lui dire qu'il ne croyait pas qu'elle allait tirer, et pendant un instant une envie terrible lui vint de déplacer le canon pour le pointer droit sur lui. Elle laissa passer l'envie, puis tira, réarma avant que l'écho du premier coup se soit évanoui, épaula pour tirer de nouveau, mais l'homme avait disparu.

Ce que Richie voulait faire, c'était serrer le pick-up de près, puis déboîter d'un seul coup, comme s'il voulait doubler, avec le canon de son fusil posé sur le rebord de la vitre ouverte côté passager. Une fois au niveau du mec, il le tirerait comme un lapin, le ferait gicler de son pick-up. Sauf qu'au moment où il eut cette idée de génie, ils étaient déjà aux abords d'Algonac, et les voitures en sens inverse l'empêchaient de doubler. Avant que l'occasion ne se présente, le type avait mis son clignotant gauche et tourné sur le parking d'un supermarché.

A peine rentré, voilà sa petite femme qui l'envoyait faire les courses.

Ça faisait rigoler Richie, ce type qui se prenait pour un vrai dur et qui se laissait mener par le bout du nez. Oui, ma chérie. Tout ce que tu voudras, ma chérie. La seule fois où Donna lui avait demandé d'aller faire les courses, il avait répondu :

– Hé, si tu commences avec ce genre de conneries, je me casse.

Elles ne vous respectaient plus, quand on faisait trop de choses pour elles. Il faudrait pas qu'il oublie de dire ça à Bird, lui qui ne comprenait rien aux femmes. C'était bizarre d'ailleurs, pour un type de son âge. Mais après tout, c'était un Indien, et ils sont tous bizarres. Déjà, pour croire que quelqu'un peut vous changer en hibou... Et puis quoi encore? Donna ne savait pas quel oiseau elle avait envie d'être. Richie le savait, lui : un aigle. Merde alors, autant être le meilleur.

Il avait tourné à son tour sur le parking vide devant le supermarché, et s'était arrêté juste à côté du pick-up de l'autre, face aux vitrines couvertes d'affichettes annonçant les affaires de la semaine. Il regarda le type pousser la porte; il portait son blouson « La force-de-l'Amérique ». Et content de lui, avec ça. Regardez-moi, les mecs, j'ai pas le vertige, même du vingtième étage. Richie allait lui donner autre chose à regarder quand il sortirait : la gueule d'un fusil à pompe. Il se demanda s'il lui fallait quelque chose. Ouais, des lunettes de soleil; il avait oublié les siennes quelque part. Il essaya de calculer s'il avait le temps de courir s'en chercher une paire et de revenir...

Ou buter le gars à l'intérieur, pourquoi pas? Au contraire, c'était l'occasion d'améliorer son score : il pourrait s'en faire deux pour le prix d'un seul.

Il entra dans le magasin en tenant son fusil contre sa cuisse, mais ne vit pas le mec du bâtiment. Les deux caisses se trouvaient juste en face, avec une fille au milieu qui lisait un magazine en mâchonnant son chewing-gum. Elle leva les yeux vers lui puis les détourna, visiblement peu intéressée. Richie remarqua qu'elle avait les cheveux gras, mais il ne vit le charpentier nulle part.

Puis il l'aperçut, tout au bout d'une allée, deux packs de bière sous le bras, en train d'attraper un paquet de chips.

La difficulté consistait à se faire les deux presque en même temps. Richie leva son fusil assez haut pour le pointer sur la fille et la vit lâcher son magazine au moment où il lui disait :

– C'est ton jour de chance, bébé. File-moi le pognon de ta caisse dans un sac, et pose-le sur le comptoir. Et donne-moi aussi quelques paquets de chewing-gum, de ceux-là, là.

La fille avait dans les dix-huit ans, elle était laide, la peau sombre, une Indienne peut-être. Elle resta d'abord pétrifiée, mais quand Richie lui dit : « Active! » elle fit un bond et commença à s'activer. Il braqua son fusil vers l'allée, cria « Hé! » et vit le charpentier regarder dans sa direction. C'était juste ce qu'il voulait. Mais merde, il eut beau tirer, et tirer encore, les chevrotines faisant voler le rayon des chips et exploser les bouteilles de soda, le mec avait disparu. Richie avança jusqu'à l'allée suivante, le vit bouger et tira de nouveau.

Merde, les étagères tombaient, les boîtes de bière volaient, les bouteilles dégringolaient, mais pas de charpentier par terre. Bordel, encore raté. Richie le vit courir vers une sortie, ses packs de bière toujours sous le bras, et passer la porte au moment où il lui tirait une dernière volée qui fit dégringoler les vitres derrière lui. Merde. Le type avait eu le temps de se mettre à l'abri. Ce coup-ci, Richie était à peu près sûr qu'il l'avait vu assez nettement pour savoir qui il était. C'était toujours ça de pris. Ce qu'il voulait, c'était obliger ce mec à être toujours en alerte, à regarder nuit et jour derrière son dos, et le buter une autre fois. Mais ce n'était pas le moment de rester planté là à réfléchir à tout ça. Richie se tourna vers la fille. Il posa le fusil sur le comptoir et prit le sac de papier.

– Tout y est?

Elle hocha la tête, les mains en l'air, un peu courbée en avant, tête basse et les yeux fixant le sol.

– T'es Indienne?

Elle fit non de la tête.

– T'en as l'air, pourtant. Tu devrais faire quelque chose à tes cheveux. Les laver avec un conditionneur, par exemple, tu vois le truc? Histoire de leur donner du gonflant.

Putain, elle avait vraiment l'air Indienne. Il pensa à Bird, ce qui l'amena à penser encore à un autre truc. Il lui dit :

– Regarde-moi.

Elle leva la tête, mais parut incapable de le regarder en face. Son regard affolé se posait un peu partout, sauf sur lui :

– T'es sûre que t'es pas Indienne?

Elle se mordait la lèvre en faisant non de la tête; elle en avait oublié son chewing-gum.

– De toute façon, ça fait rien, dit Richie.

Il porta la main à sa ceinture, en sortit le calibre 38 nickelé et lui flanqua une balle entre les deux yeux.

C'était vraiment marrant quand on faisait ça sous l'impulsion du moment, sans réfléchir. Comme un des boulots de Bird. « Bon dieu, Bird! » se dit Richie. Il fit faire demi-tour à la camionnette et fonça dans la campagne. Avec tout ça, il avait oublié d'aller récupérer l'Indien.

Du coup, il réalisa qu'il allait encore une fois pouvoir essayer d'avoir le mec du bâtiment. Si Bird était chez le type et que le pick-up était encore au supermarché... Il dirait à Bird quel pied c'était, de tirer au fusil. Bird allait dire ouais, mais tu l'as manqué. Et il lui dirait t'en fais pas, le gars va pas tarder à rentrer. Et puis non, il y a pas de témoins, j'ai fait ce que tu m'as dit. Et il lui filerait le butin du hold-up : « Ah, tiens, à propos, j'allais oublier. T'es content de moi? Oh, j'étais juste entré là-dedans pour m'acheter des lunettes, vu que j'ai paumé les miennes. Je me demande bien où, d'ailleurs?... »

Le jour tombait, et tout était silencieux. Richie ralentit, sachant qu'il arrivait à la maison du charpentier, mais pensant toujours à ces putains de lunettes noires. Voyons, la dernière fois qu'il les avait portées...

Il sursauta en voyant Bird surgir des buissons au bord de la route, le bras levé. Le temps de piler, et Richie l'avait déjà dépassé. Bird rejoignit la camionnette en courant, grimpa et dit :

– Allez, foutons le camp d'ici.

Richie ne répondit rien sur le moment. Il attendit qu'ils soient parvenus en vue de l'autoroute qui les ramènerait à Marine City. Il avait oublié tout ce qu'il voulait raconter à Bird. Finalement, il se contenta de dire :

– Merde, ça y est, je me rappelle où j'ai laissé ces putains de lunettes.

9

La police du Michigan informa les Colson qu'ils allaient avoir des nouvelles du FBI. La présomption d'activité criminelle dans d'autres Etats de l'Union faisait passer l'affaire sous le contrôle de la police fédérale.

– Vous voulez dire que vous soupçonnez ces deux types d'être des criminels? L'enquête avance drôlement, dites donc.

Pendant les deux jours qui suivirent, ce fut encore dans la maison un va-et-vient permanent de policiers de diverses corporations, une valse de voitures de police dans la cour, et des gyrophares illuminant la nuit leur chambre à coucher. Wayne finit par sortir sur le perron et se lança dans un petit discours :

– Ecoutez, on m'a collé une contredanse pour excès de vitesse une fois à Detroit : je roulais à 60 dans une zone limitée à 40, pour aller à l'aéroport chercher ma femme qui revenait de voir son père, en Floride. Je me suis dit, si on peut se faire arrêter parce qu'on roule trop vite en direction d'un aéroport, alors qu'il n'y a pas de circulation, c'est plutôt mauvais signe pour notre économie, non? Mais ce que je veux dire, c'est que c'est la *seule* fois de ma vie où je me suis fait arrêter dans le Michigan pour infraction au code de la route. Dans l'Ohio, c'est une autre histoire. Cette foutue Nationale 75 est tellement emmerdante qu'on n'en voit pas le bout. Mais dès qu'on appuie sur le champignon, il y a des flics qui sortent de nulle part. Et ils se prennent autant au sérieux que vous, ici. Là où je veux en venir, c'est qu'il faut bien vous fourrer dans le crâne que je n'ai jamais été arrêté, que je n'ai jamais eu aucun ennui avec la police. Je n'ai jamais mis mon poing dans la gueule d'un flic, je n'en ai jamais insulté aucun, même dans l'Ohio. Et ça, jusqu'à l'autre jour, à l'agence, quand j'ai dit : « Pourquoi est-ce que vous n'allez pas à Walpole voir qui peut bien conduire une Cadillac 86? » Si vous l'aviez fait, vous auriez agrafé ces deux mecs, et Lionel Adam serait encore vivant. Seulement, vous préférez rester assis sur votre cul à boire notre café et à poser sans arrêt vos mêmes putains de questions. Combien de fois est-ce que vous allez me demander si j'ai vu les deux mecs ensemble au supermarché, alors que vous savez très bien qu'il y en avait un ici? Combien de fois vous allez me demander quelle voiture il conduisait, alors que je vous ai dit mille fois que je ne l'avais pas vue? Et qu'est-ce que ça fait, si je l'ai vu ou non tirer sur la fille? Qui d'autre aurait pu faire ça? Combien de fois vous allez examiner l'impact sur le mur du poulailler? Ma femme vous a dit que c'était elle qui avait tiré, et elle a un bleu à l'épaule pour le prouver. Elle vous a dit qu'elle n'avait pas cherché à l'atteindre et vous avez l'air de croire qu'elle ment. Il n'y en a pas eu un seul pour lui dire que c'était courageux. Et si elle avait tué ce salopard, vous feriez quoi? Elle irait en taule? Vous ne faites strictement rien, à part boire du café et être dans les pattes les uns des autres. Ça ne doit pas être au point, la communication entre vous, sinon on n'aurait pas à répondre des milliards de fois aux mêmes foutues questions.

L'inspecteur du Michigan dit à Wayne de se calmer et de considérer les faits avec objectivité. L'enquête n'avait montré aucun lien apparent entre la Cadillac et le meurtre de Lionel Adam. On ne l'avait retrouvé que trois jours plus tard, dans le marais.

Des chasseurs avaient découvert le corps. On lui avait tiré dessus trois fois, en pleine poitrine. C'était tout ce que Wayne avait pu apprendre.

– Mais quel jour a-t-il été tué? Vous n'avez pas encore trouvé ça?

– Quand on le saura on vous le dira, d'accord?

– Très bien. Vous pourrez aussi m'apprendre, quand vous le saurez, pourquoi ils veulent nous tuer. Ma femme ne leur a rien fait. Est-ce qu'ils veulent la tuer pour se venger de moi? Qui sont ces mecs? Ça fait presque une semaine qu'ils traînent dans le coin et vous n'êtes pas fichus de mettre la main dessus. Qu'est-ce que vous foutez?

La police locale et les adjoints du shérif étaient remontés dans leurs voitures avant que Wayne ait fini de parler.

L'inspecteur du Michigan, lui, attendit qu'il ait terminé, puis s'éloigna en direction du bois où des spécialistes continuaient à chercher des empreintes.

– Ça, c'était un discours, dit Carmen en entraînant Wayne à l'intérieur. Mais, ça ne sert à rien de les engueuler! A part te les mettre à dos...

– Mais c'est justement ce que je voulais leur dire. Ils se comportent comme si c'était de notre faute. Est-ce que j'ai provoqué les deux types? Est-ce que tu as visé l'autre quand tu lui as tiré dessus? Moi, je l'aurais fait, c'est sûr, et à l'heure qu'il est je serais en taule à Port Huron en train d'attendre mon procès.

– Ils ont été gentils avec moi, mais toi, tu les prends à rebrousse-poil. Pourquoi te lancer dans cette histoire de contredanse et d'Ohio?

– Parce que c'est les deux fois où les flics m'ont énervé et où je ne les ai pas engueulés. Et pourtant, ce n'était pas l'envie qui m'en manquait.

– Tu te sens mieux, maintenant?

– Pas tellement. Si on s'offrait une bière?

– Bonne idée. Tu sais, quand tu barres tes « t », tu places la barre au-dessus de la hampe?

– Je sais, ça veut dire que je suis spirituel.

– C'est vrai, mais ce que je ne t'ai jamais dit, c'est que tes barres ont une légère tendance descendante. Et ça, c'est le signe d'un caractère emporté.

– J'essaierai de les barrer plus droit, pour voir si ça améliore ma personnalité.

– Tu pourrais juste essayer de crier moins fort, peut-être.

Quand l'agent spécial du FBI téléphona un peu plus tard pour demander s'il pouvait passer, Carmen dit oui, bien sûr. Wayne, lui, ne dit pas un mot, et elle se demanda si c'était bon signe. Elle n'avait jamais vu son mari se battre avec qui que ce soit, mais pensait que maintenant, ça pouvait arriver d'une minute à l'autre.

Deux hommes en costume sombre sortirent de la conduite intérieure Ford. Celui qui occupait le siège du passager se dirigea aussitôt vers le fond du pré et alla rejoindre l'inspecteur du Michigan qui le regardait venir. Celui qui conduisait avait d'épais cheveux noirs qui commençaient à grisonner, et il était beau. Il gravit le perron et les salua d'un signe de tête.

– Mr et Mrs Colson? Je suis Paul Scallen. C'est moi qui vous ai appelés tout à l'heure. Je peux entrer?

– Je vous en prie, dit Carmen.

Wayne ne dit rien.

Tandis qu'il montait les marches, Carmen réalisa que l'homme était plus grand qu'elle ne l'avait pensé. Il était plus âgé que Wayne, proche sans doute de la cinquantaine. Il leur montra sa carte en ouvrant un étui orné d'une plaque dorée. Carmen lut FBI en grosses lettres bleu ciel, et au-dessous, en lettres beaucoup plus petites, son nom imprimé, en noir, *Paul Scallen, Agent Spécial,* du *Federal Bureau of Investigation,* dépendant du Ministère de la Justice. En bas se trouvait une photo, et un texte écrit tout petit. Carmen se demanda s'il y avait une différence entre un Agent spécial et un Agent tout court. Celui-là lui plaisait, avec sa cravate rouille, sa chemise bleue et son complet gris sombre sans pochette. Il avait l'air d'un homme d'affaires.

Wayne examina avec soin la carte de l'Agent spécial. Au moment où Carmen se demandait s'il allait vraiment tout lire, y compris les caractères minuscules, il dit :

– C'est la même couleur que la voiture du type. (Il parlait du bleu pâle des lettres FBI). Une énorme Cadillac que personne ne paraît fichu de retrouver.

Aïe, pensa Carmen. C'est parti.

Elle fut surprise d'entendre l'homme du FBI répondre, l'air un peu étonné lui-même :

– Vous aussi, ça vous a frappé? C'est la première chose que j'ai pensée en voyant la voiture. La police de Windsor l'a retrouvée à l'aéroport de la ville.

– Alors, ils sont partis, déclara Wayne, avec une pointe de déception.

L'agent du FBI répondit vivement :

– Non, pas forcément. Ils l'ont trouvée le jour où Mrs Colson en a chassé un d'ici à coups de fusil, si j'ai bien compris (il fit un signe de tête à Carmen), et où l'autre a tué la jeune fille du magasin. Donc, ils n'ont pas pris l'avion et ils ne sont pas retournés chercher leur voiture. La police de Windsor la surveille, mais à notre avis, ils l'ont abandonnée.

– Et vous ne savez toujours pas s'ils sont encore dans le coin, dit Wayne.

– Nous le pensons.
– Mais vous n'en êtes pas sûrs.
– Disons que nous avons de bonnes raisons de penser qu'ils y sont toujours.
– Vous avez contrôlé l'immatriculation?
– Elle appartient à une société de Toronto. Nous avons contacté la police de là-bas, à qui on a dit que la voiture avait été volée. Mais nous, on n'y croit pas. On pense qu'en fait, ils ont prêté la voiture à l'un des deux types. D'abord, pour une autre raison, parce qu'il s'est passé quelque chose à Detroit la veille du jour où ils sont venus à l'agence. (Il regarda Carmen :) Vous travailliez pour Nelson Davies, je crois?
– Plus maintenant.
– Je vous comprends, après ce qui s'est passé.
– Ce n'est pas pour ça que j'ai démissionné.
– Une minute, dit Wayne. Quelle est la société qui va prêter une voiture à un type qui tue des gens?
– Une société qui l'engage pour le faire, dit l'homme du FBI. Une société gérée par le syndicat du crime à Toronto. La Mafia, en somme.
– Vous dites qu'ils ont donné la voiture à un des types, dit Wayne. Lequel, l'Indien?
– Mi-Indien Ojibwa, mi-Canadien français. Il s'appelle Armand Degas. On sait qu'il a été vu à Walpole Island la semaine dernière, et si c'est bien lui, nous présumons que vous pourrez le reconnaître, tous les deux. (Il fit une pause, et regarda Wayne.) Vous avez dû le voir de très près pour pouvoir le frapper avec cette barre. Vous appelez ça comment, une barre d'ajustage?
Wayne hocha la tête et parut réfléchir. Carmen se demanda ce qu'il allait sortir, maintenant.
– Ce que j'aurais dû faire, c'était leur casser quelques os et les expédier à l'hôpital.
L'homme du FBI hocha la tête :
– C'est un bon endroit pour interroger des suspects, quand ils souffrent et sont immobilisés.
Carmen les observait. Ni l'un ni l'autre ne souriait, mais c'était sans importance. Elle sentit qu'ils étaient sur la même longueur d'ondes, et qu'ils allaient s'entendre. Wayne demanda à Scallen s'il voulait une bière. Bon signe. Ou un café instantané : ils étaient à court de vrai pour le moment. Scallen dit « Non merci, rien », mais il passa dans la cuisine et s'assit avec

eux au comptoir. Carmen alluma le plafonnier. Elle regarda Scallen sortir une enveloppe blanche de sa poche intérieure. Wayne lui demanda si elle voulait une bière. Elle hésita une seconde, parce qu'elle était assise à côté d'un agent fédéral, puis finit par dire :

– D'accord, pourquoi pas?

– On n'est pas en service, nous, dit Wayne.

– Ce fusil à canon rayé a un sacré recul, non? dit Scallen en souriant à Carmen.

Elle se toucha l'épaule d'un air expressif.

– C'était drôlement courageux, ce que vous avez fait, tenir tête à un type comme ça, continua-t-il.

Elle dit qu'elle espérait bien ne jamais avoir à recommencer. Scallen sortit de l'enveloppe deux photos en noir et blanc et les posa sur le comptoir. Wayne ouvrit les deux bières et en tendit une à Carmen en disant :

– Ma femme est un as, c'est pour ça que je l'ai épousée.

Scallen, à demi tourné sur son tabouret, attendait.

– Ce sont ces deux hommes? demanda-t-il.

Elle sentit le bras de Wayne autour de ses épaules, sa main caresser son bras. Ils examinèrent les photos, des clichés anthropométriques pris de face. Celle de l'Indien, Armand Degas, était beaucoup plus sombre que celle de l'autre, aussi pâle que le type lui-même, avec son expression hagarde dans les yeux.

– Pour moi, aucun doute, dit Wayne. Ils ont une tête un peu différente là-dessus, mais c'est bien eux.

Au bout d'un moment, Carmen hocha la tête et leva les yeux vers Scallen :

– Si vous les prenez, vous voulez qu'on aille les identifier à la barre, c'est ça?

– Rien ne nous plairait davantage, dit Scallen, mais je dois vous dire quelque chose, avant que vous acceptiez. Ces deux types sont loin d'être des enfants de chœur.

Carmen désigna celui aux cheveux longs :

– Et lui, il s'appelle comment?

– Richie Nix. C'est un criminel avec un nombre impressionnant de mandats d'arrêt, locaux et fédéraux, sur le dos. Ça signifie qu'il est recherché.

– « Richie »?, dit Carmen.

– C'est ce qui est inscrit sur son extrait de naissance.

Elle s'attarda à contempler les photos.

– Ils ont tous les deux tué des gens?

– Tout à fait.

– Vous savez si c'est eux qui ont tué Lionel? demanda Wayne.

Scallen hocha la tête.

– Les balles extraites de son corps correspondent aux trois qu'on a retrouvées dans le mur du bureau de Nelson Davies. Et c'est la même arme qui a servi à tuer la fille du supermarché, quand Richie Nix a essayé de faire un carton sur vous.

Carmen leva les yeux.

– C'est ça que vous vouliez nous dire?

– Il y a encore autre chose.

Vers 6 heures du soir, à une quinzaine de kilomètres au nord de Marine City, Armand trouva une station-service tenue visiblement par un seul pompiste, un endroit délabré qui faisait des discounts sur le super. Armand arrêta la petite Honda rouge de Donna devant la rangée de pompes, sortit de la voiture et dit à l'employé de faire le plein et de vérifier l'huile et les pneus. Le type regarda Armand, mais sans dire « oui, monsieur, » ni « bien sûr », ni « tout de suite ». Il se borna à le regarder avant de se diriger vers la voiture. Il portait une casquette de chasseur penchée sur l'oreille, et était plus âgé et plus fort qu'Armand, mais il avait l'air las et mollasson.

Armand pénétra dans le bureau, s'empara du téléphone posé sur la table et composa un numéro à Toronto. Tout en se tenant à l'écart de la baie vitrée, hors de vue de l'employé, il le vit décrocher la pompe et la fourrer dans le réservoir de la Honda. Une voix à l'autre bout de la ligne l'informa qu'il était chez L & M Distributing.

– Ici le Chef. Passez-le-moi, demanda-t-il.

Il attendit en regardant le type soulever le capot de la Honda, tandis que la pompe bloquée continuait de débiter de l'essence.

La voix du gendre résonna :

– Qu'est-ce qui te prend de m'appeler? T'es où?

– Tu veux pas entendre parler du Vieux, hein? dit Armand.

Il y eut une pause, puis le gendre reprit, un ton plus bas :

– C'était dans les journaux, avec leurs photos à tous les deux.

– Les deux? Ah! J'avais oublié. Ecoute : ce qu'il m'a dit, c'est pas dans les journaux, il y a que moi qui l'ai entendu.

– Où tu veux en venir?

– Il m'a dit que tu étais un voyou, et que tu ne tiendrais pas plus de six mois. Il m'a demandé de te le dire. Mais le principal, c'est qu'il me faut une voiture avec des papiers en règle. Tu dois m'arranger ça.

– Tu m'appelles directement, et en plus, tu me racontes des conneries. Ce qui te faut, j'en ai rien à foutre.

– Oh, que si! dit Armand. Tu n'as pas envie que je me fasse gauler et qu'on commence à me demander pour qui je travaille, qui m'a envoyé, si j'étais à Detroit vendredi dernier avec ta voiture, des trucs dans ce goût-là. Tu sais bien ce qu'on finira par me dire : « File-nous un tuyau, et on te laisse partir. » Tu veux pas de ça. Ce que tu veux, c'est appeler le mec des bagnoles à Detroit, tu vois lequel, et t'arranger pour qu'il m'en ait une ce soir.

Armand regarda l'employé refermer le capot de la Honda au moment où le gendre disait qu'il aimerait bien savoir ce qui se passait, ce qui était arrivé à la Cadillac, et pourquoi elle avait été abandonnée à Windsor?

– Qu'est-ce que ça peut faire? C'est une bagnole bleue, point final. Il n'y a rien dedans qui risque de te faire du tort.

Il vit par la fenêtre le type de la station raccrocher la pompe.

– Attends une minute, dit Armand, ne quitte pas.

Il posa le combiné sur le bureau et sortit sur le seuil.

– Vous avez oublié de vérifier les pneus.

Le pompiste, qui revenait vers le bureau, s'arrêta dans l'allée.

– Quoi?

– Les pneus?

– Vous ferez ça vous-même, là-bas.

Il indiqua l'endroit d'un regard et continua d'avancer vers Armand.

– Ça fait neuf quarante pour l'essence.

Armand revint au bureau, et reprit le téléphone :

– Ecoute. Tu dis au type que quelqu'un viendra prendre la voiture à 10 heures.

Le gendre voulut parler mais Armand le coupa :

– Tu m'écoutes? 10 heures, ou peut-être plus tard. Pour ton bien autant que pour le mien.

L'employé entra au moment où Armand raccrochait.

– Vous vous êtes servi du téléphone?

– Un appel local. Vous voulez combien?

– Local jusqu'où, de l'autre côté du fleuve? Les Indiens, alors, je vous jure. Vous vous pointez et vous vous croyez tout permis. Moi, je fais pas partie des gens qui vous prennent pour des pauvres malheureux. Filez-moi neuf dollars quarante et foutez le camp.

Non mais, écoutez-moi ça. Armand prit le temps de contempler ce gros tas fatigué qui se permettait de lui parler sur ce ton.

– Ça veut dire quoi, ça? Que j'avais pas le droit d'entrer ici, c'est ça?

– Si vous voulez faire des histoires, les flics sont juste en haut de la rue. Ils peuvent être là dans une minute.

C'était peut-être drôle, après tout. Autant le prendre comme ça. Armand hocha la tête : « Comme vous voudrez. » Il prit un billet de dix dollars dans son portefeuille et le posa sur le bureau :

– Gardez la monnaie pour le téléphone. Ça ira, comme ça?

L'autre ne répondit pas. Parfait. En passant près de lui, Armand sentit l'odeur d'huile de vidange et de tabac qu'il dégageait. Il était presque arrivé à la Honda quand il entendit le type brailler en lui demandant s'il essayait de l'entuber.

Armand se retourna.

Le type sortait, le billet de dix dollars à la main.

– C'est un billet canadien! Vous me devez encore deux dollars.

De retour chez Donna, Armand raconta l'incident à Richie tout en se servant un verre dans la cuisine. Donna prenait sa douche.

– Et alors, dit Richie, qu'est-ce que t'as fait?

– Je lui ai donné les deux dollars. Qu'est-ce que tu aurais fait?

– Putain! dit Richie en secouant la tête. Tu lui as pas donné une bonne leçon?

– Je veux savoir ce que tu aurais fait, toi.

– Si j'avais eu mon flingue? Ben merde, alors! Et si je l'avais pas eu, je serais retourné le chercher. Ou plutôt non, j'aurais pris le fusil et j'aurais été tout foutre en l'air.

– Et le mec?

– Le mec aussi. Je vois de quelle station-service tu veux parler. Quand tu y vas, le type te dit même pas un mot.

– Il m'a parlé, à moi.

– C'est ce que je veux dire, dit Richie. Je serais Indien et il me parlerait comme ça, je le scalperais, ce salaud! (Il se tut et réfléchit un moment.) Je sais pas, le fusil, c'est vraiment le pied. C'est peut-être ça que je ferais, tout démolir et puis le scalper, lui. (Richie fronça les sourcils en regardant Armand de côté, puis ouvrit un tiroir et en sortit un couteau de cuisine.) Comment on fait pour scalper quelqu'un?

– Et tu ferais tout ça avec les flics juste en haut de la rue, et en train de patrouiller dans le coin, qui sait? Ou avec un client qui peut débarquer d'une minute à l'autre? Tu sais pourquoi je t'ai raconté ça? Pour voir comment tu réagirais. Maintenant, je te conseille de ne plus penser à faire des trucs pareils, du moins jusqu'à ce qu'on ait réglé cette affaire.

– Tu veux que je pense comme toi, hein?

– Je veux que tu t'excites un peu moins quand tu fais quelque chose.

– Je sais que t'es un mec cool, Bird, mais si ce type t'a pas foutu en rogne, c'est qu'il y a un truc qui tourne pas rond chez toi.

– Bien sûr qu'il m'a foutu en rogne. Comme toutes les fois où ce genre de truc m'est arrivé. Mais à ton avis, c'est quoi, le plus pressé? Le pompiste ou les deux qui peuvent nous expédier en taule?

– Moi, j'aurais quand même fait quelque chose.

– Ecoute un peu, dit Armand en se tapotant la tempe de l'index. Le type de l'essence, je le garde là. Je peux aller le voir un de ces jours si ça me plaît, et me payer moi-même pour le faire. Pigé? Mais il faut régler l'autre affaire d'abord. (Cette fois, il se tapota le front :) Celle-là, il faut la garder ici, en première ligne.

Richie plantait son couteau de cuisine dans le comptoir, essayant d'agrandir une craquelure à la surface du vinyle. « Comme un gosse qui veut rien entendre », pensa Armand.

– Donna m'a dit qu'elle l'avait entendu à la radio, dit Richie sans cesser de jouer avec son couteau. Elle écoute un truc qui s'appelle *Tric-Troc,* où on peut échanger toutes les merdes dont on ne veut plus. C'est là qu'elle a trouvé son peignoir rose. Je lui ai fait : « Je croyais que t'avais eu ça à l'Armée du Salut. » Ça l'énerve quand on la taquine comme ça.

– T'as fini?

Richie leva la tête, le couteau en l'air.

– J'ai fini quoi?

– Donna a parlé de quelque chose à la radio.

– Ah, ouais, sur le hold-up au supermarché, ils auraient pris dans les deux cents dollars. Des conneries, il y en avait quarante-deux, j'ai jamais fait aussi peu. Non, merde, il y a eu pire. J'ai tiré que vingt-huit dollars une fois, dans un bled du Mississippi.

– Tu as dit à Donna que c'était toi?

– Non, elle arrêtait pas de parler de la fille qui s'était fait buter, de vouloir savoir si j'en avais entendu parler, avec des gros sous-entendus.

Richie s'acharnait toujours sur le comptoir.

– Je lui ai fait comme ça : « Ah ben merde alors, une attaque à main armée? » Tu vois, elle pense peut-être que c'est moi, mais c'est plutôt de parler d'un truc comme ça qui l'excite, de penser à un gros dur en train de débouler là-dedans avec un fusil. Je parie qu'en tout, elle a connu plus de mecs qui ont tué au moins une fois que de types qui l'ont pas fait.

– Des mecs en prison, dit Armand.

– Ouais, des taulards.

– Des imbéciles qui se sont fait prendre.

– Hé, ça peut arriver à tout le monde.

– Pas à moi, dit Armand. Ecoute bien, tu vas aller récupérer une voiture ce soir.

– On en a déjà une.

– Oui, mais celle-là, elle a des papiers en règle. Tu prends la camionnette, tu la laisses quelque part à Detroit pour te la faire piquer, comme tu dis, et tu vas chercher celle-là. Comme ça, on aura la paix avec les flics.

Le sourire stupide de Richie montra que l'idée lui plaisait, et que pour une fois, il éprouvait du respect pour Armand.

– T'es un futé, toi. Comment tu t'es débrouillé pour faire ça?

– Je me débrouille pour faire ça en passant un coup de fil, dit Armand. C'est ce que je ne fais pas qui fait la différence, et que tu dois apprendre. Moi, je ne laisse pas mes lunettes de soleil Dieu sait où, je ne laisse pas d'empreintes, bref, je ne fais rien sans l'avoir d'abord mis au point et sans en être sûr.

Donna passa dans l'entrée, et il eut une vision furtive de son déshabillé rose glissant de la salle de bains à la chambre.

– Et ensuite, tout ce qui te reste à faire, c'est entrer, et sortir.

Il était 9 heures et demie. Carmen et Wayne étaient assis dans la salle de séjour, toutes lampes allumées; ils parlaient d'un criminel de trente-quatre ans nommé Richie Nix, de la liste de mandats d'arrêt que l'homme du FBI leur avait montrée : celle-ci indiquait les délits pour lesquels on le recherchait, depuis le vol à main armée jusqu'au meurtre qualifié.

– Il y a quelque chose que je ne comprends pas, dit Wayne. Ce type fait ça depuis au moins vingt ans. Il était en maison de correction dans le Wayne County à quinze ans. Quelques années plus tard, il cambriole un magasin en Floride, il fait encore un truc en Géorgie, il va en prison...

Il s'interrompit tandis qu'un rayon lumineux frappait les deux fenêtres du séjour, balayait la pièce et se réverbérait dans le panneau vitré ovale de la porte d'entrée. Il y eut un silence. Wayne se leva du canapé, et se dirigea vers une fenêtre.

– Ils ont cinq minutes de retard.

Carmen s'assit dans un rocking-chair de bois brut qu'ils avaient acheté un hiver dans le Kentucky en revenant de Floride; elle l'avait passé au vernis et avait confectionné un coussin vert olive pour le siège.

– A quoi bon t'énerver? Ils font leur boulot.

– Quoi? En balançant leurs phares sur nos fenêtres?

Elle le regarda retourner au canapé, se laisser tomber dedans et allonger les jambes, ses talons reposant sur la moquette usée. Ils avaient meublé la maison sans y prêter vraiment attention, dans un style rustique traditionnel, dont Carmen commençait à se fatiguer.

– Tu te rends compte qu'on est en train de se parler sans avoir la télé allumée? Ça ne nous est pas arrivé depuis que tu m'as regardée gratter les boiseries.

Cela lui rappela une fois de plus qu'elle voulait arranger le salon, l'éclairer un peu. Garder le rocking-chair, le peindre d'une couleur plus vive, mais virer ce vieux canapé vert et les reproductions de canards que leur avait offertes sa mère, en cadeau combiné pour leur crémaillère et pour l'anniversaire de Wayne, qui tombait un mois plus tard. Elle tourna la tête vers lui. Elle aimait bien le fixer et attendre qu'il s'en aperçoive. Alors ils se regardaient dans les yeux et jouaient à celui qui tiendrait le plus longtemps sans sourire – jusqu'à ce que Carmen passe le bout de sa langue sur ses lèvres, se mette un doigt dans le nez, ou quelque chose dans ce genre-là.

– Tu veux qu'on aille se coucher?

– Il est tôt.

Ils se regardèrent en silence.

– On n'a pas fait grand-chose au lit, ces temps-ci, finit par dire Wayne.

– Ça fait des jours, oui. Même pas de câlins. (A la façon dont il secoua la tête, elle comprit qu'il pensait à autre chose.) Qu'est-ce que tu ne comprends pas? Tu avais commencé à parler de Richie Nix, de ses antécédents, de ses séjours en prison...

– Il y est allé trois fois, et trois fois ils l'ont laissé sortir. Il est dans une prison fédérale, il voit un type poignardé à mort, il est témoin à charge au procès, et ils le font prendre en charge par le Plan pour la Protection des Témoins.

– C'est son compagnon de cellule qui a été tué, dit Carmen. Je voulais interroger Scallen à ce sujet. D'ailleurs, tu as remarqué qu'il a appelé ça un Plan pour la *Sécurité* des Témoins. Enfin, la question n'est pas là.

– Je ne sais pas, dit Wayne. Ce que je ne comprends pas, c'est que ce type, il est censé être en prison au moins pour vingt ans, non?

– Ça faisait déjà quelques années qu'il était là quand ça s'est produit.

– Ouais, quelques années. Et après ça, ils disent qu'il faut le protéger, au cas où les copains du type qu'il a chargé chercheraient à le descendre. Alors ils font de lui un témoin sous protection, et ils le laissent sortir. Comment ils peuvent faire des trucs pareils?

Carmen revit l'homme du FBI dans la cuisine, parlant calmement d'un homme qui volait et qui tuait, et d'un autre qui était payé pour tuer.

– Il n'a pas dit qu'ils l'avaient laissé sortir. Pas tout de suite, en tout cas. On l'a d'abord transféré à Huron Valley. Il a bénéficié de la protection pendant encore trois ans *en* prison, et puis un peu après sa sortie, jusqu'à ce qu'il commette un crime. (Elle dut ajouter :) C'est ça qui l'a disqualifié. Tous les délits que nous a montrés Scallen, pour lesquels Richie Nix est recherché, il les a commis au cours des deux dernières années.

– C'est bien ce que je veux dire. Ils le laissent sortir et il se met à tuer des gens. Un de ses amis lui trouve un boulot. Lui, qu'est-ce qu'il fait? Il bute le type et se tire.

– Il y en avait un autre, avant l'ami, dit Carmen. Un type qu'il a descendu à Detroit.

– Jusque-là, il s'était contenté de faire des hold-up, mais quand il sort il se met à tuer, aussi. Tu regardes les mandats d'arrêt, il cambriole un magasin à Dayton, Ohio, et descend l'employé. Et chaque fois c'est pareil, que ce soit dans l'Ohio, l'Indiana ou le Kentucky : il descend l'employé du magasin. Il va demander à Lionel où on habite – parce que c'est ça qui a dû se passer – et il lui tire *trois* fois dessus. Il n'avait pas besoin de le tuer. La fille du supermarché, elle n'avait pas d'arme, rien, c'était une gamine de dix-sept ans. Il prend l'argent et lui tire une balle dans la tête. Pourquoi est-ce qu'un type comme ça se met tout d'un coup à tuer tout le monde?

– Et pourquoi est-ce qu'il en a après nous? dit Carmen. Si on savait ça... Qu'est-ce qu'il peut y gagner?

– Je crois que se faire balancer par la fenêtre, ça n'a pas dû lui plaire, bien que visiblement, il n'ait pas besoin d'une raison pour tuer. A mon avis, il est comme ça, c'est tout. Ou alors, il travaille pour l'Indien et il fait tout ce que l'autre lui dit de faire. D'après ce qu'a dit Scallen, c'est l'Indien le plus dangereux. C'est ce que j'ai toujours pensé. Quand j'étais assis dans le bureau de Davies – ça me revient maintenant – il n'a touché à rien. Ils ont trouvé les empreintes de Richie Nix un peu partout, mais pas celles de l'Indien. Seigneur, si on pense que Richie est dangereux, alors qu'est-ce qu'il est, Armand, avec tout ce qu'il a fait?

– Le moins qu'on puisse dire, lança Donna, c'est que ça manque d'intimité, ici, avec deux hommes dans la maison.

Elle était assise au bord de son lit dans son déshabillé rose, et s'apprêtait à glisser un pied aux ongles peints en rouge-orangé dans un fin collant noir.

Debout dans l'encadrement de la porte, Armand la regardait.

Des animaux en peluche parsemaient le couvre-lit violet, rouge et jaune orné d'un motif représentant un paon. Au-dessus du lit était accroché un portrait en couleur, peint sur du velours noir, qui devait représenter Elvis Presley. Armand était sûr que ça devait être lui, parce que Donna avait toute une étagère de ses disques, une poupée qui le représentait en costume de scène, et des assiettes à son effigie. Quand on mangeait les plateaux-télé de Donna, Elvis était toujours là à vous regarder du fond de l'assiette.

– Si tu veux de l'intimité, lui dit-il, tu n'as qu'à fermer ta porte. Mais à mon avis, ce n'est pas ça que tu veux.

Il voyait ses cuisses par l'entrebâillement du déshabillé, des cuisses d'un blanc très pur.

– Et en plus, je parie que tu n'as rien sous ton peignoir.

– C'est bien pour ça que je m'habille, si ça ne te dérange pas. Qu'est-ce qu'il y a, tu as encore faim?

– Pas maintenant. Plus tard, peut-être.

– J'aime voir un homme qui mange bien. Richie picore.

Elle leva le pied, prête à l'enfiler dans le collant. A présent, il voyait le dessous de sa cuisse et plus haut, quelque chose de sombre qui pouvait être simplement une ombre, mais aussi un endroit plus intime.

– Ça fait deux heures que tu t'habilles et que tu te pavanes devant la glace. A mon avis, tu attendais que Richie soit parti.

Elle glissa un pied dans son collant avant de lever les yeux vers lui :

– Et si Dick revient, mettons qu'il ait oublié quelque chose? T'es dans de sales draps.

Elle l'appelait Dick. Armand faillit sourire.

– Et il ferait quoi, d'après toi, il me descendrait?

Il entra et s'approcha du lit. Donna leva la tête, tendant son cou maigre et blanc. Ses yeux paraissaient nus sans ses lunettes, et ses sourcils étaient plus sombres que ses cheveux, ce gros tas de boucles dorées qu'elle faisait tenir avec des tonnes de gel et qui brillait à la lumière.

– J'ai l'impression que tu aimes les types qui tirent sur les gens, les types qui se trimbalent avec des revolvers. J'en ai un, moi. Tu veux le voir?

– Comme si j'avais le choix.

Elle soupira, et il vit ses épaules s'affaisser un moment. Puis elle dit :

– De toute façon, je ne peux rien faire, tu es deux fois plus fort que moi.

Elle ôta alors son peignoir et sortit son pied du collant, qu'elle laissa tomber. Allongée sur le couvre-lit, elle leva sur lui ses yeux clignotants et nus.

– J'imagine que tu vas faire tout ce que tu veux et que je n'ai aucun moyen de t'en empêcher. (Elle s'interrompit une seconde, sans cesser de le regarder, puis ajouta :) Tu préfères avec la lumière ou sans?

Plus tôt dans la matinée, Carmen avait dit :

– J'ai bien dû faire des choses qui t'ont énervé. Une fois ou deux, peut-être, au cours de ces vingt ans? Mais tu n'as jamais élevé la voix contre moi, jamais. Et je me dis bon, s'il peut marcher sur une poutre de vingt-cinq centimètres de large à une hauteur de dix étages, c'est qu'il est capable de se maîtriser et qu'il n'est pas le genre à piquer des crises. Mais quand tu te mets sur la véranda pour engueuler la police, tu es quelqu'un de complètement différent.

– La *véranda*? dit Wayne. Elle n'est qu'à un mètre cinquante du sol. Je peux faire des claquettes dessus, si ça me prend. Je peux faire absolument tout ce que je veux sur cette bon dieu de *véranda*.

Elle essaya d'imaginer Wayne piétinant les vieilles planches peintes en gris pour passer sa colère et sa frustration, mais toujours avec le même étonnement. Toutes les deux minutes, il se levait pour retourner à la fenêtre, suivre la surveillance de la police.

– Ceux-là, c'était les municipaux. C'est eux qui nous font ces putains d'illuminations.

Le dos tourné, il scrutait l'obscurité. Elle aurait bien aimé qu'il revienne s'asseoir.

– Tu vas travailler demain?

– Pas tant qu'ils n'auront pas agrafé ces types.

– On pourrait partir.

– Où ça?

– Chez ma mère, elle a plein de place.

Cette fois-ci, il se retourna.

– Je disais ça pour rire. Calme-toi.

Elle s'amusa un moment de son air paniqué, puis il revint vers le canapé et s'y laissa tomber.

– Tu ne vois pas quand je plaisante?

– Je deviendrais alcoolique en deux jours, avec elle. Peut-être même en un seul...

– Elle t'adore, elle aussi, dit Carmen en se balançant dans le rocking-chair du Kentucky. Tu veux mettre les informations?

Il regarda sa montre.

– C'est pas encore l'heure.

– Tu veux savoir ce que je ne comprends pas, moi?

– Quand tu plaisantes, c'est censé être drôle, dit Wayne. C'est ça, le but.

Carmen continua à se balancer, réfléchissant à ce qu'elle voulait dire.

– Il y a beaucoup de choses que je ne comprends pas, reprit-elle au bout d'un moment. Mais tu sais ce qui me gêne?

– Quoi?

– Le FBI pense que la Mafia est derrière la tentative d'extorsion. Ou qu'elle pourrait l'être, parce que c'est son genre d'activité. Ou en tout cas, ils aimeraient bien se persuader que c'est elle qui est derrière tout ça. J'ai dit au type du FBI : « Mais Armand vient de Toronto. Vous parlez de leur Mafia, ou de la nôtre? »

– Il a dû croire que tu plaisantais, en parlant de « la nôtre ».

Carmen le regarda, mais ne releva pas.

– Il a répondu que ça pouvait être aussi bien l'une que l'autre. Ce qui est sûr, c'est qu'ils ont un suspect, connu pour travailler avec la Mafia de Toronto, qui roule dans une voiture appartenant à une société qui sert de couverture au syndicat du crime. Armand était là vendredi, le jour même où un homme, connu lui aussi comme membre de la Mafia de Toronto, a été tué avec une jeune fille dans un hôtel de Detroit. Ils ne savent pas qui elle est, mais ils pensent que c'est Armand qui a fait le coup parce que... Parce qu'il était là et que c'est son métier. Ou alors ils veulent croire que c'est lui. Et ils essaient de nous faire comprendre que si la Mafia est derrière, on a plus de soucis à se faire que simplement avoir peur que ces deux types nous retrouvent. Tu vois ça comme ça aussi?

– Je crois, dit-il en hochant la tête.

Carmen se balança de nouveau, plongée dans ses pensées, puis s'arrêta.

– Bon, alors j'ai demandé s'il était vraisemblable que la Mafia vienne à Algonac faire chanter un agent immobilier. Scallen a dit que c'était *très* improbable. Mais ces types auraient pu venir chasser le canard par ici, voir une société immobilière qui faisait de l'argent, et pas trop de police dans le coin... Alors, Scallen a dit qu'en effet, Armand aurait pu faire ce coup-là tout seul, ce n'est pas l'expérience qui lui manque. J'ai dit : « Mais il n'est arrivé que vendredi. Quelqu'un a appelé Nelson Davies avant, pour lui demander de l'argent. » « Oui, a dit Scallen, et c'était sans doute Richie Nix. » Mais l'extorsion de fonds n'est pas son genre, donc ils pensent qu'il a été engagé pour ça par Armand. Ils pensent également qu'Armand a dit à Richie de tuer Lionel. Ils ont trouvé les empreintes de Richie sur le bateau, mais pas celles d'Armand. Mais le meurtre de la fille du supermarché, ça ils pensent que Richie l'a fait tout seul. Scallen a dit quelque chose à propos de ses habitudes : il vole et tue l'employé. Quant à Armand, le fait qu'on ne l'ait pas vu avant vendredi ne signifie rien, d'après lui. Il pouvait être là quand même. (Carmen s'interrompit et Wayne fit : « Ouais...? ») C'est ça, ce qui me gêne.

– Quoi?

– Des gens de Walpole Island leur ont dit qu'Armand était venu voir sa grand-mère. Ça fait bizarre, un tueur professionnel qui se tape toute la route depuis Toronto pour venir voir sa grand-mère.

– Ce n'est pas si loin.

Carmen secoua la tête.

– Ce n'est pas ce que je veux dire. Tu vois, s'il était à Detroit vendredi dernier... Il ne savait même pas que sa grand-mère était morte, il est juste venu en passant. J'ai vraiment l'impression qu'il n'était pas dans les parages avant vendredi. Avec une voiture pareille, quelqu'un l'aurait remarqué. Mais Richie Nix était là, et c'est lui qui a appelé Nelson. Dix mille dollars ou vous êtes mort. A mon avis, c'est Richie qui est à l'origine de tout ça. Pourquoi pas?

Wayne haussa les épaules, sans paraître accorder grande importance à tout ça.

– Qu'est-ce que ça fait, que ce soit lui ou l'autre? De toute façon, on est là-dedans jusqu'au cou.

– Toi, tu penses que c'est d'Armand qu'il faut se méfier. Moi, je pense que Richie est bien plus effrayant. (Après un moment, elle ajouta :) Je vois son écriture d'ici. Elle doit partir dans tous les sens, avec plein de signes révélateurs d'une santé mentale déficiente.

Richie s'était glissé dans la station-service; il avait engagé doucement la voiture dans l'allée, le fusil posé sur la portière du passager, vitre baissée. Mais l'endroit était fermé pour la nuit, et seul un néon faiblard clignotait dans l'obscurité. Merde. Il voulait faire ça pour Bird. Arracher une poignée de cheveux au pompiste – s'il en avait sous sa casquette – et la rapporter à Bird. T'as vu? C'est comme ça qu'on fait. Il pouvait aussi tout flanquer en l'air et démolir la vitrine. Ou faire ça en revenant, avec la nouvelle voiture. Il voyait déjà Bird hocher la tête quand il lui raconterait ça, il le vit se tapoter du doigt la tempe d'abord, puis le front. « Et merde », se dit-il. Il lui était venu une meilleure idée que de foutre en l'air une station-service.

Il lui fallut dix minutes pour descendre le long du fleuve jusqu'aux abords d'Algonac, en coupant par un quartier résidentiel. Il ralentit en passant devant le supermarché ouvert, freina – c'était une idée, après tout – et repartit en ricanant. Bird en aurait une attaque. « Quoi? T'es retourné là-bas? » Bird n'aimait pas les coups de tête. Aucun sens de l'humour, jamais un sourire.

La route qui menait à la maison des Colson lui était devenue familière, même de nuit : il l'avait faite assez souvent. Des phares venaient à sa rencontre et il ralentit à 70. Il approchait : c'était une voiture de flics. Il ne distingua pas s'il s'agissait du shérif du comté ou la police municipale; pas les fédéraux, en tout cas, elle était toute bleue. La maison apparut; le pick-up du type était dans l'allée, tout seul, à première vue. La lumière était allumée aux fenêtres du bas, sans doute celles du salon. Richie dépassa la maison, disparut au tournant et fit prudemment demi-tour, en se disant qu'il n'y avait pas l'air d'y avoir de flics dans le coin. Sauf qu'ils pourraient bien être planqués... Mais dis-donc, t'as les foies, ou quoi? Il reprit le tournant et vint s'arrêter juste devant la maison.

Il visa sans sortir de la camionnette, tira sur une des fenêtres allumées et entendit un bruit de verre brisé; il réarma, visa, tira sur l'autre fenêtre, la vit éclater, jeta le fusil derrière lui à l'arrière et démarra en faisant hurler les pneus. Il n'avait peut-être touché personne, mais au moins, ils sauraient que le proverbe avait du bon : « Tout peut arriver, même le pire. » Surtout quand on s'y attend le moins, d'ailleurs.

10

Le chef de chantier du futur Building Jefferson était occupé à lire des plans dans la caravane qui abritait son bureau. Il ne leva pas la tête quand le contremaître entra en disant :

– On a un type paralysé là-haut.

– Merde, répondit-il, toujours penché sur ses plans. Qui ça?

– Colson.

Cette fois le chef de chantier bondit, et se tourna vers le contremaître debout en salopette marron, son casque repoussé en arrière. Il dit : « Tu me racontes des salades », et alla regarder par la baie vitrée qui faisait face au chantier.

– Où il est?

– Au sommet. Tout au bout, là-bas, vers le fleuve. Vous le voyez?

Ils contemplèrent ensemble l'ossature d'acier, le haut réseau de piliers et de poutrelles métalliques, avec la grue qui surgissait du milieu et dominait l'ensemble. Il n'y avait pas encore de murs extérieurs, le squelette du bâtiment se dressait nu, mais tous les planchers étaient déjà posés jusqu'au dixième étage.

– Je le vois.

Une silhouette immobile, assise sur une poutre au sommet de la charpente métallique, entre deux piliers qui se détachaient contre le ciel, c'était tout ce qu'on voyait.

– Il ne bouge pas.

– C'est bien ce que je vous dis. Il a le vertige.

– Wayne n'a jamais été paralysé de sa vie.

– En tout cas, il est assis là depuis je ne sais combien de temps.

– Il est debout, maintenant.

– Tout à l'heure il était assis, comme pétrifié.
– Tu l'as appelé?
– Bien sûr. Il m'a entendu.
– Il a regardé en bas?
– Ouais, il a regardé. Il essaie peut-être de redescendre, c'est pour ça qu'il s'est levé.
– Bon sang, dit le chef de chantier, il y a un truc qui ne va pas, depuis qu'il est revenu de son congé. Tu sais que Wayne est ajusteur, normalement.
– Je sais.
– Bien, quand il est revenu, j'ai dû le mettre au rivetage.
– Je sais, mais il a eu l'air de s'en foutre. Il n'a pas dit un mot.
– C'est bien ce que je dis, il y a quelque chose qui ne va pas.
– C'est peut-être cette fille qui s'est fait tuer qui lui a tourné les sangs.
– J'ai entendu des types qui en parlaient, dit le chef de chantier. Mais je ne l'ai pas vu dans le journal.
– Ça y était, mais dans les dernières pages. Ils ne parlaient pas de Wayne. Je crois qu'il y avait plus de détails dans le journal du coin où il habite, c'est un des types qui m'a dit ça.
– Tu crois qu'il est en train de déjeuner?
– Vous voyez bien qu'il ne fait rien d'autre que de rester là-haut, dit le contremaître. Il est paralysé. Autrement, il ne resterait pas planté comme ça, pas vrai?
– Je ne sais pas, ça ne m'est jamais arrivé.
– A moi non plus, mais j'ai vu assez souvent des gars à qui ça arrivait. Il faut qu'on le fasse descendre.
– Il travaillait avec qui?
– Kenny, je crois. Ouais, c'est ça. Wayne portait l'enrouleur, et Kenny lui tenait le flexible. J'ai vu Kenny redescendre. Il a dû aller manger quelque part.
Le contremaître suivit le chef de chantier dans l'autre pièce de la caravane, où plusieurs membres de l'équipe mangeaient autour d'une table en bois. Le chef de chantier était un type jeune, dans les trente-cinq ans. Son casque était plus propre que celui des autres, mais il le portait en arrière, comme tout le monde.
– Est-ce que l'un de vous a parlé à Kenny? demanda-t-il.

Ils avaient tous levé les yeux vers lui, mais sans comprendre de quoi il parlait.

– Wayne n'est pas redescendu. Il est là-haut, on dirait qu'il est paralysé. (Il leva les mains :) Une seconde, restez assis. Est-ce que Kenny a dit à quelqu'un que Wayne se conduisait bizarrement?

– Il n'a rien dit parce que c'est pas son genre, dit l'un des gars de l'équipe. Mais Wayne a failli le faire dégringoler.

– Tu l'as vu?

– J'étais dessous. J'ai vu Kenny et Wayne qui changeaient de position. Je crois que Wayne venait juste de dérouler encore une quinzaine de mètres de flexible. Ce qui a dû se passer, c'est qu'il a dû le jeter derrière lui pour avoir du mou, sans regarder ce qu'il faisait, et Kenny qui arrivait derrière s'est pris les pieds dedans. J'ai entendu Kenny crier – c'est là que j'ai levé la tête – et se rattraper à la poutre; ça allait, mais il a lâché la masse qu'il avait dans les mains. Je regardais, et merde, je vois cette masse de cinq kilos qui me tombe dessus. Elle a atterri sur le plancher avec un sacré « bang », et m'a manqué de quelques centimètres. Kenny était à plat ventre sur la poutre, avec le flexible qui pendouillait, on voyait bien qu'il s'était pris les pieds dedans. Et Wayne le regardait, l'air de dire : « Mais qu'est-ce que tu fous à embrasser cette putain de poutre? » Il s'est même pas rendu compte qu'il avait été à deux doigts de tuer son coéquipier. J'aurais rien dit, ajouta le type, mais c'est vous qui m'avez demandé.

L'été précédent, quand ils étaient venus voir Lonnie Liston Smith en concert à l'hôtel Pontchartrain, le pâté de maisons était encore un parking. Quand ils étaient repassés, un mois plus tôt, les fondations étaient posées. Un grand panneau indiquait que là se construisait le Building Jefferson.

A présent il était assis au même endroit, à quelque trente mètres du sol, sur une poutre de vingt-cinq centimètres de large. Il s'était rassis à califourchon, ses pieds reposant sur la semelle inférieure de la poutre. Il en avait marre de se lever et de s'asseoir, les yeux toujours fixés sur la Detroit River, sentant le soleil et une légère brise qui deviendrait du vent à mesure que le bâtiment s'élèverait. Quand il regardait les gratte-ciel de la ville, ils lui rappelaient le boulot. Même chose quand il regardait en bas, avec l'acier prêt à être hissé par la grue, les planchers, les compresseurs, les caisses de boulons sur des palettes, et la caravane où il savait que les types étaient en train de déjeuner.

C'était ça dont il avait besoin, se retrouver tout seul tout en haut d'une charpente, après deux jours de flics dans tous les coins, des poulets de toutes les corporations imaginables, avec les gens d'Algonac qui ralentissaient devant la maison pour essayer de voir quelque chose. Il avait regardé les flics sortir la chevrotine des murs du salon, puis fureter partout dans les bois alentour et les buissons au bord de la route. Leur voisin d'en face, celui qui faisait du gazon, avait téléphoné pour leur demander s'ils avaient un problème. Wayne avait dit : « Si j'arrive à découvrir ce qu'ils cherchent, je te préviendrai. » « Des indices! » avait dit Carmen en serrant les dents, énervée parce qu'il faisait ses réflexions assez fort pour être entendu.

Comme quand il avait dit : « Un canard avec un œil de verre dans le cul verrait qu'ils ne savent pas ce qu'ils font! », et que des flics lui avaient lancé leur regard de flic impavide qui signifiait : « Nous cherchez pas. »

Une chose en amenait une autre. Carmen avait parlé des gravures avec les canards qui avaient sauté du mur du salon sous les coups de feu et s'étaient brisées en mille morceaux. C'était l'occasion rêvée pour s'en débarrasser.

– Si tu ne les aimais pas, avait dit Wayne, pourquoi les avoir mises au mur?

– Si moi je ne les aimais pas, est-ce qu'il y a quelqu'un ici qui aurait pu les aimer? Pense à ça, un peu. Qu'est-ce que tu fais, ici?

– Je débroussaille le pré.

– Pour pouvoir observer tes cerfs. C'est comme si tu me disais que tu nettoies ton fusil.

– Je croyais qu'elles te plaisaient, ces gravures. Ça fait cinq ans qu'elles sont là.

– A qui le dis-tu!

– Tu aurais pu le dire avant!

– Et qui a ramassé le verre cassé?

Ça devenait difficile. Il aurait dû lui dire qu'il se foutait éperdument des gravures. Si elles étaient là, c'était parce que c'était un cadeau de sa mère. Il était plus énervé que jamais, maintenant, mais pas contre Carmen. Ça n'avait rien à voir avec ces foutues gravures. Carmen le savait bien.

– Tout ça est idiot.

– D'accord, je garderai mes réflexions pour moi, avait-il dit en se détendant.

– Combien tu paries?

Il avait essayé, pourtant. Il n'avait plus rien dit, fait du café pour les flics et leur avait donné de l'« inspecteur » à tour de bras quand ils venaient lui en demander une tasse. Il avait même essayé d'être cordial avec l'autre constipé d'adjoint au shérif qui lui avait demandé à l'agence s'il avait un problème de comportement. Wayne lui avait dit :

– Au moins, maintenant, on sait que les deux types sont toujours dans le coin.

– Comment vous savez ça?

– Ils ont tiré sur nos fenêtres, non?

– On ne peut être sûr que ce soient les mêmes, avait rétorqué l'autre.

– Alors si vous êtes même pas sûrs de ça, j'avais raison, avait dit Wayne, vous êtes nuls.

Carmen l'avait poussé au premier étage et les bras croisés, lui avait demandé :

– Tu t'amuses bien? Ça te plaît, de les provoquer?

Il avait secoué la tête et froncé les sourcils, essayant de lui faire comprendre qu'il ne pouvait pas s'en empêcher.

– Je ne sais pas ce que j'ai. Il y a quelque chose qui m'exaspère chez ces types. Les flics, et les vendeurs de contrats d'assurance.

Carmen avait eu une moue compatissante : elle le comprenait, il en était sûr. Ce serait bien la première fois qu'elle ne le comprendrait pas depuis leur mariage.

– Pourquoi est-ce que tu ne vas pas prendre l'air ailleurs? avait-elle suggéré. Va te balader. Ou retourne travailler demain.

– Je ne crois pas que je devrais te laisser seule.

– Si c'est ça que tu appelles être seule, avec quatre corps de police dans la maison...

Voir ses vitres éclater sous des coups de feu était une expérience traumatisante. Carmen avait crié « Wayne! », mais elle n'avait pas hurlé ni perdu son sang-froid. Quand Wayne lui avait dit : « Ils essaient juste de nous faire peur », elle avait répondu d'un ton sec qu'ils ne se débrouillaient pas trop mal. Elle avait ajouté que s'ils étaient assez bêtes pour faire une chose pareille, la police devrait leur mettre la main dessus sans problème. Wayne ne s'était pas risqué à faire de commentaire.

L'inspecteur de la police d'Etat avait débarqué au moment où Wayne partait, ce matin. Il avait dû attendre de savoir ce que pensait l'inspecteur du fait qu'il retourne au boulot. Celui-ci n'avait pas eu l'air très chaud, et avait envisagé d'envoyer un homme avec lui.

– Et il montera avec moi sur la charpente? avait dit Wayne.

Il contempla le fleuve et le Canada du sommet de la structure, pensant :

– D'accord, si rien ne se passe, au bout d'un moment, les flics en ont marre et ils se tirent.

Et à partir de là, c'est entre eux et lui que ça va se régler. Il sait qu'ils vont venir, mais il ne le dit pas à Carmen. Sauf qu'il est obligé de rester à la maison et Carmen va lui demander ce qui ne va pas.

– Rien.

– Alors, pourquoi tu ne vas pas travailler?

Bon, il lui dit, mais ça ne change rien, sinon qu'elle aura peur et qu'elle voudra rappeler les flics. De toute façon...

Bon, mettons que c'est très tôt le matin, Carmen se penche et lui touche l'épaule : « Wayne...? »

Et lui : « J'ai entendu, chérie. Ne bouge pas, d'accord? »

– Ils sont dans la maison.

– Je sais.

Il saisit son Remington posé à côté du lit et se glisse dans la chambre de Matthew, de sorte qu'il se retrouve derrière eux quand ils débouchent sur le palier. Les marches grincent, ils arrivent. Il voit apparaître leurs têtes et leurs épaules. Ils font attention à ne pas faire de bruit arrivés en haut, puis ils s'arrêtent net en l'entendant manœuvrer la culasse. « Salut, les mecs », et Bang, Bang, il tire avant qu'ils aient eu le temps de se retourner.

Les flics l'accusent de leur avoir tiré dans le dos. Non, ça devient trop compliqué. Il faut qu'il imagine une autre situation. Bon, alors...

Les deux types sont encore dehors quand il les entend approcher. Il se glisse dans l'escalier, va entrouvrir la porte de la cuisine. Il voit deux silhouettes sortir du bois. Comme ils arrivent derrière le poulailler, il sort sur la véranda...

Wayne s'arrêta à ce scénario. Il aimait bien l'idée de les prendre par surprise, à revers, en disant un truc bien senti.

Bon, alors il les voit dans les bois et fonce vers le poulailler – c'est bon, ça – et il attend à l'intérieur qu'ils passent devant lui. Toute la première partie reste la même, il dit à Carmen de ne pas bouger du lit. Ou peut-être même de la maison. Ils passent devant lui, il les laisse approcher à quelques mètres de la maison, il sort du poulailler et dit dans leur dos :

– Vous cherchez quelqu'un, les mecs?

– C'est moi que vous cherchez?

– Je peux vous renseigner?

Un truc comme ça. Ils se retournent, l'arme à la main, et il pointe son Remington sur eux : Bang, il touche l'Indien, il réarme et tire, Bang, l'autre tombe sur le cul, les cartouches magnum les envoient valdinguer...

Et puis, il est à la maison en train de manger ses œufs au bacon quand les voitures de patrouille arrivent toutes sirènes hurlantes. Ils arrivent parce que Carmen a appelé le 911 pendant qu'il était dans le poulailler. Ça marcherait. Il sort sur la véranda...

– Vous arrivez un peu tard, les mecs.

Avec les flics qui regardent autour d'eux : « Ils sont où? »

– Là où je les ai abattus, ils n'ont pas bougé.

L'autre connard de shérif adjoint est là aussi. Il lui fait :

– Vous allez me mettre en taule?

Ou peut-être un truc sur le fait qu'il a été obligé de faire leur boulot, mais sans trop en rajouter non plus.

De son perchoir, Wayne regardait vers l'est en direction des tours de verre du Renaissance Center, un boulot qui l'avait emmené à plus de deux cents mètres de haut quand il était apprenti. Quand on a fait ça, on peut tout faire. Le pire hiver de sa vie, quand il fallait gratter la glace sur l'acier avant de se risquer à marcher dessus. Il se mit à penser :

– C'est l'hiver, du temps a passé, les flics sont partis depuis longtemps, mais tu continues à traîner dans la maison sous prétexte que tu as des trucs à faire, ou que tu es mal fichu. Bref, le temps passe, Carmen demande ce qu'il y a, – rien. Ah oui? Tu as quelque chose derrière la tête. Je te dis que non. Si, qu'est-ce que c'est?

Et puis tu dis : « Je vais les trouver. »

Elle ne te croit pas : « Mais puisqu'ils sont partis! »

– Non, ils sont toujours là.

On est au cœur de l'hiver, les canaux sont gelés, les garde-côtes cassent la glace pour laisser passer le ferry de Walpole Island et il est allé là-bas parce qu'il est sûr qu'ils se cachent sur une des îles, dans une maison d'été aux fenêtres barricadées ou dans une cabane de trappeur; il le sent, les gens de Walpole ont une attitude bizarre, ils savent quelque chose mais ils ne veulent pas parler parce que les deux types les terrorisent : ils se font apporter à manger, ils ont peut-être même pris un gamin en otage. La femme de Lionel finit par lui dire qu'ils se cachent dans une vieille caravane de Squirrel Island, là où Lionel posait ses pièges à rats musqués, au bord d'un champ de maïs juste en face du *Sans Souci,* le bar des Indiens, de l'autre côté du canal. Pendant des semaines il observe la caravane depuis un affût à canards, jusqu'à ce qu'un jour il aperçoive deux silhouettes traverser le canal en poussant des bâtons dans la neige, inspectant la glace pour ne pas passer au travers. Il lève ses jumelles. C'est eux. Ils ont l'air de fugitifs, sales, hâves, un couple de rats musqués humains qui se sont cachés dans les marais, avec une lueur sauvage dans les yeux. Ils ne le voient qu'au moment d'aborder la rive. Il est debout devant l'affût, son Remington sous le bras, patient, détendu, avec sa grosse parka noire. Il a la barbe, à présent. Ils s'arrêtent net. Ils se demandent s'il est de la police montée, jusqu'au moment où il dit d'un ton calme :

– Je vous attendais, Messieurs.

Wayne se répéta la phrase. Leur dire « Messieurs », c'était drôle, à cause de l'état dans lequel ils étaient, c'était sarcastique, mais ça sonnait mal, ça avait l'air idiot. Non, pas de « Messieurs ». Simplement, à voix haute :

– Je vous attendais.

Et derrière lui, le contremaître dit :

– On est là, Wayne. Qu'est-ce qui se passe?

Le chef de chantier se tenait derrière le contremaître, tous les deux debout sur la poutre. Ils virent Wayne regarder par-dessus son épaule, ses lunettes de soudure remontées sur son casque, peut-être un peu surpris, mais sans plus. Il se mit debout.

– Rien, dit-il, je descends.

Le contremaître et le chef de chantier le regardèrent marcher sur la poutre jusqu'au pilier suivant, l'agripper des pieds et des mains et se laisser glisser deux étages plus bas, jusqu'au dixième étage où le plancher était déjà posé. Ils le virent faire une pause. De là, il pouvait descendre par des échelles disposées entre chaque plancher. Mais il parut changer d'avis, et préféra la voie express. Ils le regardèrent glisser le long des trente mètres de la colonne, jusqu'au sol, où les types faisaient cercle en l'observant, puis se diriger sans hésitation jusqu'à la caravane.

Le chef de chantier échangea un regard avec le contremaître. Sans un mot.

11

Carmen dut patienter avant de dire à Wayne que l'homme du FBI avait appelé.

Il revint à la maison encore plus loquace, avec une raison supplémentaire d'être énervé. Comme si la voiture de patrouille garée dans la cour ne suffisait pas. Maintenant, ils ne voulaient plus de lui au boulot parce qu'ils disaient qu'il avait manqué provoquer un accident qui aurait pu tuer un homme.

– Manqué, dit Wayne. Dans ce putain de métier, on manque de se tuer toutes les cinq minutes, quoi qu'on fasse. C'est le boulot qui veut ça.

Tout en buvant sa bière, il lui raconta que ce type, Kenny, ne regardait jamais où il mettait les pieds, et ce n'était pas la première fois qu'il laissait tomber une masse. Tout le monde savait que Kenny arrivait le matin avec la gueule de bois, c'est pour ça qu'il sortait à midi. Mais ça ne changeait rien.

– Le chef de chantier, un type avec qui j'ai été à l'école d'apprentissage, m'a dit de prendre quelques jours jusqu'à ce que j'aie de nouveau les yeux en face des trous. Il a dit que pour l'instant, personne ne voudrait travailler avec moi. Tu te rends compte?

Il se tourna vers la cuisinière et demanda ce qu'il y avait pour le dîner.

– Du poulet frit, dit Carmen, avant d'ajouter : Wayne? Scallen a appelé.

Cette fois elle avait retenu son attention, elle pouvait prendre son temps et observer ses réactions.

– Il veut que nous allions demain au Tribunal fédéral.

– A Detroit?

– Pour y rencontrer un marshal des services fédéraux nommé John McAllen.

– Pour quoi faire?

– J'ai d'abord cru qu'ils avaient retrouvé les deux types, mais Scallen m'a dit que ce n'était pas pour ça.

– Pour quoi, alors?

– Je lui ai demandé, et il m'a répondu qu'il préférait laisser McAllen nous le dire lui-même.

Elle regarda Wayne boire une gorgée de bière, sans manifester aucune inquiétude. Il dit : « Demain, hein? », sans avoir l'air concerné, ni même curieux.

– Ils vont venir nous chercher.

– Très bien, tant que ce n'est pas dans une voiture de patrouille.

Carmen hésita :

– C'est pour quoi, à ton avis?

– Je ne sais pas... Ça sert à quoi, un marshal? A garder les prisonniers, les amener au tribunal... Je ne sais pas. Qu'est-ce que tu crois qu'ils nous veulent?

Elle dit qu'elle n'en savait rien et se tut, parce qu'elle ne pouvait pas lui dire ce qu'elle pensait, lui transmettre cette impression horrible que ce pouvait être à propos de Matthew. Il prendrait un air stupéfait pour dire : « Matthew? Pourquoi veux-tu que ce soit pour lui? » Parce qu'elle y pensait, c'est tout. Elle ne pouvait pas s'en empêcher. Parce que si ce n'était pas au sujet des deux types qu'un fonctionnaire du gouvernement voulait leur parler... Elle voyait déjà un bureau où pendait un drapeau américain, et dessous un officiel en train de leur dire qu'il était désolé de leur apprendre qu'il y avait eu un accident sur le pont du *Carl Winson*, CVN 70, que leur fils était resté coincé entre un jet et la BAS, ou qu'il était passé par-dessus bord et était porté disparu; pas noyé, non, ils ne diraient jamais ça. Simplement « disparu » quelque part au milieu du Pacifique, comme s'il était possible qu'il réapparaisse un de ces jours, on ne sait jamais.

Wayne la regarderait d'un air ennuyé mais patient, et demanderait si c'était son instinct maternel qui ressortait, ou l'autre, celui qu'on appelait « intuition féminine ». Elle s'énerverait et dirait : « Tu ne peux pas comprendre », et en effet il ne comprendrait pas. De sorte qu'elle ne dit rien du tout.

Ce n'est que le lendemain, alors qu'ils étaient en sécurité à l'arrière d'une conduite intérieure grise, avec deux hommes en gris assis à l'avant, eux-mêmes habillés comme pour une cérémonie officielle, qu'elle finit par dire à Wayne sans avoir l'air d'y toucher :

– Tu ne penses pas que c'est au sujet de Matthew?

Il se pencha vers elle :

– Alors, c'était ça? Je me demandais ce qui se passait. (Il posa sa main sur la sienne :) Non, dans ce cas-là, ils viennent te voir à la maison. Ils envoient un officier, un jeune homme sérieux en grand uniforme. Les marshals ne font pas ça. J'y ai réfléchi, et un marshal, c'est un type comme Matt Dillon dans *Gunsmoke*. Tu te rappelles? Avec un grand chapeau de cow-boy.

Le marshal assis du côté du passager se tourna vers celui qui conduisait. Carmen donna un coup de coude à Wayne. Il lui pressa la main.

John McAllen était aussi massif que le marshal de *Gunsmoke* et il devait lui aussi avoir la cinquantaine, se dit Carmen. Il était familier en ce sens qu'il avait l'air d'un représentant de la loi, mal dégrossi et secret, ou en tout cas s'efforçant de l'être. Elle avait vu assez d'officiers de police ces derniers temps pour reconnaître ce genre. McAllen, dans son costume gris, n'était pas aussi soigné et raffiné que Scallen, l'agent spécial du FBI qui avait l'air d'un avocat, ou d'un homme d'affaires, et avait pris une chaise un peu à l'écart. Carmen et Wayne étaient assis face au marshal. Sur le mur derrière lui, les portraits des trois derniers présidents des Etats-Unis, et d'un quatrième qui n'allait pas tarder à quitter ses fonctions.

McAllen les accueillit en affirmant que c'était un plaisir pour lui et qu'il admirait leur courage à vouloir témoigner au moment du procès. Puis, avec un petit sourire :

– Je suppose que vous apprécieriez que quelqu'un s'occupe un peu mieux de vous. Eh bien, c'est pour ça que vous êtes là.

Carmen se dit qu'il parlait même comme le marshal de *Gunsmoke*, avec un accent « western » encore plus authentique. Elle dit qu'ils apprécieraient tout à fait et jeta un coup d'œil à Wayne. Il était assis le torse en avant, les coudes posés sur les bras de sa chaise, peu ému pour l'instant par la prévenance du marshal.

– Pour nous, cette situation est tout à fait exceptionnelle, expliqua McAllen. Néanmoins, puisque vos vies sont apparemment menacées, nous avons le sentiment que vous avez droit à la protection accordée au titre du Plan Fédéral pour la Sécurité des Témoins.

– Vous voulez dire que nos vies sont apparemment en danger, mais qu'après tout ce n'est pas sûr? demanda Wayne.

McAllen leva les yeux du carnet qu'il s'apprêtait à ouvrir et Carmen ajouta :

– Je croyais que ce programme était réservé aux criminels. Richie Nix en a fait partie, non?

– Pendant un moment, dit McAllen en jetant un coup d'œil à Scallen, un peu surpris peut-être par leur façon de lui tomber dessus tous les deux à la fois.

– D'après tout ce que j'ai pu lire, continua Wayne, c'est pour les gens qui témoignent afin d'éviter la prison.

McAllen s'efforça de sourire :

– Oh là, vous deux, là, j'ai l'impression que vous vous faites une drôle d'idée de ce plan. On ferait peut-être mieux de mettre tout de suite les choses au point.

Carmen se tourna vers Scallen qui expliquait que oui, en effet, le Plan avait été conçu à l'origine par l'attorney général pour la protection des témoins de statut V; il aurait aussi bien pu dire de statut B, Carmen n'avait toujours pas digéré le « vous deux, là », de McAllen. Le ton de Scallen l'apaisa, en lui donnant l'impression qu'il se souciait en effet de leur sécurité. Il dit que le Plan ne devait pas si mal fonctionner, puisqu'il couvrait environ quinze mille personnes, en comptant les familles des témoins.

– Si nous laissions d'abord McAllen vous exposer les bases du Plan, qu'en dites-vous? Puis nous verrons comment on peut étudier une version modifiée pour vous.

Carmen trouva ça bien et elle dit : « Allons-y ». Wayne ne dit rien.

McAllen se mit à réciter son carnet, en commençant par les conditions requises pour être pris en charge par le Plan. Il fallait apporter la preuve que la vie du témoin et/ou d'un membre de sa famille était en danger. Il fallait également apporter la preuve qu'il serait profitable pour le Ministère de la Justice de protéger le témoin et/ou sa famille ou sa parenté.

Carmen commençait à se demander à quel moment Wayne allait intervenir.

A l'appui de cette preuve, l'attorney général pouvait, par

décret, fournir à cette personne tous les papiers nécessaires pour l'obtention d'une nouvelle identité...

Voilà, ça y était.

– En termes clairs, dit Wayne, vous voulez qu'on change de nom parce que vous êtes incapables de retrouver ces deux connards? C'est bien ça?

– Voyons, voyons, dit McAllen, et Scallen intervint :

– Wayne, il faut que vous laissiez John terminer. Le décret parle d'« établir une nouvelle identité ou de protéger le témoin de toute autre façon ». Vous voyez que nous sommes très souples dans ce domaine.

McAllen dit qu'il leur serait reconnaissant de le laisser terminer avant de donner leur point de vue. En regardant Wayne.

« Bonne chance », pensa Carmen.

Le Plan leur fournirait un logement; il prenait en charge le déménagement des meubles et de toutes leurs propriétés personnelles vers leur nouvelle résidence. Il pouvait offrir une indemnité permettant de subvenir aux besoins de base et aider le témoin à trouver un emploi...

– Je peux poser une question? dit Wayne.

– Je suppose, dit McAllen en levant les yeux, que vous voulez savoir ce que recouvre l'expression « besoins de base »?

– Je veux d'abord savoir si tout ça veut dire qu'il faut qu'on vende la maison.

Carmen se posait aussi la question, entre autres choses. Mais ce qu'elle se demandait surtout, c'est ce qu'elle allait raconter à sa mère, s'ils déménageaient. Tandis que Scallen disait oui, il valait mieux qu'ils déménagent, pour leur propre sécurité, mais ça ne voulait pas dire qu'ils devraient vendre leur maison, Carmen pensait que si elle disait à sa mère qu'ils partaient en vacances, celle-ci tomberait malade, comme à chaque fois, allant jusqu'à se faire admettre à l'hôpital. Scallen dit qu'à son avis on pouvait s'arranger avec Nelson Davies pour qu'il fasse semblant de mettre la maison en vente et s'occupe de son entretien.

– Déménager où? dit Wayne.

Scallen regarda John McAllen, qui répondit :

– Là où nous avons des marshals qui supervisent le Plan, des inspecteurs spécialisés dans la protection des témoins. Pour l'instant, nous pouvons vous offrir Lima ou Findlay, dans l'Ohio...

– Seigneur, tout ça, c'est sur la Nationale 75.

– Où est le problème? demanda McAllen en fronçant les sourcils.

– Wayne? dit Carmen, avec un regard qui signifiait : « Ne commence pas avec tes histoires de contredanse dans l'Ohio. »

Elle se tourna vers McAllen :

– Qu'est-ce que vous avez d'autre?

Il gardait les sourcils froncés, un peu perplexe.

– Eh bien, deux maisons dans le Missouri, dont une que nous vous recommandons. Mais j'aimerais d'abord en finir avec les dispositions du Plan, si vous n'y voyez pas d'inconvénient.

Il ne dit pas : « Vous deux, là », et son ton avait changé. Ça valait mieux, Carmen était certaine que Wayne lui aurait sauté dessus. Pour l'instant, celui-ci s'agrippait aux accoudoirs de son fauteuil.

– Avant de fournir l'assistance précitée, reprit le marshal, l'attorney général conclura avec l'individu concerné un Protocole d'accord, qui établit les responsabilités du susnommé :

« Celui-ci s'engage à témoigner et à fournir toutes informations que serait susceptible de lui demander l'autorité compétente.

« Il s'engage à éviter que quiconque puisse deviner la nature des faits justifiant la protection à lui accordée.

« Quoi?! », faillit s'exclamer Carmen.

« Il s'engage à se soumettre à toutes ses obligations légales et à comparaître à tous les jugements portés contre lui. »

Carmen sentit que Wayne la fixait. Elle lui lança un coup d'œil. Il la regardait, bouche bée, l'air de dire : « Non, mais tu te rends compte? »

« Il s'engage à coopérer à tout moment avec les employés et officiers du Gouvernement.

« Il s'engage à ne commettre aucun délit.

Carmen se dit que cette fois-ci, Wayne allait exploser, mais il la surprit :

– Non, ça, c'est trop dur. Vous comprenez, on peut encore s'arranger, pour les autres conneries, mais vous promettre qu'on ne commettra aucun délit... (Il fit non de la tête.) Je regrette.

– Mr Colson, ces mesures s'appliquent à l'origine à des témoins coupables de crimes fédéraux. Je croyais vous l'avoir expliqué et je suis désolé si je n'ai pas été assez clair. Elles s'appliquent toujours à quatre-vingt-dix-sept pour cent des témoins, sans compter leur famille. Les trois pour cent qui restent sont d'honnêtes citoyens, comme vous et la femme Colson, qui désirent bénéficier des possibilités de ce Plan...

« La femme Colson », se dit Carmen.

– ... Ce qui, je dois vous le dire, est vraiment encourageant en matière d'application des peines et de justice criminelle. (McAllen se tourna vers l'agent du FBI :) J'ai raison, Paul, non?

Scallen se redressa et hocha la tête :

– C'est certain, oui.

Carmen s'aperçut qu'il manquait de conviction, se tortillant sur sa chaise comme s'il avait des doutes et voulait ajouter quelque chose. Mais McAllen avait repris la parole et débitait ce qui avait l'air d'être un texte écrit, quelque chose à propos de la justice des Etats-Unis, « qui en vous protégeant dans toute la mesure de ses capacités dès l'instant où vous avez accepté de témoigner, peut lutter avec une efficacité accrue contre le syndicat du crime ».

Il y eut un silence de quelques minutes, pendant lequel Carmen regarda le marshal ranger ses papiers et s'apprêter à passer à la suite, sous le regard des trois ex-présidents et du futur ex, suspendus au mur.

– J'ai une question, dit Wayne à l'agent spécial du FBI.

Carmen regarda Scallen, qui avait l'air soulagé et esquissa même un sourire :

– Je suppose que vous avez des tas de questions.

– Une seule. Est-ce qu'on nous raccompagne chez nous?

Un adjoint au shérif en uniforme était assis dans le salon devant la télé et un autre traînait quelque part dehors. La police du Michigan passait en voiture de temps en temps.

Wayne et Carmen étaient à la cuisine devant une bière, se demandant s'ils allaient manger dehors. Wayne remarqua que s'ils sortaient, les flics les suivraient et qu'il aimait autant qu'on ne le voie pas en public avec eux.

Ils discutaient du Plan pour la Protection des Témoins, faisaient leurs commentaires et retombaient dans le silence, chacun plongé dans ses pensées. Carmen finit par remarquer qu'elle avait l'impression que l'agent du FBI n'avait pas une haute opinion du plan. McAllen paraissait sincère, mais il avait un peu trop l'habitude de s'adresser à des criminels. Wayne dit qu'il avait pris l'habitude d'être traité comme un criminel, alors quelle différence?

– Tu nous vois en train d'aller vivre à Findlay, dans l'Ohio? Seigneur. C'était quoi, l'autre endroit? Lima?

– Lima, comme le Pérou.

– J'imagine qu'il doit y avoir plein de gratte-ciel à construire, là-bas. Plein de boulot pour moi. Tu nous vois en train de déménager sans rien dire à personne? Même pas à ta mère? Remarque, ça, c'est peut-être pas une mauvaise idée.

Elle ne répondit pas.

– A quoi tu penses? demanda-t-il en sirotant sa bière.

– Tant qu'à changer de nom, je me disais que ça pouvait être amusant. Prendre celui qu'on veut, n'importe lequel.

– Le seul que j'aurais jamais envie d'utiliser, tu sais lequel c'est? Mats.

– Celui de ton arrière-grand-père.

– Du côté de mon père.

Carmen avait vu des photos de lui : Mats le bûcheron, un Wayne avec une moustache en broussaille, qui était venu de Suède s'installer dans le nord du Michigan. Le père et la mère de Wayne étaient toujours là-bas, près d'Alpena, où ils faisaient pousser des sapins de Noël sur une centaine d'hectares.

– Mon père voulait m'appeler Mats.

– Mais c'est ta mère qui a gagné, et elle t'a donné un nom d'acteur. Les mères ont toujours le dessus. Tu dois t'imaginer que la mienne m'a baptisée comme ça à cause de l'opéra.

– Pour tout t'avouer, je n'y ai jamais pensé.

– C'était pas pour ça. Elle m'a donné le nom du frère de Guy Lombardo, Carmen Lombardo, qui était chanteur dans son orchestre. Son tube, c'était « Sweethearts on Parade ». Ma mère m'a dit que quand elle sortait avec mon père, c'était leur chanson fétiche.

– Tu me fais marcher?

– Je pourrais m'appeler Bambi, mais j'aurais peur que tu me tires dessus. Pourquoi pas Kim? Ou Barbie, Betsy, Becky... Il faut être petite et mignonne pour porter des noms pareils.

– Tu es mignonne.

– Non, j'étais mignonne au lycée, mais j'ai dépassé ça.

Quand on est vraiment mignonne, on n'a pas besoin de faire autre chose, on fait carrière avec ça. Et quand on te demande : « Vous faites quoi dans la vie? », tu réponds : « Rien, je suis mignonne. »

Wayne la regarda un moment.

– Ça n'a pas l'air de nous bouleverser, cette histoire.

– Si on déménageait pour un moment, remarqua-t-elle en se tournant vers lui, comme on ne voit pas tes parents très souvent, on pourrait être revenus avant qu'ils s'en aperçoivent.

– Ou bien on pourrait aller les voir à la ferme. Si on est vraiment obligés de se cacher, ce qui me fout en rogne. Ou bien on pourrait descendre en Floride voir ton père. Quand ils disent que ces deux types peuvent nous retrouver chez des parents, je pense que c'est des conneries. Je pense plutôt comme toi, tout ça n'a rien à voir avec la Mafia.

– Mais ils sont persuadés que si, souligna-t-elle. Et s'ils ont raison... On a intérêt à être à Cape Girardeau plutôt qu'ici.

– Jamais entendu parler de ce coin.

– C'est sur le Mississippi...

– Ça ne me dit pas plus. On n'apprend pas grand-chose, avec leurs brochures. A quoi tu crois que ça ressemble?

– J'en sais rien. On tente le coup?

Wayne ne répondit pas; il regardait la voiture de police, dehors.

– On va être obligés de le dire à Matthew. De raconter une histoire à ta mère. Dis-lui que je suis devenu travailleur itinérant et que je suis descendu dans le Missouri construire des maisons à un étage.

– Ça te changerait.

Wayne se tourna vers sa femme.

– Ça ne te dérangerait pas, toi, hein?

– Ecoute, si on a le choix entre Cape Girardeau et se faire descendre... Quelquefois, je me demande quel effet ça ferait d'être quelqu'un d'autre. Savoir comment les autres voient les choses et comment ils vivent.

– Tu veux dire que tu préférerais être quelqu'un d'autre que toi?

– Non, je n'ai pas dit *devenir*, juste voir un moment.

– Alors, c'est par curiosité.

– On a vu un film, il y a longtemps, où Jack Nicholson prend l'identité d'un type qui meurt, et il se retrouve avec des gens à ses trousses qui le prennent pour ce type...?

– Ouais?

– Je ne me souviens plus du titre, ou ce qui m'a rappelé ce film. Ça n'était pas du tout une histoire comme la nôtre.

– Un truc en Espagne, avec Nicholson? Où il se trimbale en décapotable rouge avec une nana qu'il a ramassée?

– C'est ça.

Il la regarda hocher la tête, avec son regard clair et calme, comme toujours. Parfois, elle savait les choses avant même qu'il ait commencé à s'interroger dessus, et elle lui disait qu'il devait *sentir* aussi bien que penser. Sentir quoi? Rien, sentir, c'est tout.

– Pourquoi on ne peut pas aller où on veut?

Elle ne répondit pas.

– On peut, non? Qui va nous en empêcher?

C'était avec lui-même qu'il discutait. Elle se passa la main dans les cheveux et haussa les épaules.

– Ils ont une maison pour nous, un trois-pièces-cuisine...

– Je vois ça d'ici.

– Ça n'a pas l'air mal, en bordure d'un bois.

– On a déjà un bois, juste au bout du pré.

L'adjoint au shérif entra, une tasse à la main. Sans regarder Wayne, il demanda à Carmen :

– Vous n'en auriez pas encore une petite tasse, des fois?

– Vous avez du mal à garder les yeux ouverts? dit Wayne.

L'adjoint lui jeta un regard peu amène, sans répondre. Carmen lui versa une tasse de café. Elle sortit un carton de lait du réfrigérateur et l'apporta sur le comptoir où l'adjoint était en train de se servir du sucre.

– Vous voulez des petits gâteaux? demanda-t-elle. Ou je peux vous faire un sandwich.

– Qu'est-ce que vous avez comme choix? dit-il en tournant sa cuiller.

Carmen s'arrêta. Wayne la vit reconsidérer son offre et conclure :

– Prenez donc les petits gâteaux, hein?

Il se servit d'une pleine assiette qu'il remporta dans le salon, où était allumée la télévision, dont les rires enregistrés renseignaient l'adjoint au shérif sur les passages drôles.

– Il faut qu'on se tire d'ici, dit Wayne.

– Je crois, dit-elle en approuvant de la tête.

– On leur donne trois semaines pour trouver ces types, un point c'est tout. Et on revient pour l'ouverture de la chasse.

12

Armand avait dit à Richie :

– Ecoute-moi bien, maintenant je ne te lâche plus d'une semelle. Sinon, tu ne fais que des conneries.

– Tout ce que j'ai fait, c'est foutre en l'air leurs fenêtres. Je me suis pas fait prendre, non? Et j'ai ramené la voiture.

Une belle bagnole, une Dodge Daytona toute noire avec des glaces fumées. Bouclée toute la semaine dans le garage de Donna. Si elle avait des papiers, pourquoi la cacher? Bird ne pensait qu'à une chose :

– Je ne te lâche plus d'une semelle.

– Bon, d'accord. Même quand je vais aux chiottes? Tu veux voir si ça se passe bien? Et quand je tire un coup avec Donna et que tu restes là à regarder *La Roue de la Fortune*? Ou que t'es encore en train de bouffer. Ou quand j'entends pas ronfler dans la maison et que je sais que c'est ton tour. Tu veux que je vienne? Elle peut nous prendre ensemble, si tu veux. C'est une vieille carne, mais elle en veut toujours. Qu'est-ce que t'en dis, Bird, tu veux que je lui demande? Ou on continue à faire comme si tu la baisais pas? Tu crois que je suis jaloux, ou quoi? Combien de temps on va rester comme ça assis sur nos culs, Bird? Tu dis que je fais des trucs dingues, mais c'est ça qui me rend dingue. C'est comme être au trou, mais avec la télé et des bestioles en peluche, un tueur à gages indien et une ancienne matonne, la reine des taulards. Merde, autant être au trou. Ça va durer encore longtemps, Bird?

– D'accord, avait dit Armand. On pointe le nez dehors, voir un peu ce qui se passe.

Ils roulaient maintenant dans la campagne obscure, la radio et le chauffage allumés, et son siège repoussé en arrière, Richie conduisait les bras tendus, élevant la voix pour couvrir le rock répandu par les baffles et dire à son copain indien :

– La première fois? La première fois c'était un type qui s'appelait Kevin, y paraît que c'était un de mes amis.

Armand se pencha pour baisser la radio.

– Il t'a mouchardé, ou quoi?

– Non, non, je venais de sortir de taule avec le nouveau nom qu'ils m'avaient filé... Attends un peu... Tiens, c'est bizarre, tu m'as demandé la première fois, et aussi sec j'ai pensé à ce type, Kevin, que je connaissais d'avant. Mais il y a eu d'abord le type qui partageait ma cellule, à Terre Haute. Des mecs qui voulaient s'en débarrasser m'ont refilé un couteau en me disant que si je le tuais pas, c'étaient eux qui allaient me faire la peau. Alors je l'ai fait. Mais après, j'ai témoigné au procès que j'avais vu un de ces mecs lui couper la gorge. Il a pris 99 ans, à ajouter aux 99 qu'il tirait déjà, et moi j'ai été transféré. Peut-être qu'en témoignant, je me suis persuadé que c'était pas moi qui l'avais saigné, tu vois? Et du coup, pour moi, c'est pas le premier. Ou alors, c'est parce que c'était au couteau, je sais pas. Après, quand j'ai été libéré, c'est ce Kevin qui m'a embauché pour récupérer des bagnoles avec des traites impayées, ou des trucs dans ce genre-là. Une fois – écoute ça – j'ai dû aller dans un hospice reprendre une chaise roulante, un de ces trucs électriques qui coûtent dans les deux mille cinq cents billets. Il a fallu que j'aille soulever cette infirme pour la mettre sur son lit, et qu'elle arrêtait pas de me dire : « Je vous en prie, j'ai une sclérose en plaques, et je ne peux rien faire sans mon fauteuil. » Mon pote, c'était affreux, mais ça faisait trois mois qu'elle avait pas payé ses traites. Qu'est-ce que j'y pouvais, moi? J'avais des traites sur le dos, moi aussi, et un loyer. Faut dire que je m'étais remis avec Laurie, ma femme. Je l'avais à peine vue en quatre ans. Elle disait que ça lui brisait le cœur de me voir en taule, ce qui fait qu'elle se montrait pas souvent.

Armand éteignit la radio, pour se débarrasser de ce bruit exaspérant. Richie le regarda, et il dit :

– Et alors, ce type, Kevin?

– J'y arrive. Quand il a su qu'on allait me fourrer en taule, il m'a dit qu'il s'occuperait de Laurie, si elle était malade ou quoi que ce soit, comme un frère.

– Je vois venir le coup.

– Ouais. Enfin, j'ai rien vu du tout jusqu'au soir où moi et Kevin on était dans un bar après le boulot, et d'un seul coup il me fait : « Je veux que tu saches que j'ai jamais baisé avec Laurie pendant que t'étais au trou. Pas une seule fois. » Je commence à me dire, merde, il a pas besoin de me le dire si c'est vrai. S'il me le dit, c'est qu'il a dû le faire.

– C'est sûr, dit Armand. Comment tu voulais l'empêcher, tu tirais ton temps.

– Je rentre à la maison et je demande à Laurie : « T'as jamais couché avec Kevin? » Elle ouvre des yeux comme des soucoupes, et se met à jurer que non, jamais. Je lui en retourne quelques-unes, elle continue à brailler que non, elle le jure sur sa Bible. D'accord, je me dis, peut-être qu'ils ont rien fait. Deux jours après, je rentre à la maison, plus personne. Partie avec toutes ses affaires. Qu'est-ce que t'en dis?

– On arrive à la route où il faut tourner, juste avant le petit aérodrome, dit Armand. C'est sûr, elle avait peur que tu découvres la vérité, parce qu'elle t'avait trompé.

– Ouais, y avait des chances que Kevin la baise. Alors j'ai décidé de me dégotter un flingue et de lui rendre la monnaie de sa pièce.

– Et du coup, c'est lui que tu vois comme ton premier, dit Armand.

Richie se tut le temps de tourner à gauche sur un chemin de graviers, redressa la Daytona et se mit à rire en regardant Armand.

– Tu vas jamais croire ça : il y en avait un autre avant Kevin. Tu vois, j'ai lourdé mon boulot, je voulais plus rien avoir à faire avec lui jusqu'à ce que je lui aie déchargé mon flingue dans la figure. Putain, ça m'a fait vraiment mal. J'avais un boulot, un autre nom, je m'appelais James Dudley, j'étais prêt à repartir à zéro. Quand j'y pense, le seul boulot que j'aie eu dans ma vie c'était celui-là, la récupération, et qu'est-ce que c'est d'autre que du vol légal? Je me suis dit merde, retourne dans ta partie, quelle différence, de toute façon tu peux faire confiance à personne. Alors j'ai pris un 38 – pas celui que j'ai maintenant, un pas cher. A Detroit, tu peux avoir tout ce que tu veux, t'achètes ça aux gamins à l'école. Bon, je suis prêt à aller voir Kevin. Enfin, je crois que je suis prêt, mais tu sais quoi? J'avais jamais tiré sur quelqu'un, avant. Je voulais faire la peau à ce Mexicain ramassé en Géorgie, mais j'en avais pas eu l'occasion. Je me dis : « Je veux être cool quand je vais descendre Kevin, je veux savoir ce qui va se passer. » En plus, j'avais besoin de liquide, alors ce que j'ai fait, je me suis exercé sur le type de l'épicerie que j'ai braquée, un basané, tu vois le genre. Enfin, je lui en ai collé trois dans le buffet et je me suis dit, merde, c'est rien du tout. Viser et presser la détente, voilà. Je sais plus combien j'ai ramassé, pas très lourd. Alors quand j'en suis arrivé à Kevin, – je l'ai pris tard le soir au bureau, « Bonsoir, Kev', ça va? » et que je lui en ai collé cinq par sécurité, – eh ben, en fait, ça faisait mon troisième. Et pourtant, tu vois, je le vois toujours comme mon premier. Bizarre, non?

Armand demeura silencieux.

Ce type était fou. Armand se souvenait de son premier comme si c'était hier, l'Italien qui était entré chez le coiffeur et leur avait offert un boulot en disant : « Les frères Degas, des casseurs, hein? Vous vous prenez pour des durs... »

Ils atteignirent une intersection; les phares éclairèrent un stop, mais le carrefour était plongé dans l'obscurité. Richie traversa sans même ralentir.

Armand ne dit rien.

Il attendait que la route devant eux s'incurve sur la gauche, en se souvenant de la dernière fois qu'ils étaient venus rendre visite au type du bâtiment, quand Richie n'avait pas fait ce qu'il lui avait dit, qu'il avait dépassé la maison, fait demi-tour, et qu'ils étaient revenus dans le même sens, et Armand se souvint qu'il avait pensé alors la même chose que maintenant : il allait finir par flanquer une balle dans la tête de Richie, avant ou après que cette affaire soit réglée. Il allait se passer quelque chose entre eux...

– La maison est juste après ce virage.

– Je sais.

Il savait toujours tout, de ce ton qu'il croyait « cool ».

– Alors, ralentis.

Les phares balayèrent la pelouse du voisin. Ils approchaient, la maison se trouvait sur la gauche, derrière ce bouquet d'arbres. Armand vérifia qu'il n'y avait pas de voitures pendant que Richie freinait et laissait glisser la Dodge jusqu'à la maison, en disant qu'il n'y avait pas l'air d'y avoir grand-monde, ou alors ils étaient déjà au pieu. Armand était penché en avant, scrutant l'obscurité à travers le pare-brise fumé. Il y avait dans la cour quelque chose qui ne s'y trouvait pas la fois précédente. Il toucha le bras de Richie et lui intima : « Arrête-toi. »

– Où ça?

– Près de la maison. Braque les phares dessus.

Richie donna un coup de volant et s'arrêta, les phares se reflétant dans les vitres obscures. Et là, dans la cour, il y avait un panneau A VENDRE, signé Nelson Davies.

Armand s'adossa à son siège en s'efforçant de réfléchir – ça ne signifiait pas pour autant qu'ils étaient partis, on ne déménage pas tant qu'on n'a pas vendu sa maison –, mais c'était difficile avec Richie qui parlait de ce bon dieu d'agent immobilier, qu'il était encore sur ce coup-là, que quand il regardait ce panneau il avait l'impression de tout recommencer à zéro, comme la première fois qu'il était venu. Il finit par se taire, et le silence tomba un moment dans la voiture. Puis il reprit :

– Bon, merde alors, qu'est-ce qu'on fait, Bird?

– T'inquiète pas pour ça.

– Ouais, mais ils ont fichu le camp.

– Ecoute-moi bien, dit Armand. Tu m'écoutes? Te fais pas de souci pour ça.

13

Les brochures sur Cape Girardeau que leur avaient données les services fédéraux disaient : « Si vous vous promenez le sourire aux lèvres dans une rue animée, les gens vous parleront, pas forcément parce qu'ils vous connaissent, mais parce que vous avez l'air de quelqu'un qu'ils aimeraient connaître. Et, si vous leur en donnez l'occasion, ils prendront le temps de faire votre connaissance. »

En lisant ça, Carmen imagina quelqu'un l'abordant dans la rue :

– Bonjour, vous avez la tête de quelqu'un que j'aimerais connaître. Vous venez d'arriver, n'est-ce pas? Vous venez d'où?

– Désolée, répondrait-elle, je ne peux rien dire. On fait partie du Plan Fédéral pour la Protection des Témoins, et on se cache parce qu'il y a des types qui veulent nous tuer.

– Oh, vraiment... Eh bien, bonne journée, hein!

Ainsi s'achèverait la conversation.

Elle avait lu le passage à Wayne la veille de leur départ.

– Seigneur! Tu es certaine de vouloir aller là-bas? avait-il demandé.

Plus de mille kilomètres plus loin, ils aperçurent pour la première fois Cape Girardeau, chacun de son côté, Carmen dans la Cutlass, derrière le pick-up de Wayne, en traversant le pont séparant l'Illinois du Mississippi. Ça avait l'air plutôt joli, vu de là. Une petite ville de carte postale avec des clochers, un palais de justice sur la colline et des arbres un peu partout. Mais à quoi pouvait bien servir ce mur, le long du fleuve? Un mur de béton de six mètres de haut, qui fascina Carmen : il ajoutait une note dramatique à la carte postale.

Ils pénétrèrent dans le quartier commerçant, Wayne à recherche d'une rue, Carmen à sa suite, cherchant à s'imprégner de l'atmosphère. Tout avait l'air bien entretenu, avec des immeubles modernes et des maisons anciennes rénovées. Le dépliant de la Chambre de commerce faisait la description d'une charmante ville de soixante mille habitants, dotée d'une université et d'un centre commercial flambant neuf, West Park Mall. Tous les commerces, depuis les Prisunic jusqu'aux chaussures de luxe, en passant par les industries de ciment et la Cape Barge Line, la compagnie fluviale, y étaient implantés. Le plus haut gratte-ciel était la tour KFVS-TV. Carmen distingua ses douze étages surplombant le sud de la ville : une vue susceptible de réconforter Wayne. Ils passèrent devant la longue volée de marches qui menait au palais de justice, et descendirent la colline en direction du mur qui longeait Water Street.

Carmen se gara le long du trottoir derrière le pick-up, dont la plate-forme était chargée de meubles et recouverte d'une bâche. Elle sortit de la Cutlass fatiguée et courbatue. Ils avaient quitté Algonac à quatre heures du matin, en pleine nuit, escortés par deux marshals jusqu'à l'autoroute et peut-être même plus loin, elle n'en était pas sûre. Ils devaient maintenant contacter l'officier J.D. Mayer, qui devait leur montrer leur nouvelle maison et les aider à s'installer. Carmen s'approcha de Wayne, debout, les mains dans les poches arrière de son jean.

– Qu'est-ce qu'on fait, maintenant?

– Tu as repéré Broadway?

– Je crois qu'on l'a passée, un bloc derrière.

– J'étais trop occupé à regarder toutes les maisons à un étage, je l'ai ratée. Je vais appeler Mayer, mais il doit être rentré, il est 5 heures passées.

Carmen ôta son sweater. Il faisait au moins dix degrés de plus que dans le Michigan. Wayne n'avait pas bougé. Il contemplait le mur, que longeaient la ligne de chemin de fer et une rangée d'arbustes. Les boutiques de l'autre côté de Water Street dessinaient des ombres sur sa surface.

– Tu sais à quoi ça sert?

– Sans doute à contenir le fleuve.

– Ou les gens. On dirait une prison.

– Ça ne ressemble pas à ça.

– Tu as bien regardé le fleuve, en arrivant?

– Comment est-ce que j'aurais pu le manquer?

– Tu as remarqué un cap?

– Je ne sais pas trop à quoi ça ressemble, un cap.

– Je me demande pourquoi ils l'appellent le Grand Mississippi. Boueux, c'est sûr, mais Grand... La St Clair River est plus large, et bleue. Elle est bien plus belle. Je ne regrette pas d'avoir laissé le bateau.

– Tu appelles le marshal?

– Tout de suite. Il n'y a sûrement que du poisson-chat, là-dedans. Tu aimes ça, le poisson-chat?

– Je n'en ai jamais mangé.

– Ça ressemble à la carpe. Tu as déjà mangé de la carpe?

– Bon, tu l'appelles, oui ou non?

Carmen le regarda traverser la rue en direction d'un restaurant avec une terrasse abritée par un auvent vert. Ça n'avait pas l'air mal. Jusqu'à présent, la ville lui avait fait bonne impression. Peut-être qu'ils s'y trouveraient tellement bien qu'ils voudraient y rester. Enfin, trois semaines, ça faisait un peu court pour prendre une décision aussi importante. Carmen marcha jusqu'au coin de la rue, jusqu'à une ouverture dans le mur, presque aussi large que la rue qui débouchait dessus. Elle aurait pu se croire dans un pays étranger.

Elle franchit l'ouverture. Une énorme porte métallique pivotait à l'extérieur du mur, là où les pavés se transformaient petit à petit en un lit de rochers concassés le long du fleuve. C'était vrai, il n'avait pas l'air particulièrement majestueux, mais vieux, avec en face les peupliers de l'Illinois : il ne devait pas faire plus de sept cents mètres de large. Un bateau poussant des péniches venait de passer le pont et glissait sans bruit au milieu du fleuve : un bateau plat et courtaud, qui ressemblait à un remorqueur, mais en beaucoup plus haut. Carmen n'en avait jamais vu de semblable. Il poussait devant lui une quinzaine de barges reliées entre elles, avançant de front, trois par trois.

Elle se retourna pour regarder le mur et contempler la porte massive qu'on devait refermer quand ce fleuve tranquille débordait de son lit. Un mur comme ça, ce n'était pas de la rigolade.

Elle dit à Wayne, qui revenait de téléphoner :

– Tu sais ce que c'est? Une vanne pour les inondations. Je n'en avais jamais vu. Tu veux voir jusqu'où peut monter le fleuve? Il y a des marques sur le mur, avec des dates, presque jusqu'au sommet. Tout compte fait, c'est un Grand fleuve...

Wayne leva les yeux, mais sans manifester d'intérêt.

– La fille me dit que le marshal-adjoint J.D. Mayer n'est pas à son bureau. Je lui demande où je peux le joindre. Elle me fait poireauter, et il lui faut bien dix minutes pour découvrir que si l'officier J.D. Mayer n'est pas là, c'est parce qu'il est absent, et que c'est désormais le marshal-adjoint F.R. Britton qui est chargé de tout ça. Je fais, « Bon, alors dites à F.R. Britton que W.M. Colson vient de faire mille kilomètres pour lui parler deux minutes, s'il n'est pas trop occupé ». Après tout ce cirque, elle me dit, « Il n'est pas là, il est parti à la maison ». Je dis « Chez lui? » Non, il est parti à *notre* maison, et si on veut le trouver, on a intérêt à se dépêcher. Non mais, cette idiote, tu crois qu'elle me l'aurait dit tout de suite? 950, Hillglade Drive. Je lui demande, « Et c'est où, ça, s'il vous plaît », et elle me fait : « En allant vers Cape Rock, après Riverview », sur un ton du genre : « Et où voulez-vous que ce soit? Après Riverview, crétin, d'où vous sortez? »

– Tu vas râler tout le temps? Parce que si c'est ça, on rentre à la maison.

Ça sonnait bien, 950 Hillglade Drive, pensa Carmen.

Sur la route, elle entrevit le fleuve par endroits, entre les arbres, et il lui parut plat, gris, désolé. C'était ça, le Mississippi? Wayne n'avait pas tort, il n'était pas très impressionnant. Il n'y avait toujours rien sur la rive côté Illinois, que des arbres. Peut-être que le Missouri avait le même aspect vu d'en face, mais au moins c'était vallonné.

Carmen savait que les noms de rues étaient souvent décevants. Quand il s'avéra que Hillglade n'était qu'une petite route étroite et cabossée avec des fossés des deux côtés, elle dit : « Eh bien, tant pis », et suivit le pick-up de Wayne le long d'une rangée de maisons sans étage, construites en série, avec des auvents pour les voitures, de la lumière par endroits, et des bicyclettes dans les allées. Un lotissement qui, pour une raison quelconque, n'avait jamais été terminé, à l'heure du dîner. Pas de trottoirs, presque pas de pelouses, bref, tous les signes de la faillite de l'entrepreneur. Ils arrivèrent au 950, presque au bout de la rue; la maison paraissait isolée dans le crépuscule, avec ses fenêtres toutes noires et ses briques rouges qui auraient eu besoin d'un bon coup de peinture. Elle suivit le pick-up dans une allée de graviers envahie de mauvaises herbes, coupa le contact et resta assise là un moment. Dans le secteur d'Algonac-Port Huron, la maison n'aurait pas valu grand'chose, même entièrement rénovée. Un brin de travail dans le jardin n'aurait pas été du luxe : la bicoque avait besoin d'une nouvelle pelouse et d'une véritable allée. Pour l'instant, un étroit petit sentier menait du perron fatigué à l'endroit où une porte, dont le bouton était encore en place, servait de passerelle au-dessus du fossé. « Surtout, ma fille, ne t'énerve pas », se dit Carmen.

Wayne faisait le tour du pick-up au moment où elle se décida à sortir de la voiture.

– On fait quoi, là, on repart de zéro? Bon dieu, il y a vingt ans, on avait au moins une allée devant, et des arbustes.

Elle ne dit rien.

– Tu veux aller dans un motel?

– Maintenant qu'on est là, dit-elle en s'avançant à travers la cour négligée, Wayne sur ses talons en train de grommeler, « Ouais, on est là, c'est bien le problème, bon dieu. C'est ça, le bois? Moi j'appelle ça un bosquet, et encore, j'en rajoute ».

Carmen se tourna vers lui en arrivant vers le seuil.

– Il y a un mot sur la porte.

Une carte de visite était glissée dans la fente métallique destinée au courrier. Elle l'en retira et se mit à en déchiffrer l'écriture.

– « Bonjour, bienvenue à Cape Girardeau ». C'est plutôt gentil.

– C'est de qui?

– Du marshal-adjoint F.R. Britton. « Je suis parti dîner. Je serai de retour vers 18 heures 45. » (Elle lança un coup d'œil à Wayne.) Il a l'air d'un homme organisé. Energique, mais d'un caractère égal. La façon dont il relie ses lettres, et le fait que la plupart des mots soient tracés en script, montrent de l'originalité et de l'intuition.

– Alors, il aurait dû savoir qu'on allait arriver, non? On fait quoi, on est censés attendre dehors?

– Ça dit : « La porte de derrière est ouverte. Installez-vous. Signé, F.R. Britton. »

Avec de larges jambages, remarqua Carmen, signe d'un ego assez fort.

Wayne retourna au garage jouxtant la maison. Carmen le suivit, tout en continuant d'examiner la carte : l'écriture penchait très nettement vers la droite. Elle s'arrêta au milieu de la cour, hésitant au sujet des ronds qui servaient de points aux i. Cela pouvait indiquer un esprit créatif, mais pas forcément. Sa mère aussi dessinait des cercles pour faire ses points sur les i. Et puis, à la réflexion, l'écriture du marshal-adjoint était quand même un peu trop penchée. Il faudrait qu'elle mesure son inclinaison sur son guide. Elle leva les yeux pour voir Wayne qui revenait de l'intérieur de la maison, l'air lugubre.

– Qu'est-ce qui ne va pas?

– Tu veux dire, à part le fait qu'il n'y a pas d'électricité?

– Oh non, pas ça, fit Carmen avec une grimace.

– Ça, c'est la bonne nouvelle, dit Wayne. Parce qu'au moins, sans lumière, tu ne peux pas voir le reste. C'est un taudis, cet endroit.

Le jeune homme portant une veste sport et une cravate sortit d'une Plymouth quatre portes couleur crème avec des bougies à la main. Il sauta le fossé et traversa la cour en disant :

– Hé, désolé pour le jus. Si vous allez voir l'Union Electric demain, ils vont vous arranger ça. Je peux vous emmener, si je n'ai pas à aller au tribunal. Bonjour, je suis le marshal-adjoint F.R. Britton?

Ça sonnait comme une question. Etait-ce à cause de son accent traînant et onctueux du Sud, se demanda Carmen, ou bien n'était-il pas sûr de son identité?

– Mais j'aimerais autant que vous m'appeliez Ferris. Je ne veux pas que vous me voyiez comme un policier chargé de vous surveiller où rien de ce genre.

Voilà qui laissa Carmen interloquée; elle avait déjà été surprise de son air gamin, elle qui se représentait un officier fédéral comme un homme d'âge mûr vêtu d'un costume trois-pièces. Celui-là avait des cheveux bruns ondulés, un corps musclé, un cou épais et des épaules qui faisaient craquer les coutures de sa veste marron, comme s'il avait grandi trop vite.

– Ferris? C'est bien ça?

– Oui, m'dame. Et je suppose que vous êtes Wayne Colson, dit-il en tendant la main, et Mrs Colson? Vous allez bien? (Tout en gardant la main de Carmen dans la sienne, il ajouta :) J'ai dû aller conduire un prisonnier à Marion, dans l'Illinois, je suis revenu, et... Vous avez trouvé mon mot?

– Je l'ai là.

– Bien sûr, dit-il en la regardant dans les yeux et en lui pressant la main avant de la lâcher. Je ne voulais pas que vous pensiez que je vous ai oubliés. Vous comprenez, j'ai raté mon entraînement ce matin, du fait que j'allais à Marion – je fais des pompes et des haltères alors, j'ai dû le faire en rentrant...

– Et prendre le temps de dîner, ajouta Carmen.

– Oui, il fallait que je mange. Vous vous êtes arrêtés en route, vous autres?

– Pas depuis le déjeuner.

– Alors vous voulez manger un morceau, d'abord? Il y a un Diner's sur la route K, pas loin.

– On est en train de se demander si on veut rester ici ou aller dans un motel.

– Ou rebrousser chemin et rentrer chez nous, dit Wayne. Vous êtes entré dans cette bicoque, dernièrement?

Wayne avait croisé les bras, et Carmen remarqua que F.R. Britton était à peu près de la même taille, mais qu'il paraissait plus large d'épaules, dans cette veste trop ajustée. Pour l'instant, il avait l'air troublé, et fronça les sourcils en regardant la maison.

– Je sais qu'ils ont coupé le jus, c'est pour ça que j'ai apporté des bougies. Mais c'est juste pour la nuit, jusqu'à ce qu'ils vous le remettent. Autrement, c'est une mignonne petite baraque, j'ai la même pas loin.

– Nous aussi, on a eu la même, dit Wayne. Notre première maison était dans ce genre-là, un trois-pièces-cuisine en rez-de-chaussée.

– Là-haut, à De-troit?

– Comme vous dites, Ferris, à De-troit.

« Et c'est reparti... », se dit Carmen.

– Mais la différence, Ferris, c'est qu'on n'élevait pas de chèvres dans la maison, ou de cochons, ou aucune bestiole du genre qu'ils devaient avoir dans cette baraque, parce que c'est un merdier, aussi bien dedans que dehors.

– Mince, je pensais pas que c'était si grave. Je savais bien qu'il y avait un peu d'ordre à mettre, mais là... (Il avait l'air sincèrement ennuyé.) Venez, on va jeter un coup d'œil.

Le crépuscule tombait et la maison était plongée dans l'obscurité. Ferris franchit la porte de derrière, suivi de Wayne et Carmen tenant chacun une bougie. Dans la cuisine, il se tourna et suggéra :

– On pourrait prendre des tasses comme chandeliers, pour ne pas mettre de bougie partout.

Carmen cherchait déjà dans un placard, tandis que Wayne remarquait :

– Vous croyez qu'un peu de bougie va y changer quelque chose? Au point où ça en est, on sent la crasse incrustée sous les pieds.

Il y avait des assiettes sur les étagères, mais la plupart étaient dans l'évier, sales, pleines de restes putréfiés. Carmen ouvrit le réfrigérateur et le referma aussitôt : l'odeur de rance prenait à la gorge. Il y avait des casseroles sales sur la cuisinière.

– C'était un couple qui habitait ici avant, expliqua Ferris, et je crois qu'elle n'était pas très douée pour le ménage. Elle passait sa vie à se plaindre. Elle a quitté son mec il y a quelques mois, mais lui, il n'est parti que la semaine dernière, juste avant qu'on apprenne que vous alliez être relogés ici et que J.D. Mayer me dise que j'étais chargé de m'occuper de vous.

– Venez par ici, Ferris, je veux vous montrer quelque chose, dit Wayne. Regardez un peu la moquette du salon. Je n'arrive même pas à en distinguer la couleur.

La voix du marshal s'éleva derrière Wayne :

– Je crois qu'elle doit être verte.

Leurs bougies s'éloignèrent dans le noir. Carmen passa dans l'entrée pour inspecter les chambres. Elles étaient petites, avec des lits jumeaux qui occupaient tout l'espace dans la première, et des cartons empilés contre le mur dans la seconde. Wayne ne manquerait pas de faire des commentaires sur les lits jumeaux. Elle l'entendait dire à Ferris de regarder les taches, là, et les rideaux, comme si un animal les avait mâchouillés, et le divan, même chose.

La salle de bains n'avait pas l'air trop mal. Désinfecter la baignoire, virer le rideau de douche plein de moisi, arranger la fenêtre. Arranger toutes les fenêtres, d'ailleurs, et nettoyer à fond... s'ils restaient ici. Pour l'instant, c'était la maison de quelqu'un d'autre. Carmen passa dans le séjour. Le divan et les fauteuils, d'une forme assez moderne, paraissaient blancs, et la moquette plus grise que verte. Les murs étaient blancs, ou blanc cassé.

Ferris expliquait à Wayne que le couple précédent avait un chiot pas encore dressé qui faisait ses besoins partout, un petit chien noir et blanc à poil ras. Il ajouta à l'adresse de Carmen :

– J'étais sûr qu'il essaierait de bouffer mes lacets si je ne mettais pas mes bottes, et du coup je les mettais tout le temps. Celles-là, des Tony Lamas que j'ai fait faire sur mesure. Une fois, j'ai donné un petit coup de pied au chien, pas pour lui faire du mal, voyez, mais la bonne femme a fait tout un foin. Elle a pris le cabot avec elle quand elle est partie. Son nom, c'était Roseanne – la femme, je veux dire, j'ai oublié le nom du chien. (Il chercha un moment.) Oh, ça me reviendra. Roseanne, la femme, avait les cheveux d'un blond naturel, mais elle était plus vieille que vous deux. Son mari aussi, d'ailleurs.

– Ces gens faisaient partie du Plan? demanda Wayne.

– On l'appelle le Plan Sec, le Plan de Sécurité. Ouais, ils l'étaient déjà quand on m'a nommé ici l'hiver dernier, après mes treize semaines de formation à l'école de police. Voyez, j'étais agent de police à West Memphis, dans l'Arkansas, c'est là que je suis né – avant que j'entre dans le service des marshals et qu'on m'envoie dans ce district.

– Ça vous plaît? demanda Carmen. Cape Girardeau, je veux dire.

– Ouais, j'aime bien, c'est joli. Vous voyez, je suis chargé de la sécurité quand il y a un procès au tribunal, ou alors on m'appelle du commissariat du coin pour assister les agents quand il y a une arrestation. Après, je prends le prisonnier en charge, je saisis ses biens s'il en a, une voiture, par exemple, et je vois comment on va en disposer. Voyez, on peut la vendre aux enchères, ou l'utiliser pour les boulots de surveillance. Cette maison, par exemple, a été saisie, elle appartenait à un type qui trafiquait de la dope entre St Louis et Memphis, et qui se servait de la baraque comme planque, ou comme point de vente. Vous savez qu'il y a une université, par ici, dans le Missouri. J'envisage de prendre quelques cours de commerce, peut-être pour être programmeur, un truc comme ça. Je peux revenir à la maison quand je veux, ce n'est pas très loin de West Memphis, et il y a du cerf à chasser là-bas, dans le Bollinger County.

Carmen regarda Wayne.

– C'est vrai? dit-il, en essayant de prendre un air dégagé. A queue blanche ou noire?

– Blanche, en quantité. Mais pour en revenir à ce que je vous disais, le type qui habitait ici avant s'appelait Ernie Molina, un petit bonhomme avec une petite moustache. Il était prêteur sur gages, là-bas, dans le New Jersey.

Carmen allait parler, mais Wayne la devança.

– C'était son vrai nom, Ernie Molina, ou celui qu'il avait pris après?

– Son vrai nom. A la place, il a pris Edward Mallon. Voyez, il voulait garder les mêmes initiales, parce qu'il avait son... comment on dit? son monogramme sur toutes ses chemises, sur la poche, ici. J'ai jamais vu un type avoir autant de chemises, il devait bien en avoir une vingtaine dans l'armoire, là. Je vous raconte pas des blagues. Ce qui était marrant, c'est qu'il avait pris ce nom, Edward Mallon, mais on voyait bien à sa tête que c'était un bronzé. Enfin, je veux dire, un Latinos. Faut que je fasse gaffe avec ça. J'arrive ici, et Ernie était là à rien foutre, à vivre tranquille aux crochets de l'Oncle Sam. Je l'ai emmené chez Procter & Gamble et je lui ai trouvé un boulot, mais c'était pas assez bien pour lui. Il l'a quitté et s'est trouvé une gérance de bar. C'était un type instable, Ernie, je crois qu'il picolait pas mal.

Carmen jeta un coup d'œil à Wayne.

– On nous a dit que vous n'étiez pas censé parler de ce Plan, ni révéler l'identité des gens. C'est vrai?

Ferris parut surpris :

– Ben, vous allez en parler à personne, non? (Il eut un sourire.) Vu que vous êtes tous sur le même bateau, pour ainsi dire. Non, c'est pas vrai, d'ailleurs. Ernie est parti, donc il fait plus partie du Plan Sec. Mon rôle, maintenant, c'est de vous protéger, vous deux, d'empêcher qu'on vous fasse du mal. Je sais qu'il y a deux types qui vous cherchent, ils ont des mandats d'arrêt aux fesses et vous allez témoigner à leur procès s'il y en a un, mais c'est tout. Voyez, le marshal J.D. Mayer a reçu l'information, il m'a dit que vous arriviez et que c'était moi qui m'occupais de vous. Il est en congé de maladie, c'est son toquant qui ne va plus, et ça m'étonnerait qu'il revienne. Il est marrant, Mayer, je lui demande des trucs et il me fait : « Ecoute, Ferris, je te dis ce que tu as besoin de savoir, et tout ce que tu ne sais pas, tu ne peux pas le répéter. » Du coup, tout ce que j'ai, c'est un dossier pratiquement vide. Je ne sais même pas si vous êtes vraiment mariés, si vous êtes des droits-communs, ni même quels sont vos vrais noms.

– Vous plaisantez? demanda Carmen, sidérée.

– Ben, non, personne m'a rien dit.

– Nous sommes Mr et Mrs Colson. On est vraiment mariés, religieusement, même, et c'est notre vrai nom.

– Alors, ce qu'il y a dans mon dossier, c'est votre nom de baptême, Carmen?

– C'est pas possible, je rêve, dit Carmen. Oui, c'est mon prénom.

– C'est joli, j'aime bien. (Il regarda Wayne.) Et vous êtes Wayne Morris Colson? C'est le nom inscrit sur votre extrait de naissance?

Wayne attendit un peu, le fixant à la lueur de la bougie :

– C'est quoi, le problème?

– Non, non, il y a pas de problème. Je croyais que pour être dans le Plan Sec, il fallait prendre une nouvelle identité. C'est toujours ce que j'ai entendu dire, jusqu'à présent. Je vais réétudier votre dossier, histoire de satisfaire ma curiosité. Il y a peut-être un truc qui m'a échappé.

– Mais vous n'avez pas l'air de nous croire, remarqua Carmen.

– Non, j' vous crois, vous me dites que votre vrai nom c'est Carmen, très bien. Je veux juste m'assurer par moi-même de ce que vous avez le droit de faire ou pas faire. Comme je vous le disais, on ne m'a pas donné beaucoup de renseignements.

– Et ça ne fait pas longtemps que vous êtes marshal, dit Wayne.

– Ça fera un an en janvier. Je connais peut-être pas toute la procédure, tous les trucs écrits en tout petit en bas de la feuille que vous avez signée. Mais n'ayez pas peur, je sais ce que j'ai à faire. Je suis armé vingt-quatre heures sur vingt-quatre, j'ai un Smith & Wesson 357 sur moi, et j'ai juré de vous protéger jusqu'à la mort.

– Vous chassez le cerf, hein? dit Wayne.

– Ouais, dans le Bollinger County, sur la piste de la Castor River. Ça fait dans les 70 kilomètres d'ici et c'est bourré de cerfs.

Carmen sortit, prit son sweater dans la voiture et l'enfila. Tout était tranquille. Elle serra ses bras contre elle et les frotta pour se réchauffer.

Les arbres qui se dressaient contre le ciel auraient pu se dresser n'importe où, mais elle les sentait différents en sachant qu'elle était loin de chez elle. Il y avait des gens un peu plus loin dans le lotissement dont les fenêtres étaient allumées, mais elle ne les connaissait pas, et d'ici elle ne voyait plus la ville, la carte postale qu'on voyait du pont, avec ses clochers et son palais de justice, la petite ville amicale où des gens pouvaient vous aborder dans la rue pour faire votre connaissance...

« Mais qu'est-ce qu'on fait là? se dit-elle. Comment tout ça est-il arrivé si vite? »

Wayne et Ferris apparurent sur le porche.

– Si vous n'en avez jamais vu, dit Ferris, vous ne pouvez pas vous imaginer un lapin des marais. La taille, je veux dire. C'est différent d'un lapin de garenne, et deux ou trois fois plus gros. Une fois, j'en ai pris un sur Coon Island, qui pesait bien ses neuf kilos.

Wayne demanda s'ils étaient bons à manger.

– Ils sont tellement bons qu'on les a tous chassés, il n'y en a plus.

Il leur serra la main, prêt à partir, mais discuta encore quelques minutes des motels et des restaurants sur la nationale, recommandant ceux où ce ne serait pas le coup de bambou, puis signala à Carmen le centre commercial, parce qu'il savait bien que les femmes adorent faire du shopping. « Hein, Wayne, c'est pas vrai? » Il annonça enfin qu'il reviendrait le lendemain et démarra en donnant deux petits coups de klaxon.

Wayne se tourna vers Carmen.

– C'est un débile mental.

– Mais un chasseur. Ça fait toute la différence, non?

– Il s'entraîne, et il fait des haltères. Je parie aussi qu'il adore jouer au bras de fer.

– Pourquoi a-t-il dit qu'il ne voulait pas qu'on le considère comme un surveillant? Tu as entendu? Pourquoi ça?

– Je ne sais pas. Sans doute parce qu'on n'a pas à le prévenir de nos faits et gestes, contrairement aux autres.

Carmen regarda en silence le ciel piqué de petites étoiles.

– J'ai l'impression qu'il parlait d'autre chose, dit-elle enfin.

Un autre silence tomba puis :

– La saison du cerf ne dure que sept jours, ici. La semaine avant Thanksgiving, dit Wayne.

14

– J'étais sûre que vous aviez eu un accident épouvantable. J'en étais malade d'inquiétude, dit Lenore.

– M'man, tu savais qu'on était bien arrivés. Je t'ai appelée du motel dès qu'on a passé la porte.

– Oui, mais c'est depuis, que je me suis fait du souci.

– Et je t'ai appelée l'autre soir, non?

– Oui, une seule fois depuis que vous êtes là-bas. Vos voisins n'ont donc pas le téléphone?

– On n'a pas de voisins. On est dans un coin assez isolé. Je n'ai encore rencontré personne. Mais enfin...

– Ça fait six jours que vous êtes partis, presque une semaine. Je l'ai noté sur le calendrier. Vous n'êtes même pas passés me dire au-revoir.

– Je t'ai déjà dit que tout s'était fait très vite. De toute façon, on a le téléphone, maintenant. La Southwestern Bell est venue ce matin et je l'ai fait mettre dans la cuisine, enfin, dans le coin du petit déjeuner. C'est comme un petit box, tu sais, avec des bancs intégrés. C'est bien, on peut regarder par la fenêtre quand on est à table. On a une pièce à part pour la machine à laver et le séchoir, juste à côté. C'est plus commode d'avoir le téléphone ici. (Carmen faisait comprendre à sa mère qu'elle était peut-être à plus de mille kilomètres de là, mais qu'elle restait la bonne ménagère qui faisait des gâteaux, lavait les salopettes de son mari et avait un fichier de recettes de cuisine.) Il y a un bois derrière la maison, pas comme celui qu'on a chez nous, Wayne dit que ça ressemble plutôt à un bosquet, mais c'est mignon, on entend les oiseaux.

Ça pouvait laisser penser à sa mère qu'elle était en train de prendre du bon temps, et elle ajouta :

– On n'a pas arrêté depuis qu'on est arrivés. Il a fallu louer une machine pour shampooiner la moquette, le canapé et les fauteuils du living. Décrasser le sol de la cuisine, le placard, le frigo, et enfin, ce que je préfère, nettoyer le four. Wayne m'a beaucoup aidée, il n'est allé travailler que ce matin pour qu'on puisse s'installer. Il se pourrait qu'on repasse une couche de peinture, ça dépend si on reste ici longtemps...

Ah oui, il fallait lui rappeler de ne dire à personne qu'ils étaient ici. Elle dit : « A propos, M'man... »

Trop tard.

– Tu as parlé de quelques semaines.

– C'est ce que pense Wayne.

– Je ne vois pas quel besoin il avait d'aller chercher du travail au fin fond du Missouri. Comme s'il n'y en avait pas assez par ici.

– Ça lui fait un changement. Il en saura plus dans quelques jours. Ce n'est pas un très gros chantier, de toute façon.

Wayne était allé voir pour un boulot ce matin, ça au moins c'était vrai, même si ça n'avait rien à voir avec la charpente métallique. Il disait qu'il s'en fichait, mais qu'il ne pouvait pas rester sans rien faire. Il avait mis son bleu de travail dans le pick-up et était allé rejoindre Ferris Britton à la Compagnie fluviale.

– Quel temps il fait, chez vous?

Sa mère lui demandait ça tous les jours, même quand elles habitaient à une cinquantaine de kilomètres de distance.

– Dans les 20 degrés, un peu nuageux, mais il a fait beau toute la semaine.

– Ici, il fait froid et il pleut. Il paraît que ça va encore fraîchir cette nuit. Je déteste ce temps-là.

– Rien ne t'empêche d'aller vivre en Floride.

– Je ne connais personne en Floride. Et s'il m'arrivait quelque chose? Comme quand j'ai mes élancements dans le dos, tout ce que je peux faire, c'est de rester allongée sans bouger. Même pas la peine d'essayer de remuer un orteil. Ça m'a prise l'autre jour, j'ai appelé le docteur... A propos, il va encore falloir que je change de numéro. Ou demander au Bureau des réclamations de mettre ma ligne sur écoute, pour trouver qui est-ce qui me téléphone comme ça.

– Tu as reçu un coup de fil obscène?

– On a raccroché deux fois sans rien dire, le même jour. Le

genre où on sait qu'il y a quelqu'un au bout du fil, qui ne dit rien.

– Même pas un bruit de respiration?

– Si ça t'arrivait à toi, tu trouverais ça moins drôle. Je croyais que c'était le docteur, j'attendais qu'il me rappelle. Mais on peut bien attendre, pour ce qu'ils s'en fichent!

– C'était quand, m'man?

– Dès que j'ai commencé à avoir mal, qu'est-ce que tu crois? Tu sais bien qu'ils font ça pour savoir s'il y a quelqu'un chez toi.

– Ou c'est quelqu'un qui avait fait un faux numéro. Est-ce qu'un de nos amis a appelé?

– Pourquoi est-ce qu'ils m'appelleraient?

– Ça m'étonnerait qu'ils le fassent, mais si jamais ça arrive... Tu vois, on a dit à personne qu'on s'en allait. Wayne ne veut pas que les types de sa brigade sachent qu'il travaille dans un autre Etat. Je ne sais pas trop pourquoi, mais si quelqu'un téléphone, tu dis simplement qu'on est en route pour la Floride et que tu n'as pas encore de nouvelles. D'accord? Comme ça, Wayne sera rassuré.

– Tu ne sais pas quand vous revenez?

Elle venait de prendre un ton geignard de vieille femme. Lenore avait soixante-sept ans, pouvait se montrer dure comme de l'acier, grimper sur la table pour danser le cha-cha-cha après quelques vodkas-pamplemousses, mais elle pouvait aussi prendre un ton mourant quand elle voulait quelque chose.

– Wayne ne va pas tarder à le savoir. Il a commencé aujourd'hui, mais dès qu'on est au courant... Enfin, je te rappellerai.

– Et si j'ai une de mes crises...

– Essaie de ne pas y penser.

– Je ne saurais pas quoi faire, toute seule comme ça. Je n'ai même pas ton numéro. C'est quoi, déjà, le code, 315?

– 314.

– Tu es sûre?

– C'est écrit là, sur le téléphone.

– Bon, alors donne-moi ton numéro.

Au bout d'un moment, Lenore s'impatienta :

– Carmen, qu'est-ce que tu fais, je ne t'entends plus?

Carmen regardait dans l'entrée, par la porte de la cuisine ouverte. Elle dit : « Une seconde, M'man. » Puis, élevant la voix, elle cria : « Wayne? », et attendit. Lenore disait :

– Quoi? Je n'entends rien. Code 314, et après?

– Je crois que j'entends Wayne qui rentre. (Elle donna son numéro à sa mère, qui le répéta.) C'est bien ça.

A cet instant, elle releva les yeux. Cette fois, elle en était sûre, quelqu'un refermait la porte de derrière.

– Pour ce que ça va me servir, disait Lenore, si je ne peux pas bouger et que tu es au fin fond du Missouri.

Ferris Britton apparut dans l'entrée et regarda Carmen.

– Tu te rappelles, la dernière fois? disait Lenore. Je suis restée deux semaines clouée au lit, incapable de bouger ni pied ni patte, et tu es venue tous les jours. Tu t'es occupée de moi, et de la maison, aussi...

Ferris Britton, avec sa veste trop serrée, les pouces passés dans sa ceinture, arborant un grand sourire.

– Je me demande ce que j'aurais fait sans toi. Je ne pouvais même pas aller aux toilettes toute seule, tu te rappelles?

– M'man, il faut que je te laisse. J'ai de la visite.

– Qui c'est?

– Quelqu'un qui vient pour les travaux.

Ferris sourit béatement et hocha la tête, approuvant, content de lui.

– Je te rappelle demain, d'accord?

– Dis-moi vers quelle heure, au cas où je sortirais.

– Pareil, vers onze heures.

– Je pourrais t'appeler, remarque. Ou plutôt non, si Wayne gagne des fortunes là-bas, ce que j'espère au moins, c'est toi qui m'appelles.

– Je le ferai, ne t'inquiète pas.

– Qu'est-ce que tu prépares pour le dîner?

– M'man, il faut que j'y aille. A demain.

Carmen raccrocha; Ferris avait toujours son grand sourire vissé sur la figure.

– C'était votre mère, hein? Je ne suis pas sûr que ce soit une bonne idée de lui donner votre numéro.

Carmen attendit un instant, puis :

– C'est une habitude, chez vous, d'entrer chez les gens sans frapper?

Ferris louchait vers la cafetière électrique posée près de l'évier. Il s'en approcha en disant :

– Désolé, mais ce n'est pas exactement « chez les gens ». C'est une maison qui appartient au Ministère de la Justice du fait qu'elle a été saisie par le Service des Marshals, qui se trouve sous notre responsabilité. Je croyais vous l'avoir déjà dit.

Il interrompit d'un geste Carmen prête à se lever.

– Ne vous dérangez pas, je me servirai moi-même.

Il prit une tasse propre dans l'égouttoir, se servit du café et vint s'asseoir à la table.

– Il a l'air fort et il sent bon. Pas de sucre ni de lait pour moi, c'est mauvais pour ma santé.

Il souriait toujours. Carmen se rappelait son expression enfantine à la lueur des bougies, avec sa mèche brune sur le front et son air de chanteur de country ou de télévangéliste.

– Vous avez l'intention d'entrer toujours sans prévenir? Parce que dans ce cas, je crois qu'on ira ailleurs.

Elle fut obligée de lever les yeux vers lui, debout tout près de la table, ce qui l'exaspéra.

– On le fera peut-être même sans ça. Je ne suis pas venue ici pour servir de femme de ménage au Ministère de la Justice.

Le sourire de Ferris s'évanouit. Carmen le vit plisser le front, une des trois ou quatre seules expressions à sa disposition : celle-ci, l'air imperturbable, la bouche ouverte, et son sourire niais.

– Vous voulez dire que vous n'êtes pas une femme de ménage?

Il posa sa tasse sur la table, se retourna et inspecta la cuisine en hochant la tête.

– Ben, pourtant, vous pourriez venir le faire chez moi quand vous voulez.

Il avait retrouvé son large sourire, et entreprit d'ôter sa veste, qu'il plia avec soin. Exactement comme chez lui.

– Allez, je vous taquine. Vous ne voyez pas quand je vous taquine?

Elle le regarda se glisser à la table de la cuisine, dans le recoin, sa veste sur ses genoux. Avec ses cheveux bouclés, son cou de taureau, ses épaules de lutteur dans sa chemise blanche à manches courtes, et sa cravate rouge, il tenait vraiment de la place. Il porta sa tasse à ses lèvres et posa ses coudes sur la table.

– J'ai frappé. Vous n'avez pas dû m'entendre.

– Vous n'avez, ni frappé, ni sonné. Vous êtes entré comme chez vous.

– Je vous ai entendue parler à quelqu'un et j'ai voulu savoir qui c'était, ou si vous aviez un problème et besoin de mon aide. Je suis là pour ça.

Elle le regarda boire une gorgée de café en tenant sa tasse à deux mains. Il lui lança un regard par-dessus la tasse :

– Mmm, il est bon. J'étais au tribunal toute la semaine, c'est pour ça que je ne suis pas passé plus tôt. Enfin, non, je suis passé deux fois vers huit heures du soir, mais vous n'étiez pas là. Le pick-up était dans l'allée, alors j'ai regardé par la fenêtre et j'ai vu comment vous aviez nettoyé tout ça. Punaise, j'ai cru que je m'étais trompé de maison!

– Vous avez regardé chez nous par la fenêtre?

– Dans le salon, seulement. Non, en fait, j'ai fait le tour pour regarder aussi dans la cuisine. Vous étiez où?

– Si on n'était pas là, c'est qu'on était sortis.

– Oui, ça, je le sais. Mais vous êtes allés où?

Carmen prit son temps pour répondre. Elle avait envie de lui dire que ça ne le regardait pas, mais elle cherchait aussi à l'excuser, parce qu'il était bête, surprotecteur, parce qu'il se prenait tellement au sérieux qu'il n'avait même pas conscience de s'immiscer dans leur intimité. Elle voulait croire que c'était l'unique raison pour laquelle il était assis là, avec ses gros bras et ses épaules de catcheur, en train de la regarder dans les yeux.

– Voyons, dit-elle. On est allés faire des courses, on a acheté un nouveau rideau de douche et quelques torchons. J'ai appelé ma mère... Ah, Wayne s'est acheté des gants de travail. (Elle s'interrompit, considérant cet air d'innocence tellement agaçant, et ajouta :) On voulait aller au cinéma, aussi, mais on se demandait si on en avait le droit.

– Bien sûr, pas de problème, vous pouvez. Mais vous m'appelez pour me dire où. Vous voyez, il faut que je sache où vous êtes, au cas où il se passerait quelque chose. Je crois que j'ai trouvé un boulot pour votre vieux à Cape Barge, si ça ne le dérange pas d'aller se dégueulasser en rampant sous des remorqueurs. Une cale sèche, c'est vraiment le dernier endroit où j'aurais envie d'être embauché. Il m'a dit qu'il travaillait dans la charpente métallique, avant. J' lui ai pas demandé, mais est-ce qu'il est Indien?

– Indien? Qu'est-ce qui vous fait penser ça?

– J'ai entendu dire qu'ils ne trouvent que des Indiens pour aller tout en haut des gratte-ciel. Soit parce qu'ils sont assez fêlés pour faire ce genre de trucs, soit parce qu'ils ont le pied sûr, je sais pas, c'est peut-être parce qu'ils portent des mocassins qu'ils risquent moins de tomber.

– Et moi, j'ai entendu dire qu'ils tombaient comme tout le

monde, dit-elle. Je suppose qu'on vous a dit aussi qu'il ne fallait pas regarder en bas quand on était à une grande hauteur.

– Ouais, ça vous donne envie de vous jeter dans le vide.

– Si ça vous fait ça, c'est que vous n'êtes pas doué pour la charpente. C'est vers le haut que ça peut être dangereux, si vous vous mettez à regarder les nuages qui bougent.

– Bah, ça doit être une question d'habitude. Qu'est-ce qu'il faisait, votre vieux, avant d'être dans la charpente?

– Ce n'est pas mon vieux, c'est mon mari.

– Je sais qu'il est plus vieux que vous, je l'ai vu dans le dossier. Il a quarante et un ans et vous trente-huit, sauf qu'il fait son âge et pas vous. Vous avez plutôt l'air d'avoir mon âge. J'ai eu trente et un ans en juillet, mais je me garde en forme. Je soulève des poids dans ma salle de gym, chez moi. Je peux faire des pompes sur une main et neuf cent soixante quatre tractions sans m'arrêter. Je fais un peu de jogging, de temps en temps, mais je n'en suis pas fou. Vous devriez voir ma salle de gym. C'était mon repaire avant que je divorce. Mon ex-femme est retournée dans l'Arkansas, près du Lac Horseshoe, pas très loin de West Memphis, où je suis né.

– J'ai un fils de dix-neuf ans dans la marine, dit Carmen. Il est sur un porte-avions qui croise dans le Pacifique.

– Ouais, j'ai vu dans le dossier que vous aviez un gars dans l'armée. Du coup, je croyais que vous auriez l'air d'une vieille, mais pas du tout. Je vois bien que vous prenez soin de vous, comme moi. Je respecte mon corps. Regardez-moi ça.

Il leva le bras droit, serra le poing et fit jouer son biceps sous la manche courte.

– Vous voyez? Il vous fait une petite danse. (Il cessa de regarder son bras et revint à Carmen.) Vous aimez danser? Se lancer sur la piste et s'en payer une bonne tranche?

– De temps en temps. Si vous reposiez votre bras?

– Vous voulez toucher?

– Non, ça va.

Ferris allongea les bras et s'étira longuement en disant : « Ah, c'est bon », avant de les reposer sur le bord de la table, penchant ses énormes épaules.

– Vous avez une chaîne?

– On ne l'a pas apportée.

– Et une radio?

Carmen lui lança un regard las.

– Vous êtes vraiment trop.

Elle regretta immédiatement ses paroles.

Ça eut l'air de lui plaire – il reprit son large sourire.

– Mon ex-disait ça aussi. Je mettais un disque et on dansait tous les deux à la maison. C'est ce qui me manque le plus depuis qu'on a divorcé. Enfin, ça, et autre chose, aussi. On a été mariés moins d'un an, et je crois qu'on le faisait plus quand on sortait ensemble qu'une fois mariés, et je ne parle plus de danse, cette fois. Ce qui se passe, à mon avis, c'est que quand c'est là à votre disposition, ça perd de l'intérêt. Et ça, juste en un an. Alors je me dis qu'au bout de vingt ans, on ne doit plus faire grand-chose, en tout cas pas avec son mari ou sa femme. J'ai pas raison?

Carmen se sentait à l'étroit dans ce recoin, face à ses épaules, ses cheveux bouclés et son grand sourire... Elle s'efforça de le fixer calmement, sans expression – un air très efficace longuement expérimenté sur Wayne – pour lui montrer qu'elle ne le trouvait ni mignon ni drôle, et qu'en plus il ne lui faisait pas peur. Elle n'avait pas peur; elle était agacée, mais ne voulait pas le lui montrer non plus. Agacée par ce foutu sourire, et maintenant par la pensée – qui venait de lui traverser l'esprit – qu'elle avait dû louper quelque chose dans son écriture, ou en tout cas pas prêté suffisamment attention aux signes d'ego. Comment un type aussi bête pouvait-il avoir à ce point confiance en lui? Ça n'était pas seulement énervant, mais aussi un peu effrayant.

Elle se demandait s'il allait sourire comme ça jusqu'au déluge, quand il reprit un air sérieux pour lui dire :

– Ecoutez, vous réfléchissez et vous me direz plus tard ce que vous en pensez.

Il se glissa hors du recoin avec sa veste. Quand il se retourna, elle vit le revolver pendu à sa hanche droite. Elle voulut lui dire quelque chose, mais était trop pressée de le voir vider les lieux. Il se dirigea vers la porte, et Carmen se leva pour s'assurer qu'il partait. Quand il se retourna, elle demeura immobile, la main sur le bord de la table.

– Vous voyez, vous avez l'air de quelqu'un de bien, du genre que j'aimerais connaître mieux.

– Merci.

– C'est pour ça que je sais que tout n'est pas rose entre votre vieux et vous, étant donné son genre de boulot, et les gens avec qui il s'associe. Je ne dis pas que je connais précisément son business...

Il fallut quelques instants à Carmen pour comprendre ce qu'il disait.

– Attendez une minute. Wayne n'est dans aucun business.

– Ça doit être quelque chose du genre racket syndical, et le FBI l'a mis au pied du mur.

– Non. Pas du tout. Croyez-moi, vous vous trompez.

– Je brûle?

– Ce que j'essaie de vous dire, c'est qu'il n'a rien fait du tout!

Il plissa le front et pencha la tête sur le côté.

– C'est drôle, je croyais que votre vieux était dans le Plan pour la Sécurité des Témoins.

Une envie de lui flanquer un coup de pied dans les couilles démangea Carmen.

– On n'a pas *besoin* d'être un criminel, pour ça, hein?

– Ben, ça doit aider, parce que je n'ai encore jamais vu personne dans le plan qui ait les mains propres, à part les parents ou les femmes, comme vous. Voyez, c'est pour ça que je sais que vous avez des problèmes avec lui, parce qu'en tant qu'officier chargé de faire respecter la loi, j'ai vu plein de mecs comme votre vieux. J'ai juré de le protéger, mais ça veut pas dire que je dois le respecter.

– Je ne peux pas y croire, je rêve, dit Carmen avec énergie, trop de choses se bousculant dans sa tête.

Ferris tourna les talons, puis la regarda encore une fois par-dessus son épaule avant de sortir.

– Vous non plus, je suis pas obligé de vous respecter, si j'en ai pas envie.

« Oh, Seigneur », dit Carmen en regardant entrer Wayne, non pas tant parce qu'il titubait et qu'il alla se cogner contre le réfrigérateur, qu'à cause du bleu de travail qu'il tenait sous le bras, noir de graisse et de suie.

– Je me suis arrêté pour boire un coup. Mais je ne suis pas vraiment en retard, si?

– En retard pour quoi? On ne va nulle part, de toute façon. Donne-moi ça.

Elle prit le bleu et le jeta dans la machine à laver.

– Tu travailles où, dans une mine?

– Pas loin. J'ai passé ma matinée à souder des plaques d'acier sur une péniche à charbon. (Il ouvrit le réfrigérateur.)

Le contremaître me fait :« Alors comme ça, vous êtes soudeur, hein? » Je lui dis : « Et comment. Et diplômé, avec ça. » Il me fait : « Ouais, mais vous savez souder des plaques pour qu'elles soient étanches? » Je dis : « Hé, j'ai fait de la soudure sur des dizaines d'immeubles, et j'en ai pas encore vu un se foutre par terre. Ça vous suffit? » Ça lui a plu, et il a dit : « Bon, je vous prends à l'essai. »

Elle le regarda refermer le réfrigérateur d'un coup de hanche, une canette de bière dans chaque main, tout ragaillardi parce qu'il travaillait de nouveau et qu'il avait bu avec ses potes, comme d'habitude. La tension provoquée par la visite de Ferris n'avait pas disparu, elle avait hâte d'en parler à Wayne, mais elle sentit qu'il lui faudrait attendre son tour. Il s'était assis dans le recoin, et ouvrait les bières.

– J'ai travaillé d'abord sur la péniche à charbon, puis sur ce gros remorqueur à triple câble, le *Robert R. Nally*, qui remonte les bateaux par le *travers*, tu te rends compte. L'ingénieur en chef, un type avec qui j'ai sympathisé, était furieux contre le pilote... Tu vois, c'est un pilote indépendant qu'ils embauchent pour un seul voyage, et lui et le capitaine prennent des quarts pour naviguer. Mais celui-là avait échoué le *Robert R. Nally* sur un banc de sable qu'ils appellent le Grand Os, au kilomètre 94. Le remorqueur manœuvrait seize barges et l'ingénieur en chef a dit que du coup elles se sont toutes rentrées dedans et que le train s'est éparpillé dans tous les sens. Ce qui s'est passé, d'après lui, c'est que ce crétin de pilote a essayé de naviguer *sur* le Grand Os, alors qu'il aurait dû le remonter par la bande.

Wayne arborait un sourire ravi. Carmen le vit tout plein de son histoire de péniches, pris dans un nouveau boulot et parlant comme Matthew dans ses lettres, avec des tas de nouveaux mots, de nouvelles références. Dans d'autres circonstances, ça l'aurait peut-être intéressée, mais là, ça commençait à l'énerver sérieusement.

– Le pilote ne travaille pas pour la compagnie fluviale, c'est un contractuel. Il se fait deux cent cinquante billets par jour, et les bons pilotes, ils trouvent toujours du boulot. Même avec des jours de congé, tu sais combien on peut se faire par an, en poussant des barges sur le Mississippi?

Il fit une pause, levant les sourcils et sa canette de bière. Carmen en profita :

– Ferris est venu.

– Quand ça, aujourd'hui?

– Ce matin. Il te prend pour un escroc, impliqué dans une histoire de racket.

– C'est un crétin. Il me présente au contremaître et il lui dit que je suis dans le Plan pour la Sécurité des Témoins. Le contremaître fait : « Ah ouais, c'est vrai? » Alors quand Ferris est parti, j'ai été obligé de lui dire : « Vous voulez des renseignements sur moi? Appelez ma brigade à Detroit. » Il a fait : « Bah, si vous convenez pour le boulot... »

– Moi, j'ai appelé Detroit, dit Carmen. Et j'ai parlé à John McAllen. Je lui ai dit ce qui s'était passé...

– Mais on a enfin un téléphone! Il est juste sous mon nez et je ne m'en étais même pas rendu compte.

– McAllen a dit qu'il allait voir ce qu'il pouvait faire.

– C'est ça, remettre un peu le petit gars à sa place.

– Wayne, j'étais en train de parler à ma mère, et il est entré comme ça, sans prévenir.

– Qui ça, Ferris?

– Il n'a même pas frappé, ni sonné, ni rien. Il est entré ici comme chez lui.

– La porte n'était pas fermée?

– Je ne sais pas, c'est toi qui es sorti. Tu l'as fermée derrière toi? De toute façon, il doit avoir une clé.

– Après le boulot, j'ai pris un verre avec un type qui a parlé de lui. On était avec l'ingénieur en chef et le capitaine, deux types qui sont sur le fleuve depuis plus de quarante ans. Le capitaine, qui conduit en costume cravate, m'a emmené dans la cabine de pilotage et m'a montré toutes les commandes. C'est par l'ingénieur que je suis devenu copain avec lui. J'étais à plat ventre sous l'arrière du bateau – dans la cale sèche, je veux dire – et ils étaient en train de remplacer la vieille roue tordue. La roue, c'est l'hélice, mais c'est un truc sacrément grand, plus haut que moi, et qui coûte dix à quinze mille dollars. J'étais en train de souder une des plaques qui retiennent l'hélice à l'arbre, quand l'ingénieur s'amène et me fait : « J'ai un boulot pour vous qui pourrait vous intéresser. »

Carmen se retourna pour ouvrir le four. Elle en sortit un plat de côtelettes de porc et de pommes de terre, le posa sur la cuisinière et resta là sans bouger, lui tournant le dos.

– Il me fait entrer dans la chambre des machines, avec trois diesels de douze cents chevaux chacun, et il me montre un joint qui était complètement foutu.

Carmen sortit une laitue du réfrigérateur, l'apporta sur le

comptoir près de l'évier, tournant toujours le dos à Wayne, et se mit en devoir de l'éplucher.

– C'est un gros joint en acier inoxydable, le genre de truc où en général on enlève toute la pièce et on l'expédie à l'atelier. Enfin, j'ai fait une soudure là-dessus, l'ingénieur l'a regardée, et il m'a dit : « Je t'offre un verre à terre après le boulot. » Tu sais que la soudure, c'est pas mon truc, mais ce qu'il y avait de plus intéressant là-dedans, c'était de voir comment fonctionne une cale sèche. Tu as déjà vu ça?

Carmen avait un morceau de laitue à la main. Elle le jeta sur le comptoir, et vint chercher sur la table la bière que Wayne lui avait ouverte.

– Ce qu'ils font, c'est qu'ils la remplissent d'eau et le quai tout entier plonge dans le fleuve. Ils amènent le remorqueur entre les deux quais, ils pompent l'eau et tout l'ensemble remonte avec le bateau. Ils ont sorti une barge de là-dedans et l'ont remplacée par un énorme remorqueur en moins d'une heure.

Carmen reposa sa canette sur la table avec violence.

– Ce type est entré ici comme chez lui!

Wayne leva des yeux stupéfaits.

– Tu m'entends, au moins, quand je te parle?

Wayne lui toucha le bras.

– Si tu t'asseyais, d'accord?

– Je ne veux pas m'asseoir. Ce type est entré ici chez nous, sans y être invité. Sans frapper, ni sonner. Tu as compris?

– Oui, j'ai compris.

– J'aurais pu être en train de m'habiller, ou de prendre ma douche. Est-ce que tu t'inquiètes de savoir ce que j'ai ressenti, si j'ai eu peur ou quoi? Non, tout ce que tu fais, c'est parler de ton génial boulot de soudure et de ta bon dieu de cale sèche.

– Mais j'allais parler de ça avec toi.

– Quand?

– Là, tout de suite. Je voulais te parler du type qui est venu nous rejoindre.

– Dans le bar?

– Ouais, leur bistrot habituel.

– Parfait. Parle-moi du type que tu as rencontré dans le bar.

– Commence par t'asseoir une minute, d'accord? Calme-toi.

– Et tu veux que je te dise autre chose? Tu sais, le type qui est venu chez nous, Armand Degas?

– Ouais, l'Indien.

– Pas une fois tu ne m'as demandé comment ça s'était passé, ce que j'avais pu ressentir, rien du tout. Tu as posé ton fusil à côté de la porte, au cas où – tu avais rempli ton rôle. Est-ce que tu t'es demandé une seconde si j'aurais vraiment besoin de m'en servir?

– Mais tu t'en es servi. Et très bien, puisque tu as fait fuir le type.

– Comment tu le sais? Tu m'as posé des questions?

– Mais tu me l'as dit toi-même!

– Tu sais très bien ce que je veux dire. Est-ce que tu t'es demandé combien j'avais dû avoir peur? Tu ne m'as même pas prise dans tes bras, ni rien... Le type du FBI, Scallen, il a compris, lui. Je lui ai dit que j'espérais bien ne jamais avoir à recommencer, et toi... Tu te rappelles ce que tu as dit?

– Quoi, quand Scallen était là?

– Tu as dit : « Ma femme, c'est un as. C'est pour ça que je l'ai épousée. »

– Et alors? Qu'est-ce qu'il y a de mal à ça?

– C'était comme si tout l'honneur était pour toi, parce que tu m'avais choisie.

– Mais c'était un compliment, bon sang!

– Pas du tout! C'est toujours ce que tu fais, toi, qui est important, ton boulot, tes chantiers, et tout ce qui s'ensuit. Et moi, je fais quoi, dans tout ça? Je repasse et je lave tes bleus de travail.

– Tu veux que ce soit moi qui le fasse quand je rentre du boulot? Dis-moi ce que tu veux, au moins. Tu ne me dis rien, comment veux-tu que je sache ce que tu as. Tu te mets à pleurer, et je ne sais même pas si c'est parce que tu es heureuse, parce que quelqu'un est mort, ou parce que tu as de la peine, tu pleures pareil! Ce qu'il me faudrait, c'est une grille pour décoder tes émotions, pour savoir ce qui se passe.

Carmen prit sa canette et sortit de la cuisine.

– Hé, attends une seconde!

Elle s'arrêta sur le pas de la porte.

– Tu veux que je m'occupe de cette andouille, de ce pauvre connard d'adjoint? Je vais le faire, j'y ai déjà pensé, ne te fais pas de souci. S'il remet jamais les pieds dans cette maison, je lui fous ma barre d'ajustage sur la tête. Ça te va?

Carmen ne resta que le temps de dire :

– Tu te seras occupé de *lui*. Mais moi, comment est-ce que tu vas t'occuper de *moi*?

Une fois de temps en temps – et à chaque fois, c'était comme s'il recevait un verre d'eau glacée en pleine figure – elle se mettait en colère parce qu'il ne comprenait pas ce qu'elle ressentait. Lui se fâchait à son tour parce qu'il ne voyait pas pourquoi il aurait dû être capable de lire dans ses bon dieu de pensées. Il s'était demandé si ça avait un rapport avec ses règles, lui avait posé la question une fois et s'était pris une canette de bière dans la figure. Après qu'elle soit sortie de la maison et qu'elle ait traversé le pré jusqu'à la lisière du bois, il avait essuyé le carrelage de la cuisine. Elle était restée là longtemps, jusqu'à la nuit tombée. Cette nuit-là, ils avaient fait l'amour en se disant qu'ils s'aimeraient pour la vie, et après, tout avait été comme avant. Ce soir, Wayne prit une autre bière avant d'aller voir sa femme pour arranger la situation.

Elle se trouvait dans la chambre, assise sur le bord d'un des lits jumeaux, qu'ils avaient poussés l'un contre l'autre, penchée vers la lampe, sa bière posée sur la table de nuit. Elle feuilletait la brochure du syndicat d'initiative. Debout sur le seuil, il lui demanda ce qu'elle faisait.

– Je lis.

Il ne dit rien, pour lui donner le temps.

– Je suis en train de découvrir à quel point cette ville est un endroit merveilleux. La Centerre Bank nous offre trois agences remarquablement situées. Ou encore, on peut aller voir la Colonial Federal pour tous nos problèmes financiers.

– Est-ce qu'on va dîner?

– Si tu veux.

– Carmen, je vais parler à ce crétin, d'accord?

Elle ne dit rien. Il fit un pas dans la chambre.

– Ecoute, ce type dont je voulais te parler, que j'ai rencontré ce soir dans le bar.

Il s'arrêta. Si elle hochait la tête, ou disait un petit quelque chose, c'était signe de réconciliation.

Elle ne dit rien.

– Bon. Ce type s'appelle Bob Brown, c'est un détective de la police locale. On parle, je lui explique pourquoi on est ici, et il fait : « Oh, alors vous connaissez Ferris Britton. Qu'est-ce que vous pensez de lui? » Je lui dis : « Vous voulez que je vous parle franchement? Je pense que c'est un débile. » Le flic me fait : « Et encore, vous êtes poli. Si vous voulez foutre la merde quelque part, Ferris est l'homme de la situation. »

Wayne resta là à attendre.

Carmen ne répondit pas.

– Ils le connaissent, ce type. S'il revient, appelle Bob Brown. C'est un nom facile à se rappeler.

Elle continua à se taire. La maison était parfaitement silencieuse. Wayne secoua la tête, attendant toujours.

– Bon, d'accord, dit-il, dis-moi ce que tu veux. S'il te plaît. Que je sache ce qui ne va pas.

Carmen leva les yeux :

– On va rester ici combien de temps?

– Je ne sais pas... Jusqu'à ce qu'ils attrapent les deux types.

– Tu m'as parlé de trois semaines. Pas plus. Mais maintenant tu as un nouveau boulot qui te passionne, tu as tes cerfs, tu peux aller chasser... Tout va bien pour toi, hein? Mais moi, qu'est-ce que j'ai, moi? A part une maison qui n'est pas la mienne à nettoyer?

– Ce que tu as? dit Wayne, stupéfait. Mais tu m'as, *moi*, chérie!

A la façon dont elle bondit et saisit sa canette de bière, il sut qu'elle allait la lui jeter à la tête.

15

Donna se mit à parler d'Elvis.

– Tu vois, si Elvis avait été Jésus, quels auraient été ses apôtres, à ton avis? Moi je crois qu'Engelbert en aurait été un, et Tom Jones aussi. Et puis, avant eux, les Jordanaires et les Blackwood Brothers. Qu'est-ce que tu en penses?

Armand dit qu'il n'avait jamais réfléchi à la question.

Cet échange avait lieu pendant que Donna débarrassait la table et mettait les assiettes dans l'évier, tandis qu'Armand attendait les trois quarts d'heure nécessaires pour qu'une autre tourte au poulet finisse de cuire. Ils en avaient eu chacun une pour le dîner, mais il avait encore faim. Richie regardait la télé dans le salon. Donna passa des apôtres d'Elvis à ses plus grands succès, puis elle expliqua comment elle avait essayé de se faire muter dans un pénitencier proche de la maison d'Elvis. Elle avait d'abord choisi le West Tennessee Center, parce que c'était le plus près de Memphis. Quand on lui avait refusé sa mutation, elle avait attendu un an et essayé de nouveau, demandant toutes les formes de maisons d'arrêt situées dans le coin. Même la prison de Nashville aurait fait l'affaire, bien que ce fût une prison pour femmes.

– Après ça, tu ne me diras pas qu'il n'y avait pas un véritable complot pour se débarrasser de moi?

Armand n'en disait rien. Il attendait que cette bon dieu de tourte au poulet ait fini de cuire.

Donna lui dit que le souvenir d'Elvis était comme un monstrueux aimant qui l'attirait irrésistiblement vers Memphis, et que si elle avait vécu là-bas elle aurait visité Graceland tous les jours, comme les gens visitent des églises et allument des cierges pour être soulagés de leurs maux ou se trouver un amant. Elle l'aurait fait, même en sachant que la paix de l'âme n'est pas gratuite.

– Mais tu ne crois pas que ça vaut le coup de payer les sept dollars d'entrée pour avoir enfin quelque chose d'heureux dans ma vie, après ce qu'elle a été?

– Je te crois, dit Armand, parce qu'il voyait qu'elle y croyait elle-même.

Elle avait un drôle de regard derrière ses lunettes, comme si elle était droguée ou qu'elle avait pris un coup sur la tête.

Elle lui servit sa tourte au poulet et revint avec une pile de photos couleur prises à Graceland. Elle les avait achetées deux dollars pièce à une de ses amies, et elle les conservait dans un coffret tendu de velours, un ancien paquet-cadeau d'une bouteille d'Amaretto. Armand, qui essuyait sa sauce avec de larges tranches de pain, avait le droit de regarder les photos, mais pas de les toucher.

– Ça, c'est Elvis Presley Boulevard un jour de pluie. Et là, le *Heartbreak Hotel Restaurant*, juste à côté. Quand je l'entends chanter ça, ça me donne la chair de poule, sur tout le corps. Même encore maintenant, tu vois. Voilà la fameuse Cadillac rose. Et là, c'est son somptueux avion privé, le Lisa Marie. Et voilà l'intérieur... Non, ça, c'est l'intérieur de son autocar. Elvis avait l'habitude d'emmener ses meilleurs amis faire des voyages dans ce bus. Ils jouaient aux cartes, au Yahtzee, ils écoutaient de la musique. Ils faisaient même la cuisine dedans.

– Et lui, il s'appelle comment? dit Armand, qui s'efforçait d'avoir l'air intéressé.

– L'autocar? Il n'a pas de nom. Ça, c'est le salon de Graceland. On peut asseoir quatorze personnes sur le canapé.

– Et pourquoi son avion a un nom et pas son autocar?

– Mais tu imagines, si les gens avaient su qu'il était dans ce bus, s'il avait porté un signe de reconnaissance? Il y aurait eu une émeute chaque fois qu'il se serait arrêté.

– Il aurait pu lui donner le nom d'une autre poule, comme son jet.

– Mais enfin, Bird, ce n'est pas le nom d'une fille quelconque. Lisa Marie, c'est sa fille. On a notre anniversaire le même jour, elle et moi.

– Ah, ouais?

– Et je vais te dire autre chose, dit Donna. Mon chiffre de vie, c'est le huit.

– C'est quoi, un chiffre de vie?

– Tu additionnes ta date de naissance – février est le deuxième mois, donc ça te donne deux. Je suis née le premier, deux plus un ça fait trois, et puis dix-neuf, un plus neuf ça fait dix, et ça équivaut à un. Tu ajoutes ça au trois que tu as obtenu du premier février, puis tu ajoutes les deux autres chiffres – je ne vais pas te dire l'année – et ça fait huit.

– Non, c'est vrai?

– Bon, alors, maintenant, tu ajoutes 3797 Elvis Presley Boulevard, Boîte postale 16508, Memphis, Tennessee, 38186, et combien tu crois que ça fait?

– Huit, dit Armand.

– Et après tu t'étonnes que quelque chose m'attire là-bas? Réfléchis un peu. Alors là, c'est une partie de ses bijoux, sa Rolex en or, sa croix de Malte et sa gourmette en or massif. Et voilà le fameux costume de scène avec l'Aigle américain...

– Ouais, son costume de pédé, dit Richie en faisant irruption dans la cuisine. Mais c'est pas vrai, Bird, t'es encore en train de bouffer? Enfin, ça me déplairait pas d'avoir la montre Rolex et la Cadillac rose. Il faut reconnaître que pour ça il manquait pas de classe. (Il sortit une bouteille de bière du frigo.) Mais alors, ce putain de costume... Tu porterais un machin pareil, toi, Bird? En tout cas, à toi, il te faudrait celui qu'il avait après qu'il ait gonflé comme une vache.

– Tu es jaloux, dit Donna. Tu ne peux pas regarder ces photos sans faire de réflexions.

– Jaloux de quoi? Tu connais la différence entre lui et moi?

– Oui, toi, t'es un ignorant, dit Donna.

– Moi, je suis vivant, et lui il est mort, et c'est ça qui compte.

« Tu es vivant, se dit Armand en regardant Richie avaler une gorgée de bière au goulot. Mais tu pourrais bien ne plus l'être. » Il remarqua que Richie mâchait du chewing-gum en même temps qu'il buvait sa bière.

– Peut-être, mais laisse-moi te dire un truc, dit Donna. Quand tu seras mort, tu crois que quelqu'un viendra sur ta tombe? Même si tu avais une mère, ça m'étonnerait qu'elle le fasse. Mais dans un siècle, et même davantage, il y aura toujours des gens pour visiter Graceland. (Elle regarda Armand en hochant la tête :) C'est la pure vérité.

– Vraiment? dit Armand, à qui elle faisait pitié.

– Ce que tu peux être con, Donna, dit Richie avec un grand sourire, en mâchant son chewing-gum et en secouant la tête. Laisse-moi te demander un truc. Qu'est-ce que t'aimerais mieux, qu'Elvis chante pour toi, ou qu'il vienne te baiser?

Il fit un clin d'œil à Armand, qui le regarda sans broncher. Il ne le trouvait pas drôle, et ne l'avait jamais trouvé drôle, d'ailleurs. Donna loucha sur Richie, pour lui montrer qu'elle était sérieuse.

– Je sais ce que tu penses que je vais dire, et tu vas me traiter de menteuse. Mais je ne peux pas dire autre chose, parce que c'est la vérité. J'aimerais mieux qu'il chante pour moi.

Armand la crut. Il fut surpris de voir que Richie la croyait aussi, lui qui le regardait maintenant :

– Tu sais pourquoi, Bird? Parce qu'Elvis, c'était pas un taulard. Il aurait pas été assez grossier ou puant pour Donna.

– Je ne pense pas à lui de cette façon, dit Donna. C'était un homme généreux, qui aidait les autres, qui leur donnait ses voitures, tout ce dont ils avaient besoin. Il pensait que les gens n'ont pas à souffrir plus qu'ils ne souffrent déjà. Il lisait des livres – on dit qu'il était toujours en quête d'une réponse aux mystères de la vie.

– Et moi, on m'a dit que ce qu'il cherchait, c'était la baise. On lui amenait des filles et il faisait son choix.

Vrai ou pas, Armand s'en foutait, mais il jugea que ça allait comme ça. Il en avait marre de Richie. Aussi, quand celui-ci lui lança un regard complice, quêtant une approbation, il lui dit :

– Fiche-lui la paix.

– A qui, à Donna?

Richie eut l'air un peu surpris, mais il s'amusait encore. Armand décida de le provoquer.

– Fais voir un peu si tu peux la fermer cinq minutes.

Richie ne s'amusait plus du tout.

Armand vit son regard devenir sérieux, puis morne, endormi, dissimulant ses sentiments. Il avait cessé de mâcher son chewing-gum. « Il a envie de me foutre un coup de bouteille, de me la fracasser sur la figure », pensa-t-il.

– Qu'est-ce qu'il y a? demanda-t-il en lui jetant un regard dépourvu d'hostilité, juste un peu curieux.

– Si jamais tu me parles encore comme ça... avertit Richie...

– Qu'est-ce qui se passera? dit Armand, parce qu'il voulait voir comment ce petit voyou allait formuler la chose.

– T'auras plus jamais l'occasion de recommencer.

Rien d'original là-dedans, c'était décidément un voyou. Ils se mesurèrent du regard, et Armand eut envie de lui dire : « Okay, maintenant va regarder ta télé. » Mais l'affrontement aurait continué, et il en avait marre. Alors, il ne dit rien, et Richie sortit de la cuisine, sa bière à la main. Il y eut un silence, puis Donna s'éclaircit la gorge.

– Et voilà la salle de billard d'Elvis, dit-elle. Sept cents mètres de draperies du sol au plafond.

Les deux jours suivants, Bird fit passer à Donna une série de coups de fil pour essayer de remettre la main sur le charpentier et sa femme. « Qu'est-ce que vous êtes encore en train de fabriquer, tous les deux » protestait Donna sur un ton innocent de petite fille. Bird ne disait rien, mais ça excitait Richie, qui lui lançait des clins d'yeux.

Quand elle appela l'agence immobilière pour avoir des renseignements, on lui répondit que la maison venait d'être vendue. C'est alors que Bird finit par dire :

– Allons voir.

Mais quand ils passèrent devant la maison, déguisés en chasseurs, et Bird avec cette casquette idiote sur la tête, la pancarte A VENDRE était toujours plantée dans le jardin.

Qu'est-ce qu'elle faisait là? Ils voulaient vendre cette baraque, oui ou non? Bon dieu, qu'est-ce qui se passait ici? La voiture et le pick-up étaient partis, mais eux étaient peut-être encore dans la maison?

Richie posait question après question, mais il aurait aussi bien pu parler à son putain de volant. Bird se taisait ou se contentait de grogner des « Hmmm », et Richie était censé comprendre ce que ça voulait dire.

Aussi était-il déjà passablement remonté quand ils eurent caché la voiture et qu'ils s'approchèrent de la maison par-derrière. Bird venait en tête, piétinant dans les feuilles mortes et faisant un boucan du diable, pour un métis d'Indien. Une idée se mit à faire son chemin dans la tête de Richie : il lui suffisait de lever le canon de son fusil, de presser la détente, et il aurait quelque chose à raconter à ses petits-enfants – si jamais il en avait. Comme dans un film de cow-boys, un bon, un vieux, où on voyait les peaux-rouges dégringoler de leurs petits poneys sauvages. « Ouais, j'ai fait ça. C'était à l'époque où je vivais dans les bois... » Il arrêta la projection dans sa tête en réalisant qu'il avait déjà descendu un Indien, le guide pour chasseurs. C'était drôle, il s'y perdait dans ses comptes – comme quand il voyait Kevin comme le premier, alors qu'en fait c'était le troisième. Ce qui faisait du dernier, le guide, le numéro sept. C'est ça? Ah non, il y avait encore la fille du supermarché, avec ses cheveux gras. Si c'était une Indienne, ça ferait de Blackbird son troisième... Sauf que lui n'était qu'un sang-mêlé. Oh, merde, ça devenait trop compliqué. Il serait le numéro neuf. Point final. Richie se demanda si fumer de l'herbe toute sa vie, à part ce dernier mois, ne lui avait pas grillé les neurones. Puis il se demanda si ça faisait vraiment une grande différence, de toute façon.

Au bout d'une demi-heure à rester là à la lisière du bois à contempler la baraque, avec l'Indien qui jouait aux Indiens, Richie était exaspéré, mais ne dit rien. A quoi bon se disputer? Il pouvait rompre cette association dès l'instant où il en aurait vraiment marre. Ou l'idéal, ce serait de descendre Bird en même temps que le mec et sa femme, et de laisser croire qu'ils s'étaient entre-tués. Ça serait super, un truc comme ça. Il lirait ça dans les journaux et il verrait la vieille Donna le regarder d'un air innocent : « Mais qu'est-ce qui a bien pu arriver à Bird? » Et il lui ferait un clin d'œil, ou il lui rendrait son regard innocent, ça dépendrait. Et puis elle lui passerait la main dans les cheveux, ou un de ses bon dieu de trucs dans le genre. Et elle l'emmènerait lui acheter des fringues neuves...

– Tu es prêt? demanda Bird.

– Je suis prêt depuis ma naissance, dit Richie.

Il se sentait bien, pour une fois.

Ils n'étaient qu'un couple de chasseurs se baladant dans les bois, sans rien de particulier en tête. Ils montèrent les marches de la véranda, et se transformèrent en cambrioleurs. Voyons un peu ce qu'il y a là-dedans. L'idée de Richie, c'était de casser un panneau de la porte vitrée pour entrer, une affaire de trois fois rien. Mais Bird l'arrêta, ça ne lui plaisait pas, les flics pouvaient passer et voir la porte enfoncée. Richie fit alors le tour par-derrière et s'introduisit par la fenêtre de la salle de bains, au rez-de-chaussée. Sauf que dans ces vieilles baraques, les fenêtres étaient hautes, et il dut grimper sur un arbre pour l'atteindre. A quel jeu jouait Bird? A part lui laisser tout le boulot, comme d'habitude, en faisant attention de ne pas laisser ses empreintes, il ne prenait pas de risques, le salaud. Dès que Richie se fut introduit à l'intérieur, il sentit que la maison était vide. Il traversa la cuisine et ouvrit la porte à Bird.

– Bonjour. Enchanté de vous voir.

Bird entra, le visage figé sous sa casquette de chasse idiote.

Richie le laissa pour faire le tour de la maison, voir s'il ne traînait pas des trucs de valeur. Ce qui le frappa aussitôt, c'est que ça n'avait vraiment pas l'air d'une maison abandonnée. Tous les meubles étaient là. Pas de caisses, rien d'emballé. Richie monta au premier. Il trouva toutes sortes de vêtements d'homme et de femme dans les placards du palier, et un blouson argenté portant une inscription : LES CHARPENTIERS, LA FORCE DE L'AMÉRIQUE. Il se souvint que le type portait le même, mais bleu, quand il lui avait tiré dessus au supermarché. Il y avait encore des vêtements dans la grande armoire de la chambre, dont une ou deux belles chemises de sport dont Richie aurait bien fait son profit. Et aussi, un tee-shirt de chez *Henry's*, le restaurant de fruits de mer, marqué ÊTRE BIEN, C'EST BIEN. Regardez-moi ça. Il eut l'impression que c'était hier qu'il était assis là-bas, en train de regarder Bird bouffer son poisson. C'était ça qui avait mis en branle tout ce bazar, de voir Bird? C'était rigolo comme une chose pouvait en amener une autre. On n'avait vraiment pas besoin de faire des plans, dans la vie, il n'y avait qu'à se laisser porter. Richie redescendit et jeta un dernier coup d'œil dans le salon avant de retourner à la cuisine.

Bird était debout près d'un tiroir ouvert et lisait une lettre.

– T'as pas honte, de lire du courrier qu'est pas pour toi?

Ce fut drôle, la façon dont Bird replia aussitôt la lettre et la laissa tomber sur le comptoir.

– Ils ont un fils dans la Marine.

– Je le sais, le guide nous l'a dit. (Bird lui lança son regard d'Indien.) Ah, ça, tu t'en rappelles pas, hein? Quand on était dans le bateau. Et puis on a abordé, tous les deux, et je l'ai descendu. Tu t'en souviens de ça, quand même, non?

Bird ne répondit pas.

– Maintenant, la question à mille balles, dit Richie. Comment ça se fait qu'il y ait tous leurs meubles, s'ils ont déménagé?

– Ils ont dû partir en courant...

– Mais ils ont rien emballé du tout!

– C'est peut-être le boulot des déménageurs.

– Tu parles, dit Richie. Ils emballent les fringues, aussi? J'ai pas l'impression qu'ils aient laissé toutes leurs fringues, mais assez pour qu'on se pose des questions. Là-haut, dans la chambre, le lit est fait, en plus. Ils peuvent rentrer à n'importe quel moment.

– Des fringues, hein?

Ça, ça avait l'air de l'intéresser.

– Et il y a aussi une télé dans le salon. On pourrait la prendre, elle est mieux que celle de Donna.

– Tu veux voler la télé et la trimbaler dans les bois jusqu'à la voiture?

– Mais non, pas la peine d'attraper un tour de reins. Y a qu'à amener la bagnole devant la maison.

Bird détestait ça, qu'on lui prouve qu'il était pas si malin que ça. Il revint au tiroir, en sortit un annuaire du Michigan et le posa sur le comptoir.

– Regarde à Colson.

– Donna a déjà essayé.

– Son annuaire est trop vieux. Essaie celui-là.

Et ça continuait à lui donner des ordres. Oui, *Monsieur*. Et la veille, sa façon de lui dire de la fermer. Richie ouvrit l'annuaire et le feuilleta sans se presser. Donna avait appelé une douzaine de Colson; aucun d'entre eux ne connaissait de Wayne Colson. Elle avait appelé à son boulot; on lui avait dit d'essayer chez lui, il n'était sur aucun chantier pour le moment. Richie trouva la liste des Colson et compta les noms.

– C'est exactement les mêmes que Donna a appelés. S'ils ont de la famille, elle habite ailleurs.

Richie referma l'annuaire. Il regarda Bird fouiller dans le courrier que ces gens avaient conservé. Il examinait un bloc où étaient pliées quelques feuilles volantes. Quelque chose eut l'air de l'intéresser là-dedans et il l'approcha de la fenêtre pour mieux lire. Richie regarda autour de lui.

– Le frigo est débranché, et il est vide. Ça, c'est un coup dur pour toi, vieux.

Bird ne leva même pas la tête. Richie chercha autre chose.

– Bird?

– Quoi?

– Est-ce que tu vas tuer Donna?

Cette fois, l'autre leva la tête.

– Pourquoi ça?

– Je me demandais juste.

– Elle t'inquiète?

– Je te l'ai dit, pas tant qu'elle me fait confiance.
– C'est de la folie.
– Tu ne la connais pas aussi bien que moi. Je suis son petit homme.
Bird continua d'examiner le bloc-notes; Richie attendait.
Enfin, Bird leva les yeux :
– Alors, moi je suis son grand homme?
– Je sais pas, mais en tout cas, moi, j'ai ce que je veux sans avoir à regarder ses photos d'Elvis. J'ai même pas besoin de l'écouter si j'en ai pas envie.
Richie prenait son pied à filer des petites piques à Bird, à jouer avec lui comme ça. Puis il sursauta en disant : « Nom de Dieu! »
Le téléphone venait de se mettre à sonner, juste derrière Bird, et il résonnait très fort dans cette petite cuisine. Bird le regarda. Richie avait sursauté, mais pas lui. Il ne bougea pas, ne cilla pas, tandis que sept sonneries retentissaient.
Puis le silence retomba.
– Dis donc, c'était pas le téléphone, ça? dit Bird.
Le fils de pute, il se vengeait, maintenant, parce qu'il l'avait vu sursauter. Richie réfléchit en vitesse :
– Eh ben, pourquoi t'as pas répondu, alors? T'essaies de parler à quelqu'un qui les connaît, et tu réponds pas quand ce putain de téléphone se met à sonner?
– Les gens qui appellent, s'ils ne savent pas qu'ils sont partis, c'est qu'ils ne savent pas non plus où ils sont, expliqua Bird. Voilà pourquoi. Mais qu'est-ce que tu dis de gens qui déménagent et qui ne font même pas couper leur ligne?
– C'est ce que j'arrête pas de te dire depuis tout à l'heure. Il y a tous leurs meubles, leurs fringues.
– S'ils ont mis cette pancarte, dit Bird qui ne l'écoutait pas, c'est pour nous faire croire qu'ils ont déménagé. Mais ils vont revenir.
– T'as fini par piger? Mais t'as qu'à regarder tout ce qu'ils ont laissé dans la baraque!
Bird n'écoutait toujours pas, et étudiait de nouveau le bloc-notes et les feuilles volantes coincées dedans.
– Il y a plein de numéros de téléphone là-dessus, mais pas un seul nom.
– A quoi ils servent, alors?
– Bah, c'est quand on te donne un numéro au téléphone et que tu le notes en vitesse.

– Ecoute, Bird, ils vont revenir. On en est sûrs, maintenant.

– J'en ai marre d'attendre.

– Ça peut pas être très long, toutes leurs affaires sont là.

– Et j'en ai marre de t'entendre parler tout le temps, ajouta Bird, sur le même ton uni qu'il avait pris la veille pour lui dire de la fermer.

Il s'approcha du téléphone mural, le bloc à la main, et se mit à composer des numéros. Chaque fois qu'on lui répondait, il écoutait puis coupait la communication sans dire un mot.

Après l'avoir regardé un certain temps, Richie finit par dire :

– C'était qui, celui-là?

– Le plombier.

Ensuite, après chaque appel, Richie posa la même question et Bird dit : Le garage; un restaurant chinois; un numéro qui n'était plus en service; le coiffeur. Enfin, Bird examina un bout de papier à la lumière de la fenêtre.

– Là, ça dit « Nouveau », souligné trois fois, avec le numéro après.

– Tout ce qu'on fait, c'est perdre notre temps. Il y a plus qu'à attendre, point final. Si ça te plaît pas, tu peux retourner au Canada. J'en ai rien à foutre.

Bird leva la main pour le faire taire, écoutant retentir la sonnerie. Il s'apprêtait à raccrocher, quand une voix de femme que Richie distingua à trois mètres de distance retentit. « *Qui* est à l'appareil? »

– Heu, je cherche Wayne Colson.

Il y eut un silence.

– Il n'est pas là.

Richie et Bird se raidirent et retinrent leur souffle.

– Est-ce que vous savez où il est?

– Qui vous a donné mon numéro?

Richie l'entendait distinctement, elle avait l'air d'une vieille peau de vache. Bird s'emmêlait déjà les pinceaux, incapable de parler aux femmes, quel que soit leur âge. Il lui disait :

– Je l'ai là, sous les yeux.

Ah ouais, et où ça? Ce qu'elle s'en foutait, de l'endroit où c'était écrit.

– Voyez, je cherche Wayne Colson, expliquait-il.

Espèce d'Indien à la con. Richie s'approcha pour s'emparer du récepteur, que Bird lui abandonna sans faire d'histoires, soulagé.

– Mais *qui* est à l'appareil?

– Excusez-moi de vous déranger, M'dame, dit Richie avec un petit sourire. Là, c'était un type qui travaille pour moi, je lui avais demandé de vous appeler. Vous voyez, on essaie de mettre la main sur Wayne... Il nous a laissé ce numéro avant de partir.

– Il vous a donné mon numéro, à moi?

– Ben, en fait, il l'a donné au patron et le patron me l'a donné, seulement le patron n'est pas là pour l'instant. Il a dit que vous sauriez où il est, Wayne.

– Je ne comprends rien à cette histoire.

Elle avait une voix de vieille. Richie tenta sa chance :

– Vous seriez pas la maman de Wayne, M'dame, par hasard?

– Non. (Elle hésita.) Je suis la mère de Carmen. Mais je ne sais pas où ils sont, quelque part en route pour la Floride, à ce qu'elle m'a dit.

– Oui, c'est ça, Wayne a parlé d'aller là-bas. Vous n'auriez pas un numéro où je pourrais le joindre, par hasard?

Il y eut un silence. Richie regarda Bird qui attendait, l'air grave.

– Vous voyez, j'ai un chèque pour lui, ici.

– Oh, vous êtes un collègue?

– C'est ça, M'dame. Je suppose qu'il devait être pressé de partir. (Il fit une pause, mais sa tentative ne donna rien, et il ajouta :) Le patron m'a dit, « Vois si tu peux lui faire parvenir son chèque ». Alors, je me suis dit que lui et votre fille seraient contents de l'avoir pour leurs vacances en Floride.

Richie et Bird patientèrent en se regardant.

– Vous auriez pas leur adresse, des fois?

– Non, elle ne me l'a pas donnée.

– Je me disais, des fois que vous l'auriez eue au téléphone... (Silence. Il laissa s'écouler encore quelques secondes, puis :) Ecoutez, j'ai une idée. Si vous me donniez votre adresse? Je pourrais vous l'envoyer par la poste ou le déposer chez vous. Et comme ça, quand vous aurez de leurs nouvelles, vous pourrez l'envoyer vous-même. (Il fit de nouveau une pause, pour lui laisser le temps de la réflexion.) Si c'était mon chèque, ça me ferait plaisir de l'avoir.

– Bon, on peut faire comme ça, dit enfin la mère de Carmen. J'habite Gratiot Beach, si vous voyez où c'est. Vous avez un crayon?

16

Carmen avait fermé à clé la porte de la salle de bains. Debout sous la douche, le visage sous le jet, les yeux fermés, elle s'efforçait de ne pas penser. Elle avait lu quelque part que la méditation, ça ne marchait que si on faisait le vide dans son esprit, et si on se concentrait sur ce vide. Mais ça paraissait impossible, les choses surgissaient toutes seules. Elle essaya de se concentrer sur l'eau tiède, de la sentir glisser sur son corps, marmonna « Mmmm », et pensa à Jack Nicholson prêt à prendre une douche qui disait au Noir qui bossait à l'hôtel qu'il n'y avait pas de savon, et l'autre lui disait : « Oui, c'est bien vrai. »

C'était ce film qui débute en Afrique du Nord, dans l'hôtel d'un village désert, avec des cafards partout sur les murs, et où Jack Nicholson change d'identité avec le type de la chambre voisine, qui vient de mourir d'une crise cardiaque. Carmen se souvenait du titre, maintenant, *Profession : reporter*. Dans le film, Nicholson fuit sa propre vie. Il rentre dans la peau du mort et se laisse entraîner dans un périple qui va de l'Angleterre à l'Allemagne, il finit par atterrir en Espagne, où il rencontre la fille à Barcelone, et c'est fascinant, comme un rêve, de ne pas savoir ce qui va se passer après. Carmen se dit que si c'était fascinant à regarder, ça devait l'être tout autant à vivre, devenir quelqu'un d'autre, au moins pour un temps. Mais il se passe un drôle de truc, dans le film. Jack Nicholson se rappelle avoir vu la fille à Londres, avant, mais ça ne lui paraît pas bizarre de la retrouver à Barcelone. Il n'en parle même pas avant la fin du film. Il sait que sa nouvelle identité l'a fourré dans un business dangereux, et qu'il y a des types à sa poursuite. Mais ça ne le préoccupe pas, il s'inquiète uniquement de fuir son propre passé. Alors, il se laisse embarquer dans cette nouvelle vie, il se laisse porter, comme un passager, jusqu'à la fin, et la fin est fascinante. Elle l'était du moins à regarder, à cause de la façon dont c'était filmé, qui ne ressemblait à aucun film qu'elle ait jamais vu, qui était tellement *réelle* qu'elle avait *senti* ce qui se passait sans même le voir. Aujourd'hui encore, Nicholson lui faisait pitié. Pauvre type, un passager, jusqu'à la fin, un passager qui n'avait pas su descendre au bon moment.

Carmen enfila un peignoir en éponge et enroula patiemment dix bigoudis électrique dans ses cheveux, la tête penchée, les yeux levés vers la glace, se disant qu'à la place de Jack Nicholson, elle se serait sortie de cette situation d'une manière ou d'une autre; elle aurait pris ses jambes à son cou, ou expliqué une bonne fois qui elle était. Tout ça n'était qu'un vaste malentendu. Elle serait retournée à son ancienne vie et elle aurait fait face, fait ce qu'il fallait pour que ça s'arrange. La femme de Nicholson avait l'air bien, elle l'avait vraiment cherché, d'ailleurs. Mais même si elle ne l'avait pas fait, même sans avoir de méchants aux trousses, et libre d'aller où on voulait, combien de temps est-ce qu'on pouvait traîner à Barcelone et courir l'Espagne dans cette décapotable?... Ou bien faire le tour de Cape Girardeau, Missouri, dans une Cutlass, et se balader au centre commercial, sûrement pas plus mal qu'un autre, avec des gens charmants, bien que personne ne l'ait encore abordée pour lui dire qu'elle avait la tête de quelqu'un dont ils voudraient faire la connaissance. Et puis rentrer à la maison et regarder par la fenêtre en espérant qu'une Plymouth couleur crème n'allait pas remonter l'allée. Préparer le dîner, attendre que Wayne rentre, tout plein de son nouveau boulot, et l'écouter parler dans son nouveau langage, à mesure qu'il passait de la charpente métallique au remorquage des péniches. Elle n'en revenait pas encore. Plus de barres d'ajustage et de masses. C'était des élingues, des cliquets, des câbles, et toute la quincaillerie nécessaire pour assembler un train de péniches – cinq mètres de long sur trois de large, pas plus, à cause des écluses. Et est-ce qu'elle connaissait le record sur le Mississippi inférieur? Non, c'était quoi? Soixante-douze péniches, le record mondial, un train que la *Miss Kae-D* avait poussé du kilomètre 304 près de Bâton Rouge jusqu'à Kickman, dans le Kentucky, en mai 81. Une flotte de plus de 360 mètres de long, avec une charge utile de 113 400 tonnes.

Comment pouvait-il se rappeler tout ça? Par rail, il aurait fallu 1152 wagons, un train de marchandises de 18 kilomètres de long. Par camion, ça aurait pris 4300 semi-remorques, qui auraient formé un convoi de 250 kilomètres de long. Il se rappelait tout ça parce que c'était un homme qui pouvait regarder un immeuble sur lequel il avait travaillé et vous dire combien de tonnes d'acier contenait son ossature. Il lisait un livre sur le trafic sur le Mississippi, ainsi que le Code de navigation. Et il lui montrait les cartes. Savait-elle que le Mississippi commençait tout là-haut vers Minneapolis – Saint Paul? Oui, ça, elle le savait. On l'appelait le Mississippi supérieur jusqu'au Caire, dans l'Illinois, où l'Ohio venait se jeter dedans, et à partir de là le Mississippi inférieur, jusqu'à la Nouvelle-Orléans. Et d'ailleurs, la *Miss Kae-D* était un remorqueur à triple câble, comme le *Robert R. Nally* qui s'était échoué sur le Grand Os, au Kilomètre 94. C'était le bateau sur lequel il avait fait de la soudure, et soit dit en passant, ça ne lui aurait pas déplu de se faire un petit voyage dessus.

Elle sortit de la salle de bains, en peignoir et bigoudis, jeta un coup d'œil dans l'entrée et se figea sur place.

Un homme qu'elle n'avait jamais vu se tenait près de la porte de la cuisine. C'était sa veste jaune qui l'avait fait s'arrêter net. La veste habillait un petit homme courtaud qui leva les bras, les paumes de ses mains tendues.

– Je vous en prie, n'ayez pas peur, dit-il. Je ne vais pas vous faire de mal.

Comme pour la rassurer, l'empêcher de se mettre à hurler ou de se ruer dehors.

– Ecoutez, j'ai sonné à la porte – et je n'avais pas du tout l'intention d'entrer chez vous comme ça, je suis désolé.

– Je commence à avoir l'habitude, de toute façon, dit Carmen, plus contrariée qu'effrayée, même si elle était à peu près sûre que ce type était le locataire précédent, le témoin de la Mafia quelque part dans l'Est, ah oui, le New Jersey. Il approchait de la soixantaine, avec une petite moustache de gigolo et des cheveux trop noirs et trop épais, trop bien pour être les siens. Carmen avait l'œil pour les moumoutes.

C'était donc à ça que ressemblait un prêteur sur gages.

– Vous êtes Mr Molina, hein?

Son expression changea légèrement.

– Oui, j'habitais ici, avant.

– Eh bien, plus maintenant. Qu'est-ce que vous voulez?

Il eut l'air plus étonné de cette sortie que de voir qu'elle connaissait son nom.

– Je suis passé parce que ma femme croit avoir laissé une de ses bagues ici. Elle n'arrive pas à mettre la main dessus.

– Vous voulez fouiller chez moi?

– Non, non, pas du tout, je ne veux pas vous déranger.

– Laissez-moi vous dire une chose : j'ai nettoyé cette maison de fond en comble et tout ce que j'y ai trouvé, c'était une couche de crasse invraisemblable.

Elle se sentait à l'aise, sûre d'elle-même, face à ce petit bonhomme. Puis elle sentit son assurance l'abandonner au moment où elle lui indiquait de la tête la chambre inoccupée : elle se souvint de ses bigoudis et sentit que Mr Molina les regardait.

– A moins que ce soit là-dedans. Je n'ai pas touché à ces caisses.

– Oh non, ça ce n'est rien, de vieux vêtements que je voulais jeter ou donner. Ecoutez, je tiens à m'excuser pour l'état où vous avez trouvé la maison.

Carmen l'examina. Il avait l'air sincèrement confus.

– Ma femme n'était déjà plus là, et quand je suis parti à mon tour... Enfin, je suis parti, voilà. Je me suis décidé d'un seul coup.

– Vous avez habité ici combien de temps?

– Presque cinq ans.

– Ça fait long, non?

– Vous voulez rire. Ça fait cinq années de trop, si vous voyez ce que je veux dire, vu la situation où je me trouve. Vous devez le savoir, puisque vous connaissez mon nom, et sans doute d'où je viens, et l'histoire de ma vie.

Il s'avança avec précaution, comme pour tester la solidité du plancher. Carmen ne bougea pas. Elle était certaine, cette fois, qu'il avait une moumoute, de bonne qualité d'ailleurs, du genre qu'affectionnent bien des stars du cinéma, mais une moumoute quand même. Elle se dit que s'il ne se sentait pas ridicule avec ce truc sur la tête, elle n'avait aucune raison de s'en faire à propos de ses bigoudis. Elle commençait même à se sentir à l'aise avec cet homme.

Quand il dit : « C'est l'adjoint qui vous a raconté ça, hein? Britton, le gamin? », elle lui répondit :

– On l'appelle Ferris, comme ça on n'a pas l'impression d'être en liberté conditionnelle.

Il haussa les sourcils avec une stupéfaction évidente.

– Mr Molina, nous sommes embarqués sur la même galère, dit-elle en lui tendant la main.

La dernière fois qu'ils avaient longé le fleuve en direction de Port Huron, ils avaient passé le Blue Water Bridge pour aller à Sarnia faire raccommoder le menton de Richie, et Armand avait attendu dans la Cadillac bleue pour réfléchir à la suite. Il avait l'impression que tout ça remontait à l'année précédente. Cette fois, ils venaient rendre visite à la belle-mère du charpentier, et Armand continuait à s'interroger sur la suite de ce périple qui semblait ne vouloir jamais finir.

Ils étaient passés chez Donna pendant qu'elle était en train de conduire son bus, pour se débarrasser de leurs tenues de chasseurs. Armand avait remis son costume, et Richie, qui conduisait la voiture parce qu'il était désormais le chauffeur, portait son tee-shirt ETRE BIEN C'EST BIEN et un blouson argent pris dans le placard du mec.

– Pour bien faire voir à la belle-doche, avait dit Richie, que je bosse dans la charpente métallique et qu'en plus je suis un mec bien.

Le blouson n'était pas jeune, et trop grand pour lui, mais ça pouvait passer. Richie était censé faire la conversation, continuer à jouer le type du chantier, comme au téléphone.

– Tu peux aussi bien rester dans la voiture, Bird. On n'a pas besoin d'être deux.

Ça, c'était le voyou qui parlait.

Armand n'aimait pas ça. Il y avait des choses qu'il voulait dire à Richie, pour essayer de limiter les dégâts, mais il ne dit rien tant qu'il conduisait le long du fleuve. S'il lui donnait des instructions maintenant, elles auraient le temps de lui rentrer par une oreille et de ressortir par l'autre. Aussi laissa-t-il Richie allumer la radio et taper en rythme sur le volant jusqu'à ce qu'ils aient dépassé Port Huron. Ils longeaient le lac, à présent, qui apparaissait gris et couvert, entre les maisons espacées sur la rive. Armand éteignit la radio :

– Réfléchissons un peu à ce que la vieille sait et ce qu'elle ne sait pas, dit-il.

Le petit voyou lui lança un regard noir.

– C'est bien pour ça que j'y vais. Pour lui faire sortir ce qu'elle a dans le ventre.

– Ouais, mais d'abord, je ne crois pas qu'elle sait où ils sont.

– Tu veux dire qu'elle nous raconte qu'elle en sait rien.

– Non, ce que je veux dire, c'est qu'elle peut savoir qu'ils sont en Floride quelque part, mais sans connaître leur adresse : s'ils vont d'un point à un autre, elle ne peut pas leur écrire, par exemple. Tu vois, quand elle ne te disait rien, c'est qu'elle savait quelque chose mais qu'elle ne voulait pas te le dire. Quand tu lui as demandé si elle avait leur numéro de téléphone, elle n'a pas répondu. Mais quand tu lui as demandé si elle avait leur adresse, elle a dit non, qu'elle ne l'avait pas.

– Mais elle pouvait mentir, tu crois pas?

– Je ne pense pas. Elle ne s'attendait pas à ce que quelqu'un les demande au téléphone, ce qui fait qu'elle n'avait pas pu préparer de mensonges. Quand elle ne voulait pas te dire une chose, elle ne disait rien, silence complet. Tu comprends ce que je te dis?

– Bon écoute, Bird, j'en ai rien à foutre de ce qu'elle a dit ou pas dit. Si elle sait où ils sont, elle va me le dire. C'est pour ça que je suis venu.

Ce type était toujours un petit voyou, et il ne changerait jamais.

– C'est bien ça qu'on veut, dit Armand, mais quand tu vas lui parler, garde ton calme, hein? Comme tout à l'heure au téléphone. Tu vois, si elle nous donne leur numéro, on peut retrouver leur adresse à partir de là. Appeler l'opératrice et lui demander c'est où, ce numéro?

– Si elle me donne le numéro? Mais je te garantis qu'elle aura qu'une envie, c'est de me le donner!

– Ouais, mais garde ton calme, surtout, dit Armand avec l'envie de lui flanquer son poing sur la figure de toutes ses forces. Il vaut mieux ne pas la brusquer.

– Ah non? fit Richie en ralentissant et en se penchant sur le volant.

Ils approchaient, maintenant. La route était bordée de garages en bois et de grillages, une série de petits lotissements tout en longueur, serrés les uns contre les autres. Richie regardait les numéros des maisons, cloués ou peints sur les portes des garages. Certaines portaient des noms : « Sam Suffit », « L'Abri Côtier »...

– Non, on veut qu'elle continue à nous avoir à la bonne. Peut-être qu'elle ne peut rien nous dire aujourd'hui, mais si elle apprend demain qu'ils vont rester quelque part pendant plusieurs jours, alors bon, on peut envoyer le chèque là-bas. Tu vois, si tu t'énerves, on pourra plus rien en tirer, et elle appellera les flics. « Quoi? » Pendant tout ce temps, ils pensaient qu'on s'était tirés. « Ah, ils sont encore dans le coin, hein? » Et ils foutent des barrages sur toutes les routes, et on se retrouve coincés : on pourra plus mettre un pied dehors sans se faire piquer, et tu retourneras en taule. C'est ça que tu veux...? Dis-donc, tu m'écoutes, quand je te parle?

– C'est là, dit Richie. (Le numéro était peint sur la barrière. Il se gara à côté et ouvrit sa portière.) Tu veux pas venir voir? Ou tu veux pas qu'elle sache à quoi tu ressembles? Je commence à connaître ton petit jeu, mon pote.

– Souviens-toi qu'être bien c'est bien, dit Armand.

Il jeta un rapide coup d'œil à la maison – deux étages en comptant le grenier, une petite maison étroite et sans balcon, toute blanche avec des piliers verts – tandis que Richie ouvrait la porte du jardin et la refermait en la faisant claquer.

Armand s'adossa à son siège en se disant : « Et tu le laisses entrer là-dedans avec un flingue. »

Bah, un type comme ça, quelle différence, qu'il ait un flingue ou non?

« Alors, tu t'en fous, hein? »

Il réfléchit encore un peu et se dit que non, mais pas beaucoup. Au point où il en était, il fallait faire le voyage jusqu'au bout.

Carmen et Mr Molina étaient assis l'un en face de l'autre dans le salon, chacun à une extrémité du canapé blanc. Carmen avait enfilé une chemise et un jean, et ôté ses bigoudis; Molina fumait cigarette sur cigarette, les écrasant à mesure dans le cendrier sur la table basse.

– Tous ces trucs que je trafiquais, dit Molina, les titres, les bons du Trésor, étaient soit volés, soit faux. Moi, je servais d'intermédiaire, en quelque sorte. J'allais à Toronto tous les deux mois pour donner tout ça à la famille, là-bas. Ils savaient ce que c'était, et ils s'en servaient comme appoint, pour acheter des terrains dans le quartier des affaires. C'est comme ça que j'ai connu ces gens-là. Comment s'appelait ce type, déjà?

– Armand Degas, dit Carmen.

– Non, je n'ai jamais entendu ce nom-là. Il est peut-être lié à eux, mais je peux vous garantir qu'il ne fait pas partie de la famille. Remarquez, je vous parle de choses qui remontent à huit, neuf ans. Il a pu y entrer depuis. Mais je ne vois vraiment aucun Indien qui ait des responsabilités chez ces gens-là.

– C'est un tueur.

– Hum, en tout cas, quoi qu'il ait été faire chez vous dans le Michigan, ça ne m'a pas l'air d'être une opération pour la famille. Si j'étais dans une autre situation, je pourrais vous trouver ça sur un simple coup de fil, mais d'après ce que vous me dites... (Il secoua la tête.) S'attaquer à une agence immobilière pour dix mille malheureux billets, ça ressemble pas à la famille. Ce qu'ils demanderaient, c'est une part de l'affaire, des actions, du fric qui vient d'en haut. C'est ce qui m'est arrivé, à moi. J'étais imprimeur, c'est long pour se faire payer, ma comptabilité était dans les choux. Par exemple, je devais quinze mille dollars à échéance de cent vingt jours à une papeterie en gros. J'arrivais pas à faire face, alors, je suis allé voir un prêteur. De là à la fin de l'année, je leur avais versé vingt-sept mille dollars – vous m'entendez – et ils avaient des parts dans mon affaire. J'avais le choix entre fabriquer des faux titres ou me retrouver entre quatre planches.

Il fit une pause pour allumer une cigarette et Carmen regarda sa perruque, qui dessinait une ligne abrupte sur son front, avec ses tempes parfaitement peignées.

– Ferris nous a dit que vous étiez un prêteur du New Jersey.

– Ferris se trompe même d'Etat, dit-il. Je ne sais pas comment il a fait pour avoir ses examens, s'il les a jamais passés. Ça fait sept ans que je suis pris en charge par ce Plan pour la sécurité. J'ai rencontré je ne sais combien de marshals, et c'étaient tous des types corrects, sauf ce connard. Il y en avait bien un ou deux qui n'avaient pas inventé l'eau chaude, mais ce Ferris, là, il se jette sur vous comme un type qui fait du zèle – je me trompe pas, non? Et à la moindre occasion, il se transforme en sale petit fasciste. Excusez-moi, mais il n'y a pas d'autre mot. Ecoutez, à l'époque où ma femme en a eu assez de ce cirque et qu'elle est partie, je suis retourné à Scranton pendant une semaine, parler au FBI et au marshal de là-bas, les gens qui m'avaient fourré dans ce Plan. Ils m'ont fait passer devant une commission et je leur ai raconté mes expériences de témoin sous protection.

– Ça fait sept ans que vous êtes là-dedans? répéta Carmen.

– Exact, mais le problème, ce n'est pas seulement le temps que j'y ai passé. Ma première femme, avec qui j'ai été marié vingt-six ans, a obtenu le divorce. Je n'ai pas vu mes enfants depuis des années, et j'ai trois petits-enfants que je ne verrai sans doute jamais.

– Alors, vous n'avez pas commencé ici.

– Non, on m'a d'abord mis à... Vous vous rappelez quand ils vous disent qu'ils vont vous « procurer les documents nécessaires pour permettre au témoin de prendre une nouvelle identité »?

– Je m'en souviens, acquiesça-t-elle, mais nous n'avons pas changé de nom.

– Moi, je n'avais pas le choix. Et vous savez combien de temps il m'a fallu pour obtenir les « documents nécessaires »? Quatre mois pour un permis de conduire, et presque un an pour une carte de sécurité sociale. Je n'ai toujours pas d'extrait de naissance. Essayez un peu d'obtenir un crédit sans papiers. Essayez de vous trouver un boulot par vous-même. Ce petit con de marshal m'a emmené chez Procter & Gamble, et ils m'ont mis sur une chaîne de Pampers. A cinquante-neuf ans, je me suis retrouvé en blouse blanche à fabriquer des couches-culottes. Vous vous doutez bien que je n'ai pas tenu longtemps. J'ai raconté tout ça à la commission des Affaires fédérales. Ils ont compati, jusqu'à un certain point, d'ailleurs. Le directeur m'a dit : « Enfin, notre étude démontre que soixante-treize pour cent des gens qui sont pris en charge par ce Plan tiennent à y rester. » Vous parlez, si vous en sortez, vous êtes mort. J'aurais pu tirer dix ans à Allenwood au lieu d'être dans cette merde, et j'en serais sorti à l'heure qu'il est, avec une remise de peine pour bonne conduite.

– Vous n'aimiez pas le premier endroit où ils vous ont envoyé? Alors, vous êtes parti? On peut faire ça?

– Le seul truc bien de cet endroit-là, c'est que j'y ai rencontré ma deuxième femme, Roseanne. Si on s'entend bien la moitié du temps, c'est toujours mieux que rien. Mais c'est là qu'ils m'ont ramené au tribunal de Scranton pour témoigner et le marshal – celui dont je vous disais que c'était pas une lumière – m'a mis sur un vol direct. (Molina fit une pause.) Vous comprenez ce que ça veut dire? On atterrit à Avoca, l'aéroport de là-bas, et s'il y a quelqu'un qui vous surveille, il sait aussitôt d'où vous venez. Et pour compléter le tableau, on sort du tribunal après le procès, avec plein de gens autour de nous, et le marshal dit à un autre à quel endroit on va. Mais il dit ça tout haut, devant tout le monde! Il y avait encore plein de gens dans le tribunal, des amis du type contre qui je venais tout juste de témoigner. J'ai dit au marshal : « Ça va pas, non? Pas question que je retourne là-bas. » Ils ont dû me traîner jusqu'à l'avion. Mais je les ai tellement emmerdés après ça... (Il s'interrompit, et leva la tête.) Vous n'avez pas entendu claquer une portière?

– C'est peut-être Wayne.

Molina écrasa sa cigarette, et se dirigea vers la fenêtre en disant :

– Ça fait neuf ans que ça dure. Quand j'entends un bruit, je saute au plafond.

– C'est un pick-up marron?

Molina ne répondit que lorsque Carmen esquissa un geste :

– Désolé, mais c'est ce putain de petit facho...

– On ne va pas le laisser entrer, dit-elle en bondissant du canapé. Je vais mettre la chaîne.

– Vous fatiguez pas. J'ai fait ça une fois, et il a défoncé la porte.

La maison de la mère de Carmen avait une véranda qui offrait une vue imprenable sur le lac Huron, aussi gris que le ciel. Richie resta planté là, exhibant à la vieille son blouson affirmant que les charpentiers étaient la force de l'Amérique, avant de se retourner vers la salle de séjour; il faisait sombre là-dedans, c'était bourré de vieux meubles et de dessins d'oiseaux sur les murs; certains semblaient avoir été faits par un enfant, avec des crayons de couleur. Il compta une bonne trentaine d'oiseaux, de toutes les tailles, et de tous les genres. Il faisait chaud aussi : il entendait un radiateur siffler.

– Vous aimez les oiseaux, hein? J'ai remarqué que vous aviez plein de mangeoires dans le jardin.

– J'ai toujours adoré les oiseaux, dit Lenore. Ma mère a tiré mon nom d'un poème sur un oiseau. Je crois que j'adore la nature, tout simplement. (Elle eut un petit haussement d'épaules enfantin, puis lui jeta un regard méfiant derrière ses lunettes.) Pas vous?

C'était comme un test. Richie pensa qu'il avait intérêt à dire oui s'il voulait qu'ils restent amis.

– Vous parlez. J'ai même un ami qui s'appelle Bird.

Et il fit un large sourire à la vieille, même si aimer la nature ne signifiait rien pour lui. Qu'est-ce qu'il y avait à aimer là-dedans? La nature était *là,* dehors, partout où il n'y avait rien d'autre, et c'était tout.

Lenore désigna les dessins au crayon et dit :

– Matthew a fait ça quand il était petit. Je les ai conservés.

Comme s'il était censé savoir qui était Matthew.

– Ils sont très jolis.

– Il est dans la Marine maintenant, sur un porte-avions.

Richie hocha la tête, en se demandant quel genre de gamin pouvait aimer dessiner des oiseaux et finir dans la Marine; un pauvre débile, sûrement. Du coup, il fut pris de court quand la vieille lui demanda :

– Vous êtes sur quel chantier?

– Oh, eh bien, on en a fait plusieurs...

Il valait mieux faire gaffe, avec celle-là.

Les yeux de cette femme lui rappelaient ceux de Donna, grossis par les lunettes, durs et noirs derrière la monture argentée. Elle était toute en rouge et gris : du rouge à lèvres, du rouge aux joues, et des cheveux blond-gris qui tombaient sur les épaules de son corsage à fleurs. Encore une qui se donnait des airs de petite fille, mais pas dans le même genre que Donna. Celle-là était bien plus grosse et bien plus vieille, elle ressemblait à une de ses mères adoptives qui s'appelait Jackie, qui travaillait dur avec déjà six gosses à elle dans la maison, et qui transpirait tout le temps. Elle aussi, elle avait toujours de petites gouttes de sueur qui perlaient à sa lèvre supérieure. Jackie savait quand on disait des mensonges rien qu'en vous regardant dans les yeux.

– Je me demandais si vous travailliez par hasard sur les travaux d'agrandissement du Cobo Hall.

C'est qu'elle avait l'air de drôlement s'y connaître.

– Il se trouve qu'on a bossé là-dessus ensemble, dit-il en espérant qu'elle n'était pas en train de lui tendre un piège.

Elle n'avait pas l'air d'avoir de soupçons. Mais il avait quand même intérêt à faire cesser ce bavardage avant que ça tourne au vinaigre. C'était drôle, il avait l'impression de se retrouver dans une famille d'accueil.

– Enfin, bref, ce que j'allais vous dire, c'est que ça soit vous ou nous qui envoyons le chèque, moi, je vois pas la différence. Mais le patron dit qu'il faut que ce soit nous. Peut-être parce que c'est un chèque de la compagnie. Vous vous doutez bien que c'est pas parce que le patron vous fait pas confiance. Je lui ai dit que c'était très gentil à vous de nous avoir offert de l'envoyer.

– Et moi, je vous ai dit que je n'avais pas leur adresse. Elle ne me l'a jamais donnée. Tout ce que j'ai, c'est son numéro de téléphone.

Richie éprouva une terrible envie de lui flanquer une gifle en disant « Active, putain ». Pourquoi est-ce qu'elle n'avait pas dit ça au téléphone, ça leur aurait évité le déplacement? Il dut attendre d'avoir retrouvé son calme pour lui dire d'un air surpris :

– Mais vous m'aviez pas dit ça, que vous aviez leur numéro?

– Non, pas au téléphone, dit Lenore. Je ne savais pas exactement à qui j'avais affaire. Il m'est arrivé d'avoir des problèmes avec des gens indélicats, si vous voyez ce que je veux dire.

– Je comprends, dit-il, prêt à tout lui pardonner à présent que ça semblait si facile. On n'est jamais trop prudent.

– Au moindre appel suspect, je contacte le Bureau des Réclamations. Ils sont là pour ça.

– Je ne vous blâme pas, dit-il, sans comprendre de quoi elle parlait, mais pressé d'en finir. Bon, eh bien, je ne vois plus de problème. Vous savez qu'on est une grande famille. Les charpentiers, c'est la force de l'Amérique, et on se tient tous les coudes. Appelons-les pour avoir cette adresse et envoyer son chèque à Wayne.

– Et les charpentiers, ce sont aussi les plus grands soiffards de toute l'Amérique, dit-elle. Si vous lui donnez ce chèque, vous savez ce qu'il va en faire, hein? Le dépenser au premier bar venu.

– Vous voulez dire que Wayne boit?

– Vous en connaissez qui ne boivent pas, dans ce métier?

– J'y touche à peine moi-même, dit Richie, qui pensa « Bon Dieu, c'est pas vrai, tout ce qui l'inquiète... » (Il acheva à voix haute :) Tout ce qui vous inquiète, c'est qu'il aille le boire?

– Ce que je vois, dit Lenore, c'est que s'il n'a pas d'argent en plus, il aura moins de tentations, et vous savez, il n'a pas une grande force de caractère. Je ne vois pas pourquoi je rendrais la vie de ma petite fille encore plus infernale, avec tout ce qu'elle endure déjà.

Bon dieu, ça, c'était une bonne femme qui pouvait vous foutre une vie en l'air rien qu'en sachant ce qui était bon pour vous.

Richie se sentit sur le point de lui faire mal. Demande-lui le numéro, et si elle refuse, tords-lui le bras, jusqu'à ce qu'elle cède. Ou attrape à pleine main cette peau qui pendouille de son vieux cou ridé et tords-la. Il ne la frapperait pas. Il n'avait jamais frappé une femme de son poing. Oh, une fois ou deux peut-être. Il avait cogné sur Laurie, la fois où il essayait de savoir si elle baisait avec Kevin; mais c'était autre chose, il était marié avec elle. Il se demandait ce qu'il pourrait bien faire, lui arracher ses vêtements, pour commencer...

– Je n'accepterai de donner ce coup de fil qu'à une condition, déclara Lenore au moment où Richie se voyait déjà en train de déchirer son corsage à fleurs. La condition, c'est que c'est Carmen qui décide. Si elle me dit de lui envoyer le chèque, qu'elle en a besoin, alors d'accord, pas de problème. Mais je n'en parlerai pas à Wayne si c'est lui qui répond, et je ne vous laisserai pas lui parler non plus.

– D'accord, dit Richie soulagé et presque pris d'un élan de tendresse, tandis qu'ils se dirigeaient vers le téléphone et que la vieille se penchait pour prendre son carnet d'adresses.

Il posa la main sur l'étoffe tiède et moite qui lui couvrait le dos et lui donna deux ou trois petites tapes.

– Vous n'avez jamais souffert du dos? dit Lenore. Le mien me tue.

Il déplaça la main le long de sa colonne vertébrale, tâtonnant :

– Où ça? Là?

Ferris se tenait sur le seuil de la porte d'entrée : mains sur les hanches, sans veste cette fois, mais avec une chemise blanche au col ouvert, aux manches courtes retroussées pour mieux exhiber ses biceps, et un gros revolver bien haut sur sa hanche droite.

« Une caricature », pensa Carmen. Regardez-moi bien, Ferris Britton, Marshal adjoint. Assez con pour faire une star de télévision, dont il avait les cheveux ondulés, la stature, le sourire gamin artificiel... Le seul problème, c'est que lui, il était bien réel.

– J'ai sonné.

Carmen attendit.

– Vous m'avez entendu, non? Vous pourrez pas dire que je suis entré comme dans un moulin.

– Ah bon? Je n'avais pas remarqué qu'on vous avait ouvert la porte.

Elle se tenait entre la fenêtre et le canapé, à demi tournée vers lui, les bras croisés, prenant la pose, elle aussi.

– Je suis même sûr que vous m'avez vu arriver. Ernie, tu m'as entendu sonner, pas vrai?

– Ouais, j'ai entendu, dit Molina en se rasseyant.

– Alors, pourquoi tu n'es pas venu ouvrir?

– Je n'habite plus là.

– Je ne dis pas le contraire, Ernie, mais tu aurais quand même pu venir ouvrir, non?

Ferris sérieux était aussi emmerdant que Ferris souriant.

– La raison pour laquelle je n'ai pas ouvert, intervint Carmen, c'est parce que je ne voulais pas vous voir. C'est clair, non?

– Et pourquoi pas?

– Qu'est-ce que ça peut vous faire? Partez, c'est tout. Allez-vous-en, vous, vos épaules et vos boucles.

Ferris se passa la main dans les cheveux en fronçant les sourcils.

– Mes boucles? Bon sang, qu'est-ce que c'est que ces salades? Avec ça que j'ai déjà un compte à régler avec vous, ma petite dame, pour avoir appelé Detroit à mon sujet. J'adore ça, qu'on me fasse des emmerdes. J' leur ai fait, bon, pourquoi est-ce que personne m'a dit qu'il n'y avait aucune charge contre ce type? (Il s'adressa à Molina :) Son vieux, je parle. T'as déjà entendu parler d'un témoin sous protection qui ait pas les mains sales? Moi pas.

Le téléphone sonna dans la cuisine, dans le dos de Ferris. Il leva la main.

– Je le prends – que personne ne bouge. Ça doit être pour moi. Et si c'est pas pour moi, ça doit être un faux numéro. (Il laissa passer encore une sonnerie avant de se diriger vers l'appareil :) Combien vous pariez?

Carmen voulut le suivre, mais Molina l'interrompit :

– Vous fatiguez pas.

Elle hésita et revint lentement vers lui.

– Je suis *chez moi.*

– Je sais. Et il entre, répond au téléphone, regarde dans le frigo et se plaint quand il n'y a pas de jus d'orange au frais...

Une autre sonnerie retentit.

Carmen se figea, écoutant, puis ressentit le besoin de bouger, de s'occuper. Elle regarda Molina, avec ses cheveux impeccables, sortir son paquet de cigarettes. Il avait l'air à l'aise, avec un marshal dans la maison, en train d'exhaler lentement sa fumée.

– Vous n'aviez pas besoin de ça, dit-il.

– A qui le dites-vous!

– Calmez-vous. Ne vous énervez pas, mais faites attention à lui, aussi. Quand je dis que vous n'aviez pas besoin de ça, je parle de la protection fédérale. Vous avez deux types aux trousses, eh bien, allez ailleurs, où vous voulez, vous n'avez pas besoin de rester ici. Mais n'en parlez à personne.

Carmen contourna la table basse et s'assit. « Pourquoi pas? Vendre le pick-up, sauter dans la voiture et ficher le camp », pensa-t-elle.

– Mon mari a un nouveau boulot. Il se plaît ici.

– Et après? Pas vous. Dites-lui que vous en avez assez de ce merdier, que vous voulez partir. Allez où vous voulez, en Californie, par exemple. Vous savez ce qu'il veut, ce petit con de marshal, non? Ce qu'il va venir vous demander d'ici peu – si ce n'est pas déjà fait –, ajouta Molina en baissant la voix.

– Eh bien, j'avais raison, dit Ferris en revenant. C'était un faux numéro. Ils ont appelé deux fois. La deuxième – vous m'avez pas entendu? – je leur ai fait : « Hé, je viens de vous dire qu'il n'y avait personne de ce nom ici. » (Il s'approcha de la table basse :) Alors, de quoi vous parliez? Encore en train de déblatérer sur mon compte, Ernie? Merde, je croyais être débarrassé de toi, et te revoilà.

– La femme de Mr Molina a oublié quelque chose, dit Carmen, et il est passé le prendre.

– Oh, c'est vrai, c'est *Monsieur* Mo-liii-na, dit Ferris en faisant un clin d'œil à Carmen. J'oublie toujours à quel point il est important, un témoin à charge contre la Mafia, et je l'appelle Ernie, tout bêtement. Hein, Ernie? Qu'est-ce qu'elle a oublié, Roseanne, son diaphragme?

Carmen regarda Molina, qui ne prit même pas la peine de

répondre. Ferris contourna la table pour s'approcher et le toiser de toute sa hauteur.

– Alors, vous vous êtes remis ensemble?

– Ça va bien.

– Mince, ça m'étonne. A voir ce qu'elle faisait, je me disais soit qu'elle en avait assez de toi, soit que tu lui en donnais pas assez. (Il regarda Carmen.) Roseanne aimait bien avoir de la compagnie. Quand ce vieux Ernie tenait son bar, elle m'appelait : « Hé, qu'est-ce tu fous? Pourquoi tu passerais pas prendre un verre? Moi et Bitsy on est toutes seules ici. » Elle et son foutu cabot. Vous avez toujours Bits, Ernie? Personne lui a encore mis un coup de tatane dans ses petites quenottes?

– On l'a toujours, oui.

Molina tira sur sa cigarette, souffla la fumée dans un grand soupir et Ferris se mit à agiter la main.

– Ernie, qu'est-ce que tu fais? (L'air déçu, il regarda Carmen :) J'ai tout fait pour qu'il arrête depuis qu'on m'a nommé ici. Ernie, tu sais bien que c'est pas bon pour toi, de fumer.

Carmen le vit saisir la perruque de Molina, tirer dessus et la soulever. Molina ne bougea pas.

– Ça fait tomber les cheveux, voilà ce que ça fait, dit Ferris en inspectant la perruque comme un petit animal. Ça, c'est le résultat de toute une vie de tabac.

Molina leva un instant les yeux vers Ferris. Carmen l'observa. Il lui rendit son regard et haussa les épaules. Carmen se leva du canapé. « Vous allez où? » demanda Ferris tandis qu'elle sortait du salon et traversait l'entrée en direction de la cuisine. Elle le sentit dans son dos au moment où elle atteignait la table pour décrocher le téléphone.

– Vous voulez appeler qui?

– La police.

– Hé, une minute. Je suis quoi, à votre avis?

– Le plus grand connard que j'aie jamais rencontré, dit-elle en composant le numéro.

Il saisit le fil du téléphone.

– Je vais l'arracher.

Carmen reposa le combiné. Elle resta debout, appuyée à la table, tournant le dos à Ferris. Elle sentit son après-rasage, et aussi ses mains qui glissaient le long de ses épaules.

– Ce n'est pas gentil, de dire des choses comme ça, chuchota-t-il dans son cou. Vous voulez que je lave votre petite bouche avec du savon? Et vos petites oreilles, aussi, et votre petit cou? Je peux vous laver partout où vous voulez, vous savez. Qu'est-ce que vous en dites?

– Vous êtes sûre d'avoir fait le bon numéro? répéta Richie.

– J'ai été opératrice à la Michigan Bell pendant vingt-cinq ans. Je ne fais pas de faux numéros.

– Et vous êtes certaine de l'avoir bien noté...?

– Ecoutez un peu. J'ai l'habitude des chiffres. Si on me donne un numéro à sept chiffres, je me le plante dans la tête jusqu'à ce que je le note. Et celui-là, là, je vous garantis qu'il est bon.

Il regarda par-dessus son épaule tandis qu'elle restait penchée sur le bureau, les mains posées à plat dessus, examinant le numéro.

Elle avait dit qu'ils étaient quelque part dans le Missouri. A Saint Louis? Non, ce n'était pas ce nom-là. Richie n'était jamais allé dans le Missouri. Il connaissait Saint Louis, mais c'était dans l'Illinois. Saint Louis, putain, quelle ville, il fallait attendre son tour pour commettre un délit, mais il garda ça pour lui.

Cette femme n'était pas stupide. Elle savait qu'un truc n'allait pas, et elle le formula même à haute voix, plus pour elle que pour lui.

– Il y a quelque chose qui ne va pas.

– Vous avez dit que vous aviez eu des ennuis avec votre téléphone.

– Avec des types qui appelaient, pas avec l'appareil. Je vous l'ai dit : j'en ai parlé au Bureau des réclamations, et ils ont piégé ma ligne.

– Ils l'ont mise sur écoute?

– Non, mais ça enregistre le numéro qui appelle le mien. C'est comme ça qu'on pince les obsédés des coups de fil obscènes.

– Vous en avez déjà eu?

– Oui, j'ai le regret de le dire.

– Qu'est-ce qu'il a fait, il vous a raconté des cochonneries?

– Le couteau sous la gorge, je ne pourrais pas répéter un mot de ce que cet homme m'a dit.

– On se demande vraiment ce que ces gars-là ont dans la

tête. Pourquoi ils deviennent des pervers. Attendez, laissez-moi vous aider.

Lenore gémit en essayant de se redresser. Richie l'attrapa sous les bras et la souleva.

– Je ne devrais jamais me pencher autant, dit-elle. C'est comme si on m'enfonçait une lame dans le dos.

– Ça, c'est une douleur sacro-iliaque. Je pourrais vous faire un massage. J'ai appris ça d'une de mes mères adoptives, qui s'appelait Jackie. Elle était plus ou moins masseuse avant, elle s'occupait d'handicapés. On va vous allonger sur le divan... Ou plutôt non, par terre, là, sur le tapis. Je vais vous mettre un coussin sous la tête, vous serez mieux.

Lenore posa lentement ses mains et ses genoux sur le sol du living. Puis elle regarda Richie ôter son blouson de charpentier.

– Vous êtes sûr que vous savez ce que vous faites?

– Oui, M'dame.

– Vous n'allez pas me faire mal, au moins?

17

Carmen ouvrit les yeux, vit la lampe allumée et Wayne agenouillé au bord de son lit, la regardant, attendant.

– Tu dors?

– Plus maintenant. Quelle heure est-il?

– 2 heures et quart.

– Vous avez dû faire la fermeture.

– Tu parles, on est tout juste arrivés pour la dernière tournée. J'ai bossé depuis ce matin jusqu'à il y a à peine deux heures. J'ai dîné à bord du remorqueur, ce n'était pas mal non plus.

Carmen sentait le savon de Wayne. Elle regarda son visage et eut envie de toucher cette peau rude toute propre. Il avait l'air épuisé.

– Pourquoi tu ne m'as pas appelée?

– J'ai essayé. Mais j'avais oublié le numéro et l'opératrice n'a pas voulu me le donner parce qu'il est sur la liste rouge. Je lui ai dit : « Enfin, c'est chez moi! », mais elle n'a rien voulu savoir.

– J'ai appelé le chantier quand je ne t'ai pas vu revenir. Je ne sais pas qui m'a répondu, mais on m'a dit qu'on ne t'avait pas vu de la journée.

– Le contremaître savait où j'étais, lui. (Wayne sourit.) C'est pour ça que tu n'as pas l'air contente, hein? Je vais te montrer mon bleu de travail, tu vas voir que je n'étais pas en train de draguer. Tu sais où j'étais? Sur le *Curtis Moore*, le petit remorqueur. On a ramené quelques péniches de Westlake, et on a formé un train. Elles vont partir à l'aube, dans quatre heures environ. C'est le bateau que j'ai aidé à réparer.

– Ta nouvelle vie.

– Oui, c'est ce que je me dis, quelquefois. Quand tu parles à des types qui sont sur le fleuve depuis un moment, il ne leur viendrait plus à l'idée de faire autre chose.

– Ils ne savent peut-être rien faire d'autre.

– Non, c'est plus que ça. Je crois que le fleuve vous prend.

Carmen tourna les yeux vers lui. Il reprit :

– Oui, tu as raison, c'est une vie. Pas seulement le fleuve, mais les villes où on s'arrête, tout ça... Comme quand ils parlent de passer le Memphis Bridge en venant du sud, il faut longer la Nationale 40, serrer Mud Island et se diriger vers le *High-Rise Motel*. C'est comme conduire sur la route, sauf que tu pousses un train de péniches de trois cents mètres devant toi.

– C'est autre chose que de marcher sur une charpente métallique.

– C'est autre chose, ouais, mais on a la même impression de... de faire quelque chose, tu vois. Ce n'est pas seulement un boulot où tu touches ta paie, tu rentres à la maison, tu te fais griller un steak et tu poses tes fesses en te disant : « Merde, faut que j'aille bosser demain. »

– Tu t'es déjà fait griller des steaks, toi?

– Enfin, tu vois ce que je veux dire.

– C'est du sérieux, dit Carmen.

– Ouais. Ce n'est pas comme un immeuble qu'on peut toujours regarder après, mais on sent qu'on a vraiment fait quelque chose.

– Comme aujourd'hui, par exemple?

– Ouais, assembler ce train de péniches, tout préparer... (Il s'arrêta net :) Et toi, tu as fait quoi, aujourd'hui?

Il se souvenait d'elle, d'un seul coup. Quelquefois, c'était au moment où elle s'y attendait le moins. Elle se sentait bien, alors, il n'y avait pas de quoi s'inquiéter.

– Tout d'abord, continue.

– Eh bien, ce matin, j'étais dans la cale sèche, et un bateau de la compagnie arrive avec un train de barges. Ils viennent de Burlington, dans l'Iowa, avec un chargement de grains qu'ils doivent livrer à la Nouvelle-Orléans à une date donnée, parce qu'un autre bateau attend là-bas. Un truc urgent, quoi. Mais ils ont aussi huit péniches de charbon qu'ils sont censés amener au Caire, dans l'Illinois. Mille tonnes de charbon par péniche, c'est du sérieux. Seulement, s'ils s'arrêtent au Caire, ils n'arriveront pas à temps à la Nouvelle-Orléans... Tu m'écoutes?

– Mille tonnes de charbon par péniche.

– Mais ça va, toi? Tu as l'air fatiguée.

– Je le suis! Je venais tout juste de m'endormir quand tu es rentré.

– Tu faisais quoi?

– J'étais au lit, en train d'essayer de dormir. Je réfléchissais.

– Tu veux qu'on s'en aille, hein?

– Quand tu seras prêt.

– Tu sais où on pourrait aller? A Saint Louis, à cent soixante kilomètres d'ici. Burlington, là où ils ont chargé le grain, est à peu près à trois cents bornes. En tout cas, il faut qu'ils arrivent à temps à la Nouvelle-Orléans, alors ils vont laisser les huit péniches de charbon ici pour le *Robert R. Nally,* le bateau où j'ai bossé. Il est réparé maintenant, prêt à partir. On a amené huit barges de cailloutis depuis la carrière de Westlake avec le *Curtis Moore,* ce qui fait qu'on se retrouve avec un train de seize barges. Bon, alors ils vont larguer le charbon au Caire et amener le cailloutis jusqu'en Louisiane. C'est pour les façades. Tu vois, le gouvernement n'autorise plus les entrepreneurs à prendre des coquillages pour faire leur béton, alors ils prennent du cailloutis à la place.

Il s'interrompit et Carmen attendit, sachant qu'il lui restait quelque chose à dire.

– Et alors...? finit-elle par l'encourager.

– Ils m'ont demandé si je voulais y aller.

– Et tu y vas?

– Le contremaître est d'accord. Je peux descendre où je veux, et après, attraper un train qui remonte vers le nord.

– C'est le vocabulaire du fleuve, ça?

– Quoi donc?

– Attraper un train?

– Sais pas. Ça ne serait que pour quelques jours.

– Alors, pourquoi tu ne le fais pas?

– Je suis en train d'y réfléchir.

– En tout cas, s'ils partent ce matin...

– Dans quatre heures, environ.

– Tu ferais mieux de dormir un peu.

– Je me disais que je pourrais peut-être dormir avec toi. Ça fait un moment, maintenant, et si je m'en vais...

– On a fait l'amour la nuit dernière, dit-elle. Tu ne t'en souviens pas?

Il la contempla un moment, et réfléchit :

– La nuit dernière? Hum, non, c'était la nuit d'avant, quand tu m'as jeté ta bière à la figure. Enfin, bon, si tu peux attendre, moi aussi.

Il l'embrassa sur le front, grimpa dans son lit et lui dit dans le noir :

– On pourrait faire une croix sur le calendrier chaque fois qu'on le fait. Comme ta mère.

Et il trouvait ça drôle. Bien sûr que c'était drôle, lui dirait-il. « Tu prends tout trop au sérieux. »

Elle l'écouta ronfler, s'efforçant de ne pas lui en vouloir de pouvoir s'endormir à volonté.

Parfois elle disait quelque chose de vraiment drôle qu'il ne comprenait pas, mais à part ça c'était elle qui manquait d'humour. Ou qui était trop sensible. « Si c'est comme ça que ça qu'on dit », disait Wayne. La sensibilité, il s'en méfiait comme de la peste. Quand elle avait des problèmes à l'agence, qu'un type essayait de lui piquer ses contrats, elle n'osait pas toujours lui en parler. Il lui disait :

– Eh bien, règle tes comptes ou laisse tomber, mais ne geins pas.

Maintenant, elle avait Ferris sur le dos, qui fourrait ses mains partout, qui lui avait dit qu'il allait revenir, qu'il regarderait si sa voiture était là et qu'il passerait quand elle serait chez elle; qui lui avait dit qu'il avait tout son temps, et que quand elle le connaîtrait mieux... Mais si elle en parlait à Wayne, elle avait peur qu'il ne lui tombe dessus, et qu'il s'attire des ennuis pour avoir menacé ou frappé un officier fédéral. Ou craignait-elle au contraire qu'il se contente de lui dire qu'elle se faisait des idées? Pourquoi est-ce qu'un type irait draguer une femme qui avait dix ans de plus que lui? Non, sept ans. D'accord, sept ans... Un beau mec, qui ne devait pas avoir de problèmes pour se trouver des nanas. Wayne dirait que pour ça, être un crétin ne constituait pas un handicap. Mais toute son intelligence ne l'aidait pas plus à résoudre son problème, elle qui avait accumulé les mentions très bien au bac. Si elle lui parlait de Ferris ce soir, Wayne pouvait aussi décider qu'il fallait régler ça tout de suite, et il manquerait son bateau. Alors quoi, tu veux jouer les martyres? se dit-elle.

Puis elle pensa à sa mère. Elle ferait aussi bien de l'appeler dès demain.

Cette histoire de faire une croix sur le calendrier chaque fois qu'on faisait l'amour, c'était son père à elle qui en avait parlé à Wayne. Sa mère n'avait jamais dit un mot là-dessus. La façon dont Wayne avait raconté ça à Carmen :

– Ton père m'a dit : « Tu comprends, pendant toutes mes années de mariage on a utilisé la méthode Ogino. Ça te faisait à peu près une semaine tranquille dans le mois. Du coup, on a fini par appeler ça la Semaine du Sexe, nous et les copains. Le problème, c'est que ta femme utilisait ça comme une arme. Par exemple, on est dans une soirée, elle veut rentrer et pas toi, tu t'amuses bien. Et elle te chuchote à l'oreille : « On rentre à la maison tout de suite, mon pote, sinon tu peux faire une croix dessus jusqu'au mois prochain. » T'as intérêt à te décider vite fait. T'as envie de prendre une bonne cuite et de bien te marrer? Si tu fais ça, t'as un mois à attendre avant de pouvoir baiser. Ça a duré comme ça pendant des années. Et puis un soir, j'étais pas bien, constipé, assis dans les chiottes en train d'attendre que ça sorte. Lenore me fait à travers la porte : « Si tu veux avoir des rapports sexuels – c'est comme ça qu'elle appelait ça, « des rapports sexuels » – tu as intérêt à venir tout de suite. » Je suis resté assis sur mes chiottes à réfléchir et je me suis dit, la Semaine du Sexe, terminé. Plus jamais. J'ai quitté la maison le lendemain matin et on a divorcé.

– Et là, avait dit Wayne, je lui ai fait : « Ouais, mais il y a un truc que vous ne m'avez pas dit : est-ce que vous avez eu des relations sexuelles cette nuit-là? » Et ton père m'a fait : « Pourquoi pas? »

C'était peut-être drôle, après tout.

Wayne dégringola du lit en disant :

– Bon dieu, ce que je suis en retard! Je vais jamais y être à l'heure.

– Le réveil avance, le rassura Carmen en le regardant, debout dans son peignoir. Le café est prêt. Tu veux autre chose, un sandwich?

– Pourquoi tu ne m'as pas réveillé?

– J'ai essayé deux fois, et puis je me suis dit bon, s'il veut attraper son bateau il va se lever. Sinon, tant pis. C'est bien comme ça que tu verrais les choses, non?

Moins de dix minutes plus tard, il était dans la cuisine, un bleu de travail propre sur l'épaule. Carmen était assise devant des toasts et du café, regardant tomber la bruine.

– Je n'arrive pas à mettre la main sur mes putains de clés. J'ai acheté des gants neufs, et je ne les trouve pas non plus.

– Tes gants sont sur le réfrigérateur.

– Je sais qu'elles ne sont pas restées dans le pick-up, puisque j'ai ouvert la porte avec ma clé. (Il resta planté là à passer la cuisine en revue :) Merde, j'ai aucune idée de l'endroit où elles peuvent être.

– Je t'ai préparé un sandwich à la viande. Assieds-toi et bois ton café.

– Non, il faut que je me sauve. Ecoute, il va falloir que je prenne la voiture. Ça t'ennuie?

– Mais tu n'es pas garé derrière elle, dans l'allée?

– Je peux contourner le pick-up. Je me fous éperdument de rouler sur cette pelouse de merde.

– Et si j'ai besoin de sortir?

– Ecoute, les clés du pick-up sont quelque part dans le coin, je sais que tu vas les retrouver, tu es douée pour ça.

Il s'approcha, attrapa son sandwich, en prit une bouchée et embrassa Carmen.

– Je t'appellerai quand on arrivera au Caire. Ça devrait être assez tôt dans l'après-midi.

– J'aimerais mieux que tu me donnes une heure plus précise.

– Pas tard, pas après 2 heures, en tout cas.

Il sortit de la cuisine, et revint en courant au bout d'une minute :

– Dis-donc, tu sais où sont les clés de la bagnole?

Carmen était sûre et certaine que Ferris allait passer ce jour-là. Elle était résolue, dès qu'elle verrait la Plymouth crème s'engager dans l'allée, à appeler la police de Cape Girardeau, dont elle savait le numéro par cœur. Ou alors, elle sortirait par-derrière et irait se cacher dans les bois. Le problème, c'est qu'il lui fallait d'abord trouver les clés de Wayne et appeler sa mère, et elle ne voulait pas être à quatre pattes sous un meuble ou pendue au téléphone quand elle entendrait Ferris entrer comme chez lui. Ça, c'était terminé. Elle pouvait sortir appeler sa mère d'une cabine, mais il fallait d'abord retrouver ces foutues clés. Sauf qu'il était difficile de chercher des clés tranquillement quand on passait son temps à courir à la fenêtre. Elle se décida à appeler sa mère. Ce serait toujours ça de fait.

Elle s'assit à la table de la cuisine, composa le numéro, s'éclaircit la gorge et attendit. La sonnerie résonna plusieurs fois : « Allez, dépêche-toi un peu. » Elle se leva et emporta l'appareil aussi loin que le fil le lui permettait. De là, elle pouvait voir le salon et le spectacle qu'offrait sa grande baie vitrée : le bout d'un lotissement mal fini où ne passaient que quelques rares voitures. Elle regarda la route devant la maison et les arbres qui la bordaient, dans ce matin brumeux et pluvieux, tandis que le téléphone continuait de sonner. « Encore un coup, et je raccroche. » Mais elle laissa sonner encore deux fois tout en contemplant la fenêtre, et sursauta lorsqu'elle entendit sa mère :

– *Qui* est à l'appareil?

– C'est moi, m'man.

– Mais où es-tu?

– Au même endroit. Je te dérange?

– J'étais par terre, les jambes sur une chaise. C'est la seule chose qui me soulage un peu, de rester allongée sans bouger.

– C'est quoi, une de tes crises?

– J'ai dû me traîner à plat ventre jusqu'au téléphone. Mon dos ne m'a jamais autant fait souffrir.

– Je suis vraiment désolée, M'man. C'est toi qui m'as appelée hier?

– J'ai appelé deux fois. Tu m'as donné un faux numéro. J'ai eu horriblement mal depuis que cet homme m'a fait un massage. Oh, Seigneur, quand j'essaie de bouger...! Il faut que je me traîne jusqu'aux toilettes. Je n'en ai pas fermé l'œil de la nuit.

Carmen fixait la fenêtre du salon.

– Qui ça? Qui t'a fait un massage?

– Un homme de la compagnie pour qui Wayne travaillait au moment où vous êtes partis. Ils voulaient lui envoyer son chèque.

– Mais il est passé le prendre, j'en suis pratiquement sûre.

Sa mère gémit :

– Je n'ai jamais eu aussi mal de ma vie. Ça doit s'entendre à ma voix, je suppose. C'est une véritable torture, chaque fois que j'essaie de bouger.

– Enfin, M'man, tu laisses un homme te faire un massage et tu ne sais même pas son nom?

– Il avait l'air gentil, il m'a dit qu'il avait appris par une masseuse. Seulement maintenant, je ne peux plus marcher, je ne peux même plus m'habiller ni prendre un bain. Quelle idée aussi de me laisser toucher par un monteur en charpentes métalliques! J'aurais dû m'en douter. Et je ne vais pas aller à l'hôpital, crois-moi. Quand on voit comment ils vous traitent là-bas...! Enfin, si je reste allongée par terre et que j'essaie de ne pas bouger... Et puis, il fait un froid de chien dans cette maison, il faut que j'aille voir si je peux atteindre le thermostat pour monter le chauffage. Mais quand je lève les bras, ça me tue, tout simplement.

– M'man, tu sais bien que si j'étais à la maison je viendrais tout de suite. Mais je suis à plus de mille kilomètres.

Une voiture apparut devant la baie vitrée, qui passa lentement le long de la maison. Une voiture de couleur claire.

– Et ça te prendrait combien de temps pour venir?

Carmen fixait la fenêtre maintenant vide.

– Pas plus d'une journée, non? Carmen...?

– Je ne peux pas tout laisser tomber comme ça. Wayne est parti travailler.

– Mais je n'ai pas besoin de Wayne! Tu as ta voiture, il me semble?

– Il doit bien y avoir quelqu'un que tu peux appeler, une de tes amies, non?

– Mais qui? Elles travaillent, ou elles ont des bébés, ou des maris à s'occuper. Les docteurs ne viennent pas quand on les appelle, et pour le bien qu'ils vous font, de toute manière... On les attend pendant des heures, ils vous griffonnent une ordonnance...

La voiture réapparut. Une Plymouth couleur crème, celle de Ferris, sans aucun doute, qui repassait lentement dans l'autre sens. D'où elle était, elle n'arrivait pas à voir l'allée. La voiture avait disparu, mais elle pouvait très bien s'être engagée dans l'allée.

– Ils vous donnent des soi-disant calmants qui ne calment rien du tout, pas mes douleurs à moi, en tout cas. Si tu avais jamais souffert du dos comme ça, tu saurais de quoi je parle.

Enfin, je vais essayer de monter ces escaliers et d'aller au lit. J'ai ce matelas extra-dur avec une planche dessous...

– M'man, je vais être obligée de te laisser.

– Ce n'est pas que ça m'ait vraiment réussi la nuit dernière, et je ne peux pas rester tout le temps là-haut, mais je ne vois vraiment pas quoi faire d'autre.

– Maman!

– Quoi?

– Il y a quelqu'un ici. Je te rappelle, d'accord?

– Qui c'est?

– Je te rappelle dès que je peux.

Carmen posa le téléphone par terre et se rua dans la salle de séjour.

Dans l'allée, il n'y avait que le pick-up de Wayne.

Aucune Plymouth crème n'était en vue.

Carmen demeura près de la fenêtre, certaine que Ferris allait revenir, voulant être prête mais préoccupée par les clés du pick-up : impossible de sortir de là sans elles.

Elle avait fouillé dans tous les endroits imaginables où Wayne aurait pu laisser tomber un trousseau de clés avec une médaille de St Christophe. Elle avait retourné les poches de son bleu sale, du pantalon et de la chemise qu'il portait la veille, regardé sur le dessus du réfrigérateur, où il avait encore oublié ses gants neufs, et même dans le freezer. Elle se l'imagina rentrant la nuit précédente : il avait dû aller éteindre dans la cuisine, peut-être s'y prendre une bière – mais sans doute pas hier soir – et enfin monter dans la chambre. Elle recommença, l'imagina sur le pas de la porte, et s'arrêta net, presque certaine de l'endroit où se trouvaient les clés.

Elles étaient dans la serrure de la porte de la cuisine, la porte elle-même entrouverte, telle que Wayne avait dû la laisser ce matin quand il était parti en courant.

Carmen troqua son jean contre un solide pantalon beige. Elle resta plantée au milieu de la chambre, en soutien-gorge, tâchant de décider ce qu'elle allait mettre en haut, un corsage, une chemise, désireuse de sortir de là au plus vite. Incapable de prendre une décision, elle courut dans le salon, toujours en soutien-gorge, et sentit ses cheveux se dresser sur sa tête.

La Plymouth de Ferris remontait Hillglade Drive.

Elle la vit ralentir et glisser lentement devant la maison, ses essuie-glaces en marche, les vitres striées de pluie, avec une forme à l'intérieur qui devait être Ferris. La voiture continua et disparut derrière un bouquet d'arbres.

Elle se rapprocha de la fenêtre et resta là quelques minutes, se demandant pourquoi il ne s'était pas arrêté. La seule raison imaginable, c'est qu'il avait vu le pick-up dans l'allée, et pensait que Wayne était à la maison.

Peut-être était-il plus risqué de partir que de rester, alors. Elle tourna une chaise face à la fenêtre et s'assit. Dix minutes plus tard, le téléphone se mit à sonner. Carmen ne bougea pas.

Vers midi, la pluïe cessa.

A midi et demi, la Plymouth crème remonta Hillglade Drive et longea la maison. Cette fois, la vitre du conducteur était baissée, et elle aperçut Ferris au volant, avec des lunettes noires, qui regardait en direction de la maison.

Un quart d'heure plus tard, le téléphone sonna. Carmen ne répondit pas.

Ferris repassa à 1 heure et demie. Elle était certaine qu'il allait s'arrêter. La voiture marqua un arrêt à l'entrée de l'allée, avant de poursuivre son chemin. Elle attendit le téléphone, mais il ne sonna pas.

A 2 heures, elle remit son jean, ôta son soutien-gorge, enfila un haut à col roulé sous une chemise blanche et retourna à la fenêtre pour guetter et réfléchir encore un peu, bien qu'elle sût déjà ce qu'elle allait faire; elle en avait plus qu'assez de guetter, et plus qu'assez d'être ici.

Si bête que soit Ferris, il pouvait découvrir que Wayne était quelque part sur le fleuve, à bord d'un remorqueur. Et même s'il pensait que Wayne était à la maison, il pouvait sonner à la porte pour s'en assurer, ou même entrer sans s'annoncer – pourquoi aurait-il peur de Wayne? Et si elle le voyait remonter Hillglade Drive, à quoi servirait d'appeler la police de Cape Girardeau? C'était son droit. Il pouvait même entrer dans la maison, il était chez lui. Il aurait fallu qu'ils le prennent en train de lui arracher ses vêtements...

Elle se rendit dans la cuisine, prit le téléphone, composa un numéro et attendit.

– *Qui* est à l'appareil?

– C'est moi, M'man. Je rentre.

– Eh bien, ce n'est pas trop tôt. Est-ce que tu regardes « Les deux font la paire »?

– Non, pas pour l'instant.

Carmen déplaça l'appareil aussi loin qu'elle le put pour regarder par la fenêtre du salon.

– Ils sont en train d'interviewer des couples qui vivent ensemble, et des fiancés qui disent que... enfin, qu'ils ne veulent pas avoir de relations avant le mariage. Ils montrent une des filles en gros plan et on voit le mot VIERGE qui s'inscrit sur l'écran, comme pour dire : « Allez-y, regardez bien, c'est une vierge », comme une bête curieuse. Tu te rends compte, un peu? Tu n'as pas vu ça? Tu as manqué quelque chose.

– M'man, je rentre à la maison. Dès que j'ai des nouvelles de Wayne.

18

Dans la cabine, le capitaine du *Rovert R. Nally* dit à Wayne :

– Mettez votre main sur votre poitrine, à égale distance de votre cou et de votre nombril. Et maintenant, regardez votre coude. Vous verrez le genre de tournant que je dois prendre quand on arrive à Gray's Point, si je veux éviter de planter mes barges sur un banc de sable. Autrement, tout le bazar va partir dans tous les sens, et je serai dans la merde, hein?

Alors qu'ils approchaient du pont de chemin de fer de Thebes, enfermés dans la pluie et le brouillard, le capitaine lui raconta que c'était là que les mariniers avaient intenté un procès aux compagnies de chemin de fer pour avoir obstrué le fleuve. Abe Lincoln avait plaidé pour le chemin de fer, et c'étaient les partisans de la vitesse qui avaient fini par gagner. « Il faut bien avoir des ponts, non? » dit Wayne.

– En 1948, raconta le capitaine, j'étais matelot sur le *Natchez* quand il a heurté le pont de Greenville et qu'il a coulé par trois cents mètres de fond. Douze noyés. Abe Lincoln a peut-être libéré les esclaves, mais il n'a pas fait grand-chose pour les mariniers.

Le capitaine, en costume cravate, était à la barre, manœuvrant ses commandes chromées et fixant droit devant lui une étendue de barges équivalant à trois terrains de football cachée par la brume. Il avait beau disposer d'un radar, et de deux matelots à l'avant du train munis de talkie-walkies, il restait difficile de passer un pont en plein brouillard, de sorte qu'un voyage de huit heures pouvait facilement en faire dix.

Wayne buvait du café avec le capitaine dans la cabine, avec l'ingénieur en chef dans le halètement des diesel, avec le second et les deux matelots de repos à la longue table de la salle à manger. Du café au déjeuner aussi, et une tarte pour le dessert, avec la cuisinière qui voulait savoir s'il la préférait tiède ou froide. La longue table lui rappela tout d'abord une baraque de chantier à l'heure du casse-croûte, sauf que les types parlaient de l'équipe des Cardinals et des Cubs au lieu des Jays et des Tigers, et que les matelots étaient des jeunes qui faisaient du bruit et riaient à des blagues idiotes.

Le second, qui faisait le fleuve depuis vingt ans, était penché sur sa tasse de café, qu'il tenait à deux mains sur la table. Quand il se leva, il demeura voûté, un de ces types maigres avec des épaules osseuses et des cheveux noirs peignés en arrière comme Wayne en voyait dans les bars sordides du centre quand il descendait de son échafaudage d'acier. Le second lui dit que ce boulot lui convenait, il aimait bien bosser trente jours d'affilée et en avoir trente de congé. Il allait descendre au Caire voir sa copine, qui était pour l'instant dans un Centre d'éducation surveillée. Wayne lui demanda s'il avait envie de passer pilote, et l'autre lui répondit qu'il connaissait le fleuve et le Code de navigation par cœur, mais que ces connards de fonctionnaires ne voulaient pas lui donner de permis parce qu'il n'avait qu'un œil, l'autre était en verre. Un des matelots remarqua que le second avait autant de chances de se retrouver un jour à la barre que de voir du poil lui pousser sur la langue. Ça fit hurler de rire l'autre matelot, et le second quitta la table. Les matelots expliquèrent à Wayne que le second venait de se faire virer et allait débarquer parce qu'on l'avait pris en train de picoler à bord. C'était formellement interdit, sauf si on passait à la baille. Là, ils pouvaient vous filer une petite goutte de remontant, si on en revenait.

Ils se mirent à parler des compagnies de navigation pour lesquelles ils avaient travaillé, des capitaines et des pilotes qui se prenaient pas pour de la merde, de types qui étaient passés par-dessus bord et remontés aussitôt à la surface, et d'autres qui avaient été entraînés par le courant et qu'on avait retrouvés sur un banc de sable, ou tout raides sur les blocs de rochers qu'on voyait au long des rives. C'était salement glissant sur le pont des barges, à cause de la graisse et tout ça, et on pouvait aussi se prendre les pieds dans un cliquet. Et si on faisait le plongeon en pleine nuit, on avait intérêt à avoir une lampe de poche sur soi. En gros, ils voulaient lui faire comprendre que ce n'était pas un boulot de mauviette. Wayne aurait pu leur réciter des sagas entières de types tombant d'immeubles, de ponts, de cheminées d'usines, mais il ne le fit pas. Ou il aurait pu leur parler de son boulot et leur dire d'où il venait, mais les matelots ne lui posèrent pas de questions.

Il commença à penser qu'il valait mieux commencer jeune dans ce métier, comme dans tous les autres, sans doute.

Il se sentit bien réveillé durant les premières heures du voyage, puis commença à trouver ça lassant. Même quand on travaillait, il n'y avait pas grand-chose à faire tant que le bateau était en route, et avec toutes ces péniches, il ne faisait guère plus que du douze à quinze kilomètres/heure. Ils pouvaient aussi se diriger droit vers le sud, et puis être obligés de suivre une longue courbe et d'aller en sens inverse pendant plus d'une heure. Il n'y avait rien à voir, à part la pluie et la brume, et il fallait porter un gilet de sauvetage quand on allait sur le pont. Il l'oublia exprès, mais le second le surprit et lui demanda s'il croyait bénéficier de privilèges particuliers. De temps à autre, on apercevait un bout de rive ou une île ici et là. Voilà Contterfeit Rock. Voilà Brunham, et là-bas, c'est Commerce. Le ciel se dégagea au moment où ils arrivaient au tournant de la Dent-du-Chien, un nom à se rappeler pour le répéter à Carmen. Après ça, les endroits dignes d'intérêt étaient le tournant de Greenleaf, le pont de l'autoroute, Eliza's Point du côté Illinois, et enfin Le Caire.

– C'est une jolie ville? demanda-t-il au second.

– Le Caire? Non.

– Je crois que je vais descendre avec vous.

– Vous faites ce que vous voulez, dit le second.

La fin du voyage se rapprochant, Wayne retourna dans la cabine de pilotage. Il distinguait une ligne là où les deux fleuves se rencontraient, le boueux Mississippi roulant ses eaux rapides, et le bel Ohio formant une sorte de lac pour rester hors de son chemin. A l'approche du Caire, le capitaine dit :

– Maintenant, je vais engager l'avant de mon train dans l'Ohio et laisser la poupe sur le Mississippi.

– C'était un beau voyage, mais si ça ne vous dérange pas, je vais descendre ici, annonça Wayne.

– On a de plus belles journées qu'aujourd'hui, où on peut voir la campagne autour. Mais on en a aussi de pires.

– C'est aussi tous ces bruits de moteur et ces vibrations, expliqua Wayne, surpris de s'entendre dire ça, car la charpente métallique était un métier beaucoup plus bruyant. Ou alors, c'est que je suis trop vieux pour apprendre un nouveau boulot.

– Descendez avec moi jusqu'à la Nouvelle-Orléans, dit le capitaine. C'est le genre de ville qui vous file vingt ans de moins en deux jours.

Avant même qu'ils aient accosté, Wayne avait ôté son bleu de travail et remis son blouson de charpentier. Il prit son sac de voyage, et suivit le second qui portait sa valise en sautant d'une barge à l'autre pour atteindre la rive. Ils passèrent devant l'écluse et traversèrent un quartier pouilleux où traînaient des clochards, assis sur des chaises déglinguées et des sièges de voitures défoncés, autour d'un feu qui dégageait une fumée noire dans l'air humide. Wayne dit que ça allait retomber dans pas longtemps. Le second ne prit pas la peine de répondre. Ils marchèrent jusqu'au *Skipper Lounge* – alcools et pizzas – qui était à peine un cran au-dessus d'un bar à clodos. Pas de voitures devant, mais à l'intérieur, bourré de types descendus à terre.

Ils commandèrent du bourbon avec de la bière, le second regardant autour de lui, adressant des signes de tête ici et là, et Wayne regardant sa montre. 5 heures moins 10. Il allait boire son verre et appeler sa petite chérie, lui annoncer la bonne nouvelle, qu'il serait là le lendemain matin, et peut-être même encore plus tôt. Ils descendirent leurs verres et recommandèrent la même chose.

– Je cherche un train pour remonter, dit Wayne. On m'a dit que ça pouvait s'arranger, soit ici, soit aux Services fluviaux.

Le second restait voûté, appuyé au bar. Il regarda Wayne par-dessus son épaule :

– T'en as marre, hein?

Wayne haussa les épaules, prit une gorgée de bière.

– J'en étais sûr.

Il se redressa et vida son verre cul sec.

– T'étais sûr de quoi?

– Que tu tiendrais pas le coup.

Le second regarda le barman et désigna son verre pour en avoir un autre. Wayne regarda sa montre. Il était toujours 5 heures moins 10.

– Et comment tu savais ça?

– Quoi?

– Que je ne tiendrais pas le coup?

– Tu me fais penser à ces collégiens qui viennent ici en

vacances et qui cherchent un passage sur le fleuve. Ils tiennent deux jours, en moyenne. Un de plus que toi, Grand Chef, dans la cabine de pilotage.

Le second avala son bourbon et s'affala de nouveau sur le bar avant de dire à Wayne par dessus son épaule :

– Ce que je me demande, c'est si le capitaine t'a laissé lui tailler une pipe.

Le sac de voyage de Wayne était posé à côté de lui. Il le poussa et posa ses bras sur le bar pour se rapprocher du type.

– Tu ne sais pas qui je suis, tu ne sais rien de moi. Pourquoi est-ce que tu me dis des trucs pareils?

– Ben, t'es pédé, non? C'est pas ça qu'ils font, les pédés?

Wayne étudia le visage de l'homme, avec son œil unique, son expression stupide et mauvaise, un de ces ivrognes que Wayne ne comprendrait jamais, que l'alcool rendait amers, qui leur donnait envie de se battre, de démolir le bar ou de flanquer leur bagnole dans un platane. L'alcool avait sur lui l'effet inverse, il se sentait chaleureux et spirituel, capable de supporter même ce genre de connards, et de chanter « My Girl » en imitant les Temptations. Mais pour l'instant, il n'était pas ivre et il était loin d'être de bonne humeur.

– Lequel c'est, ton œil de verre? demanda-t-il.

Du coup, le second le regarda et hésita, mais rien qu'un instant.

– T'y connais vraiment que dalle, hein? Pas foutu de distinguer une barge d'un remorqueur, et un œil de verre d'un vrai.

– C'est celui-là, dit Wayne, celui qui n'est pas complètement injecté de sang. Tu l'as perdu dans un bar?

– Un type m'a flanqué une bouteille dans la tronche.

– Ça m'étonne pas, avec ta grande gueule. Ce qui m'étonne, c'est que tu ne sois pas encore mort.

– Ah, on va passer aux choses sérieuses, hein?

– Non, dit Wayne, on y est déjà. (Il se redressa et posa sa main sur l'épaule osseuse de l'homme.) Et je vais te dire ce qu'on fait maintenant. Tu vas fermer ta grande gueule, d'accord? Sinon, je t'enfonce cet œil de verre assez loin pour que tu puisses regarder avec par le cul.

Il agrippa l'homme par le revers de sa veste, le souleva de terre et le tint d'une seule main, fixant son œil unique.

– C'est ça que tu veux? Tu fais oui ou non de la tête, mais tu fermes ta gueule, attention.

Ce pauvre crétin d'ivrogne eut l'air de faire non de la tête – ou le contraire? Aucune importance, il ne se souvenait déjà plus de la question. Son haleine empestait tellement que Wayne dut le reposer par terre. Il vit le barman s'approcher d'un air méfiant.

– Pour moi ça va, mais vous lui en mettez un autre. Où est le téléphone?

Le barman, un grand type chauve vêtu d'une chemise de laine à carreaux, désigna du pouce le fond de la pièce.

Wayne regarda de nouveau sa montre. Pas encore 5 heures. Il comptait appeler plus tôt, et se sentait pressé, maintenant. Il sortit une pièce de sa poche, entra dans la cabine et ferma la porte. Carmen serait à la maison, et elle le rappellerait dans la cabine, pas de problème. Il s'apprêtait à glisser sa pièce dans la fente quand il se souvint d'un truc affreux. Il en laissa échapper un « Merde! » retentissant, tout seul dans sa cabine.

Il avait encore oublié ce foutu numéro.

Il y avait pensé la veille au soir en racontant à Carmen que l'opératrice lui avait refusé le renseignement. Il s'était dit : « Marque-le sur un bout de papier avant d'aller te coucher. » Et il avait oublié.

Il regarda dans son portefeuille. Il avait le numéro de la compagnie fluviale, mais eux n'avaient pas le sien. Il n'avait pas encore le téléphone quand il avait rempli sa fiche chez eux. Mais il avait le numéro du Bureau des Marshals, et eux avaient le sien, si ce débile de Ferris avait pensé à le noter. Il était presque 5 heures. Wayne voyait d'ici le débile et sa secrétaire quitter le bureau, et le téléphone se mettre à sonner dès qu'ils auraient refermé la porte. Il lui restait à peine cinq minutes. Mais d'abord, il lui fallait faire de la monnaie au bar. Il voyait mal Ferris accepter un coup de fil en PCV.

Carmen emballa tous les vêtements que pouvait contenir sa grosse valise et la déposa sur le siège du pick-up. Il faudrait qu'elle revienne un de ces jours prendre le reste de ses affaires, mais elle n'avait pas l'intention de s'inquiéter de ça à la minute. Elle avait prévu de partir à 5 heures. Si Wayne n'appelait pas d'ici là, elle lui laisserait un mot collé sur le réfrigérateur. Ferris entrerait et lirait le mot si ça lui chantait, aucune importance, elle serait déjà partie. Elle se sentait moins pressée avec les clés dans la main et sa valise dans le pick-up. Elle avait assez d'argent pour l'essence. Quoi d'autre? Elle sortit son manteau bleu marine du placard, avec un pull-over qu'elle n'avait pas emballé avec le reste, et alla les poser dans le pick-up. Quand elle revint dans la maison, elle entendit le téléphone sonner, et se dit que c'était Ferris.

– Comment ça va, ma chérie?

– Wayne?

– Je suis parti depuis moins d'une journée et tu ne sais déjà plus qui je suis. On a été retardés à cause du brouillard. Quand on passe un pont, il vaut mieux pouvoir regarder où on va.

Carmen était debout au milieu de la cuisine, regardant par la fenêtre du salon.

– Où es-tu?

– Au Caire, mais j'arrive dès que j'attrape un train de barges. Je devrais être là demain matin très tôt.

Elle en fut étonnée et curieuse, sans pour autant oublier sa fenêtre.

– Mais tu m'avais dit que tu partais pour trois jours.

– Eh bien... Je te raconterai tout ça en rentrant, mais tu ne vas jamais croire ce qui m'en a ôté l'envie. Ne ris pas, mais on est obligés de porter un gilet de sauvetage. Je n'ai jamais porté de câble de sécurité sur mes charpentes – tu te doutes bien que ce n'est pas pour avoir un gilet de sauvetage sur le fleuve. Tous ces types qui parlaient de tomber à l'eau, merde, ils ne savent pas ce que c'est que de tomber vraiment. Oh, ça a été, j'ai passé un bon moment. Mais maintenant, je cherche un moyen de remonter.

– Ecoute, Wayne, je ne serai plus là quand tu rentreras. (Elle ajouta en vitesse :) Ma mère est malade, il faut que j'aille m'occuper d'elle.

– Ta mère?! Ta mère est toujours malade. Mais bon dieu, qu'est-ce qu'elle a, encore?

– Son dos. Elle ne peut plus bouger.

– Cette bonne femme siffle, et tu rappliques. Mais enfin, bon sang , tu ne te rends pas compte qu'elle se sert de toi?

– Wayne, je m'en vais.

Il y eut un silence.

– Bon, d'accord, écoute, je pars tout de suite. Tu peux attendre jusqu'à demain matin, non?

– Je veux partir maintenant, dit Carmen en surveillant la

fenêtre. J'ai attendu ton appel tout l'après-midi. J'ai tout emballé, et je suis prête.

– J'avais oublié de noter le numéro. J'ai été obligé d'appeler Ferris.

– Oh, merde, ne me dis pas ça. Alors je m'en vais tout de suite.

– Eh, une seconde! Il est encore rentré dans la maison?

– Il est passé toute la journée en voiture, en ralentissant chaque fois. S'il sait que je suis toute seule – il peut très bien être déjà en route.

– Sa secrétaire m'a dit qu'il était parti sur une affaire.

– Wayne, j'ai du mal à te dire des choses que tu ne veux pas entendre, ou que tu ne veux pas croire. Mais ce type, ce pauvre mec, est après moi. Tu comprends ce que je te dis? Il m'a dit qu'il viendrait quand tu ne serais pas là. Alors maintenant, tu veux que je reste ici à l'attendre?

– Je vais l'appeler.

– Wayne, je sors d'ici immédiatement. Tout de suite.

Il y eut un silence.

– Très bien, alors je te retrouve à la maison. Je veux dire, notre maison. Ça me va, à moi aussi, je suis prêt. Je te verrai demain, un peu plus tard, mais demain quand même. Tu as trouvé les clés, hein?

– Ouais, je les ai trouvées.

– J'en étais sûr.

– Wayne, je serai plutôt chez ma mère.

Un nouveau silence tomba.

– Alors, j'irai te retrouver chez elle. C'est te dire à quel point tu me manques.

L'endroit était prolo mais sympa, un bar d'ouvriers; la seule différence avec les autres du même genre, c'était l'odeur de pizza. Mais les clients auraient pu être dans n'importe quel métier. Wayne regarda autour de lui, mais ne vit le second nulle part. Le barman lui apporta une bière.

– Vous savez s'il y a quelqu'un ici qui remonte le fleuve vers le nord? lui demanda Wayne.

– Est-ce que j'ai l'air d'une agence de voyages? Demandez vous-même.

Il lui tourna le dos lentement, et Wayne fit :

– Une minute. Où est le sac que j'avais laissé là?

Le barman le regarda par-dessus son épaule :
– Votre copain l'a pris.
– C'était mon sac, pas le sien.
– Il vous a eu aussi pour les consommations, dit le barman en le regardant en face. Ça fait quatre dollars quatre-vingts.
– Je suis allé passer un coup de fil et je vous ai dit de lui donner un verre.
– Vous cherchez les histoires?

Carmen se fit un sandwich en vitesse, pour la route. Elle remit le pâté à la viande dans le réfrigérateur et resta plantée là, à contempler le lait qui allait tourner, la nourriture qui allait se gâter, se recouvrir d'une couche de moisi et finir par empester. Elle se souvint de l'odeur quand elle avait ouvert le réfrigérateur le premier soir, à la lueur des bougies, avec Ferris qui disait que la femme d'avant n'était pas douée pour le ménage...

Elle claqua la porte, ahurie de s'inquiéter de laisser des saletés derrière elle, alors qu'elle devait fiche le camp tout de suite. Wayne s'en occuperait, mais il fallait le lui rappeler, lui laisser un mot. Elle se dirigea vers la table de la cuisine en composant le mot dans sa tête. *« Débranche le réfrigérateur, jette tout ce qu'il y a dedans, laisse la porte ouverte... Fais attention à ma petite voiture, j'essaierai de ne pas abîmer ton camion. A demain. Baisers.* Non. *Je t'aime... »*

Le téléphone sonna.

Carmen fit un bond et resta pétrifiée, parce qu'elle savait que c'était Ferris. Ça pouvait être Wayne, mais elle était certaine que non. Elle se dit, oui, ça doit être lui. Et elle commença à se détendre, elle voulait que ce soit lui, ainsi il ne pouvait pas être là, ni même en route. Oui, elle voulait que ce soit Ferris tout en écoutant les sonneries retentir, et elle en fut si certaine, elle se sentit si sûre d'elle-même qu'elle décrocha en disant : « Ferris? »

– Hey, comment vous saviez?
– Où êtes-vous?
– Vous n'avez plus le même ton, vous êtes vraiment calme, pour une fois. Enfin, plus le genre pimbêche, voyez.
– Vous êtes à votre bureau?

Tout ce qu'elle voulait savoir, c'était à quelle distance il se trouvait d'elle.

– Ouais, je viens de rentrer, et j'ai trouvé un mot comme quoi votre vieux n'était pas dans le coin. Si j'avais su... Ecoutez, ne m'attendez pas ce soir, parce qu'il faut que je file à New Madrid, récupérer quelques bricoles confisquées, du genre flingues et autres. Mais je peux venir demain, sans problème. Ça vous va?

– Je ne serai pas là, dit Carmen, toujours calme, prête à lui dire qu'elle partait et qu'il pouvait aller se faire voir avec sa baraque.

Elle mourait d'envie de lui rentrer dans le chou, mais se retint, se disant qu'elle montrait peut-être trop d'assurance.

– Vous sortez? Je pourrais passer tôt demain matin, pour vous trouver en chemise de nuit.

Il pouvait aussi accourir à la seconde s'il se doutait qu'elle partait. Autant se montrer prudente. Un mot de trop, même si ça la soulageait, et la Plymouth couleur crème pouvait la bloquer à l'entrée du pont.

– Faites ce que vous voulez, dit-elle, et elle raccrocha, fière de s'être retenue.

Ça, c'était envoyé. *Faites ce que vous voulez*. Juste ce qu'il fallait dire.

Le téléphone sonna de nouveau au moment où elle atteignait la porte. Elle claqua celle-ci derrière elle. Ce n'est qu'en démarrant qu'elle réalisa que si Ferris passait le lendemain, il pouvait débarquer dans la maison et tomber sur Wayne.

19

Ce soir-là, Donna dit à Armand, alors qu'ils étaient assis tous les deux sur le divan au milieu des animaux en peluche, la télé éteinte pour pouvoir parler :

– Je vais te dire une chose dont j'ai jamais parlé avant.

– Ah ouais? Quoi?

– Il y a des gens qui le croient, et puis tous ces sceptiques qui ne croient à rien. Il y a des gens qui croient même pas ce qu'ils voient de leurs propres yeux. Tu peux me croire.

– C'est vrai, approuva Armand, en se disant qu'il ne verrait pas d'inconvénient à la renverser sur le canapé.

– Il y a des gens qui décident une bonne fois qu'une chose est vraie ou non, et il n'y a jamais moyen de leur ôter de la tête. Eh bien moi, je ne fais pas partie de ces gens-là. Et tu sais pourquoi?

– Non, pourquoi?

– Parce que je pense qu'on doit croire ce qu'on voit, bien sûr, mais aussi des choses qui sont au-delà de ce qu'on peut voir, quand un pressentiment vous dit que c'est la vérité. Tu vois ce que je veux dire?

« Seigneur », pensa Armand. Cette bonne femme valait tous les somnifères du monde. Si elle n'avait pas été assise dans ce déshabillé rose, un pied sur le sofa et la jambe levée, ce qui lui laissait voir cet endroit obscur, il aurait eu du mal à garder les yeux ouverts. Il eut envie de lui dire :

– Hé, pourquoi tu ne me racontes pas tout ça dans la chambre, on serait plus à l'aise.

S'il s'emparait de cet endroit sombre, là, en bas, elle oublierait tout le reste en une seconde. Celle-là partait comme une fusée dès qu'on mettait la main au bon endroit. Il l'aurait bien fait sur-le-champ, sauf que Richie n'allait pas tarder à rentrer et qu'il ferait ses réflexions à travers la porte. « Qu'est-ce que vous fabriquez tous les deux là-dedans? Vous avez besoin d'aide? » Ce genre de conneries. Il était sorti appeler la femme qui avait un téléphone sur écoute. Si Richie avait été là, il aurait dit à Donna de fermer sa gueule. « Bon Dieu, ce que tu meux raconter comme conneries. » Et elle l'aurait fermée. Armand voulait lui demander ce qu'elle pensait de Richie, mais sentait qu'il fallait d'abord la laisser finir. Elle parlait toujours, et il l'entendit dire finalement :

– C'est pour ça que je sais qu'Elvis est toujours vivant.

– Tu le crois vraiment?

– Je ne le crois pas, je le sais.

– Tu m'as montré une photo de sa tombe.

– Je ne t'ai pas parlé sur le moment, mais tu as remarqué le nom sur la tombe? Elvis Aaron Presley. Aaron avec deux a?

– Ouais...?

Donna se pencha vers lui en levant un genou :

– Il se trouve justement qu'Elvis écrivait toujours son second prénom avec un seul « a ».

– Alors le type dans la tombe, c'était un gars qui l'écrivait avec deux?

– Il n'y a pas forcément un corps dedans. Ce que ça signifie, c'est : « Voilà, Elvis n'est pas là-dessous. Vous croyez quand même pas qu'on aurait mal écrit son nom, sinon. » Allons donc. (Donna tortilla du col sur le coussin du canapé.) Ecoute, ils ont fait passer un homme à la télé, qui a vu, de ses yeux vu, Elvis après sa mort. Et il y avait aussi une fille qui a enregistré un disque avec lui, et j'ai *entendu* ce disque.

– C'était peut-être un imitateur.

– Tu veux dire un imposteur? Il y en a plein qui ont essayé. Mais tu vois, je connais la voix d'Elvis, et je peux te garantir que c'était lui. Pour moi, ça ne fait pas l'ombre d'un doute.

Armand souhaita qu'elle se rasseye comme avant, elle était trop près pour qu'il voie quoi que ce soit.

– Et pourquoi il ferait semblant d'être mort, alors?

– Ça, on finira par le savoir, mais il faut attendre. Je pense que ça sera révélé dans pas très longtemps, parce qu'il y a trop de gens qui l'aiment et à qui il manque. Et je suis certaine que ça se passera à Graceland. C'est d'ailleurs pour ça que je veux tellement aller là-bas.

– Pourquoi tu ne demandes pas à Richie de t'emmener?

– Richie n'aime pas Elvis. Il est jaloux de lui. Je suppose que toi non plus, tu ne l'aimes pas.

– Qui, Elvis? Bien sûr que si. J'aime beaucoup « Hound Dog ».

– Moi, c'est « Heartbreak Hotel » qui me tire des larmes.

– Elle est bien aussi.

Donna se mit à chantonner en balançant des épaules sous son peignoir, les yeux mi-clos. Elle s'arrêta, les yeux ouverts derrière ses lunettes, cette fois, et dit :

– Bird, je peux te dire quelque chose? Je ne sais pas si je devrais, mais tant pis.

– D'accord, mais ne m'appelle pas Bird.

– Excuse-moi, c'est quand j'entends Richie...

– Si tu veux, tu peux m'appeler Armand.

Elle répéta « Armand », d'une voix douce. « C'est un très joli nom. » Puis elle haussa de nouveau la voix pour dire :

– Mais dis-donc, je ne suis pas une très bonne hôtesse. Tu veux que je te prépare quelque chose?

– Non. Ça va.

– Je peux t'ouvrir une boîte de crackers.

– Peut-être tout à l'heure.

– J'aime voir un homme qui mange bien. Richie picore comme un oiseau... Oh, excuse-moi, je n'ai pas voulu dire ça.

Cette bonne femme avait le cerveau détraqué. C'était peut-être le poids de tous ces cheveux.

– Qu'est-ce que tu voulais me dire?

A présent elle le fixait de ses yeux grossis par les lunettes, avec l'envie de lui faire confiance, ou l'envie de le prendre dans ses bras pour qu'il continue à la regarder et qu'il la croie.

– Richie me terrifie, dit-elle.

– C'est vrai? Mais tu le laisses rester...

– Comme si j'avais le choix!

Cette fois, elle eut un mouvement d'épaules qui donnait l'impression qu'elle était prise au piège dans ce peignoir et ne savait pas quoi faire. Elle prit une des peluches – la grenouille – et la tint contre son genou levé de façon à ce qu'elle regarde Armand.

– C'est joli, ici, dit-il. Je commence à bien aimer la maison. (Il fit une pause avant d'ajouter :) Ça ne doit pas être trop difficile de faire sortir Richie d'ici. Tu y as déjà pensé? Qu'est-ce que tu attends? Ils pourraient t'arrêter aussi, pour l'avoir caché, c'est ça? A moins que tu le balances toi-même.

– Je ne ferais jamais ça.

– Ça vaut la peine d'y réfléchir.

– Je te signale une chose, c'est qu'il le saurait, si je faisais ça.

– Oui, mais s'ils le foutent en taule, qu'est-ce que ça fait?

– Il faudrait qu'ils l'attrapent d'abord, et il est malin. Et même s'ils l'attrapent, il sortira. Même sans s'échapper. Il tirera quelques années et après il viendra me rechercher. (Donna secoua la tête.) Je ne le moucharderai jamais. Ce n'est pas mon genre.

– Ils ont des charges plutôt lourdes contre lui, dit Armand, et il risque d'en prendre à vie, ou pire encore. Ça m'étonnerait que tu le revoies un jour.

Donna continuait à secouer la tête :

– Je ne ferais pas une chose comme ça. Il m'a dit une fois que si je pensais une seconde à appeler la police pour le dénoncer, il le saurait.

– Tu crois ça? dit Armand.

Et il se dit : « Bah, si elle croit qu'Elvis Presley est vivant... »

Bien sûr qu'elle le croyait. Elle pencha la tête de côté, comme pour y réfléchir, puis la hocha avec cette expression rêveuse qui laissait entendre qu'elle savait des choses qu'il ne savait pas. Qu'elle croyait à quelque chose – elle disait ça comment? – situé au-delà de ce qu'on peut voir. Il distinguait la rondeur d'un sein sous son peignoir, plus très jeune, mais pas mal. Elle était assise dans une pose qui l'empêchait de voir son endroit obscur. Peut-être qu'en se reculant un peu et en poussant une des peluches dans son dos... Il regarda vers le bas, là, ça y était.

– Tu as l'air d'avoir des doutes, reprit-elle.

– Je ne vois pas comment il pourrait savoir ce que tu penses, dit Armand avec un haussement d'épaules.

– Il le saurait, c'est tout.

– Tu veux dire à cause de ton attitude à ce moment-là, tu aurais l'air d'avoir peur?

– Sans doute en partie.

– Ecoute, tu n'as aucune raison d'avoir peur de lui.

Donna le fixait toujours derrière ses lunettes pailletées. Elle dit :

– Toi, tu n'as pas peur de lui, hein?

Il se redressa sur le canapé, se pencha vers elle et lui ôta très doucement ses lunettes pour voir ses yeux nus. Donna ne bougea pas. Elle cligna des yeux. Comme ça, elle ressemblait à une sœur de la Donna d'avant. Cette fois, elle tourna légèrement la tête en touchant sa choucroute. Armand pensa que ça devait vouloir dire qu'elle ne verrait pas d'inconvénient à aller baiser.

– Non, je n'ai pas peur de lui, dit-il. Et tu sais pourquoi?

Elle essayait de lui lancer un regard langoureux avec ses yeux qui louchaient un peu. Il ne savait pas pourquoi, le fait de voir Donna sans ses lunettes lui faisait mieux sentir qu'elle était nue sous son peignoir, mais c'était comme ça. Elle dit :

– Tu es plus fort que lui, dit-elle en baissant juste un peu la tête et en souriant, redevenue une petite débutante à présent, cette femme de cinquante ans qui le regardait avec sa grenouille en peluche sur les genoux.

– Tu sais qui je suis? demanda-t-il.

– Qui tu es? Bien sûr.

– Tu sais de quoi je veux parler. Richie t'a dit, non?

– Il m'a dit que tu venais de Toronto.

– Et quoi d'autre?

– Je ne sais pas.

– Pourquoi est-ce que tu ne peux pas le dire?

– Je ne sais pas de quoi tu parles.

– Ce que je fais pour gagner ma vie.

– Ça ne me regarde absolument pas.

– Peut-être, mais Richie te l'a dit. Il ne te raconte pas tout ce qu'il fait?

– Richie frime beaucoup. Tu le connais.

– Mais il t'a parlé de moi.

– Ça n'a vraiment aucune importance, dit Donna. J'ai apprécié ta compagnie, je pense que tu es quelqu'un de bien, et je te souhaite bonne chance. (Elle regarda la pièce alentour.) Enfin, j'espère que ma cuisine ne t'a pas trop déplu. Ce n'est pas très facile de satisfaire deux hommes à la fois.

– Tu penses que je vais m'en aller? dit Armand.

– Eh bien, je suppose qu'un jour ou l'autre...

– Qu'est-ce qu'il t'a dit?

– Rien, vraiment. C'est juste un pressentiment.

– Il t'a dit ce qu'on faisait?

– Non, il n'en a jamais dit un mot.

Donna secoua ses boucles, ôta la grenouille de son genou et

le regarda fixement, ses pauvres yeux disant : « Crois-moi, je t'en prie ».

– Je ne sais rien de vos affaires et je ne veux rien savoir. J'ai donné ces coups de téléphone... Richie dit des choses, mais on ne sait jamais s'il vous raconte des salades, alors pour moi, ça rentre par une oreille et ça sort par l'autre. Je ne répéterais jamais, mais alors jamais, une chose qu'on m'a dite, qu'on me le demande ou non. Ce n'est tout simplement pas mes affaires.

– Tu as peur?

– Pas du tout.

– Tu as l'air d'avoir peur.

– Non. Je n'ai aucune raison pour ça

– Alors comme ça, tu penses qu'Elvis est vivant.

– J'en suis pratiquement sûre.

– Il l'est peut-être. Qui sait, après tout?

– Même s'il ne l'était pas, j'aimerais quand même aller là-bas.

– Et qu'est-ce que tu voudrais d'autre? Ça te plairait si je tuais Richie?

– Oh Seigneur, dit Donna. Si ça me plairait!

– Qu'est-ce que tu me donneras?

La porte de derrière claqua.

Richie arriva par la cuisine, les vit tous les deux sur le divan avec la télé éteinte, et Donna sans ses lunettes. C'était quoi, ce cirque? Ils ne jouaient pas au Yahtzee et ils ne regardaient pas les photos d'Elvis. Richie en arrêta de mâcher son chewing-gum. Qu'est-ce qui se passait, là-dedans? Ils étaient plongés dans une conversation sérieuse : à son sujet, peut-être? Ou alors l'Indien s'apprêtait à plonger dans sa chatte. Dans tous les cas, Richie n'aimait pas ça, mais il le prit sur un ton léger :

– Bon dieu, Bird, je fais tout le boulot et toi tu t'amuses pendant ce temps-là. Je te l'ai déjà dit, non? J'aime pas répéter deux fois la même chose. Donna, va pisser ou fais quelque chose, on veut rester seuls, Bird et moi.

Regardez-moi ça. A présent elle fixait Bird, comme si c'était à lui de décider, pour lui demander la permission, tout en essayant d'accommoder de toutes ses forces.

– Donna, t'as entendu ce que j'ai dit?

– Il n'aime pas répéter deux fois la même chose, dit Bird à Donna en lui faisant un petit signe de tête qui signifiait : « Vas-y. »

Elle prit quand même tout son temps pour se relever, rajusta son peignoir, et fit sa sortie tête haute, en reine déchue des taulards – sûrement le meilleur moment de sa vie, et il ne reviendrait pas de sitôt. Richie s'avança pour donner à Donna une petite tape sur le derrière. Il regarda Bird, qui lui rendit son regard, mais attendit en mâchant son chewing-gum qu'elle ait refermé la porte derrière elle.

– T'es prêt?

– Pour quoi?

– J'ai appelé la vieille, tu piges? Elle s'est mise aussi sec à m'engueuler, son dos la tue, et c'est de ma faute.

– Je suis prêt pour quoi? répéta Armand.

– Je lui ai demandé si elle avait enfin mis la main sur sa fille. Elle a fait : « Ouais, et c'est pas la peine d'envoyer le chèque, ils reviennent. »

Voilà qui retint l'attention de Bird.

– Tu rigoles. Quand ça?

– Ils sont en route. Elle dit que sa fille rentre pour s'occuper d'elle, du fait que ça lui fait un mal de chien et qu'elle peut plus bouger.

Richie fixa l'Indien, attendant une réaction.

– Ils reviennent parce que j'ai fait un massage à la vieille, t'entraves ce que je te raconte? C'est moi qui ai fait ça, mon pote, rien qu'en massant sa vieille carcasse. Je les ai fait rentrer chez eux, tu piges? Ça nous a évité le voyage.

Visiblement, Bird n'avait pas encore bien réalisé.

– Elle va chez sa mère, alors.

– Exact.

– Et le type?

– Le type, il ira avec elle ou il restera chez lui. Mais moi, je te parie qu'ils vont passer chez eux d'abord, parce que c'est sur la route. Alors on va chez eux tout de suite, ce soir, on y passe la nuit et on attend. S'ils s'amènent pas, on va chez la Môman.

– Peut-être, dit Bird. Je vais y réfléchir.

Fumier d'Indien.

A trois mètres : prendre son élan sur un pied et lui balancer l'autre en plein dans la tronche. Hein, qu'est-ce que tu dis de ça, Bird? Là-dessus, t'as pas besoin de réfléchir, mon pote. Tu veux toujours tout savoir à l'avance, hein? Y a pas mèche, tu peux toujours grimper aux arbres. T'en as même pas envie, t'aimes pas avoir des surprises de temps en temps?

Plus question d'associés, plus jamais. Il n'aurait jamais dû amener cet Indien sur ce coup. Ça, ça le fit réfléchir : « Hé, une seconde. Quel coup? » Il n'y avait pas une tune à tirer de cette histoire, sauf s'il se décidait à rappeler ce putain d'agent immobilier un de ces jours.

A ce moment-là, Bird dit :

– D'accord, on va chez eux.

Et ils furent de nouveau associés, Richie tout souriant, pressé de lui en dire plus, mais faisant d'abord éclater une bulle avec son chewing-gum avant d'annoncer :

– Hé, tu sais quoi, Bird? Je nous ai même acheté de quoi bouffer. Si on doit passer la nuit là-bas, on va avoir la dalle. Alors j'ai pris des pizzas que tu mettras dans le four, avec un tas de petits trucs surgelés. J'ai pris aussi des chips, du chocolat... Ah ouais, et puis un magazine, pendant que je faisais la queue. Mon vieux, il y a là-dedans une photo d'un type qui pèse six cents kilos. T'as déjà vu un mec aussi gros dans ta vie?

– Six cents kilos? répéta Bird en lui jetant un regard en biais. Même trois chevaux, ça ne pèse pas six cents kilos.

– J'ai le magazine dans la bagnole, tu vas bien voir.

– Et qu'est-ce qu'il bouffe, le gars?

– Tu le croiras jamais.

Armand, tenant une bouteille de whisky dans un sac en papier, passa la tête dans la chambre de Donna en disant :

– On s'en va. A demain.

Elle était près de sa coiffeuse, toujours en peignoir. Il était ouvert et elle le laissa comme ça en se tournant vers lui, une main sur la hanche, lui montrant tout ce qu'elle possédait. Elle ne dit rien. Que pouvait-elle bien dire?

De sorte qu'Armand reprit :

– Je ne sais pas à quelle heure je reviendrai.

Elle avait peur, mais ne dit toujours rien. Il contempla encore une fois ce corps blanc et son endroit obscur, et referma la porte. Il attendit dans l'entrée que Richie sorte des cabinets.

– T'es prêt?

Richie eut l'air surpris de le voir debout dans l'entrée. Il dit :

– Ouais, on y va.

Ils traversèrent la cuisine et le jardin de derrière, jusqu'à la Dodge garée dans l'allée envahie de végétation. Armand dut repousser des branchages pour se glisser par la portière du passager. Richie était déjà au volant, en train de mettre le contact. Puis il resta assis là un moment.

« Il a oublié quelque chose », pensa Armand.

Richie le regarda, un simple coup d'œil, pas plus, et ouvrit la portière.

– J'ai oublié quelque chose.

– Quoi?

– Je veux embarquer de quoi boire.

– J'ai pris ce qu'il fallait.

– Non, ce que je bois, moi, t'en as pas pris.

Armand n'ajouta rien. Il attendit que Richie soit sorti de la voiture et qu'il soit rentré dans la maison. Puis il coupa le contact et resta là, l'oreille aux aguets. Il revit Donna telle qu'elle lui était apparue dans la chambre, nue sous son peignoir ouvert. Il écoutait les bruits, se disant que s'il devait le faire, Richie se servirait de son arme. Il écoutait, et il ne voulait pas entendre ce bruit, ou voir Richie sortir et lui dire qu'il s'y était pris autrement, si c'était bien ça qu'il était en train de faire. Il continua d'écouter jusqu'à ce que Richie ouvre la portière, lui tende une bouteille de Southern Comfort et remette le contact. Ils firent une marche arrière et s'éloignèrent. De la lumière brillait à la fenêtre du salon. Armand ne dit rien, et Richie non plus.

20

A 11 heures et demie du soir, Carmen s'arrêta à une cafétéria à la sortie sud de Gary, dans l'Indiana. Elle avait fait la moitié du chemin, et elle était épuisée et affamée.

Le plus dur avait été de sortir de Cape Girardeau, de traverser le fleuve et de suivre de petites départementales vers l'est pour trouver la I-57. Après ça, c'était du gâteau. Tourner à droite et traverser presque tout l'Etat de l'Illinois. Puis à gauche sur l'Interstate 94 pour traverser un bout de l'Indiana, où elle se trouvait à présent. Elle allait s'offrir un petit snack, puis reprendre la 94 qui la mènerait à travers tout le sud du Michigan, puis Detroit, et enfin à une trentaine de kilomètres de la maison. M'man pouvait attendre.

Elle avait hâte de rentrer dans sa vraie maison, cette vieille grange pleine de courants d'air avec sa cuisine trop étroite, son entrée plus grande que le séjour, ses fissures et ses craquements en tout genre, et la tuyauterie du chauffage qui faisait un raffut de tous les diables en hiver. La maison serait froide, mais tant pis. Elle voulait la voir, s'assurer qu'elle était toujours là au bout de quatre-vingts ans, regarder par la fenêtre de sa cuisine les bois et le pré de Wayne, et son Auberge de la Merde de Poule. Elle l'appellerait en arrivant là-bas, ce qui ferait dans les 6 heures et demie du matin, à condition qu'elle ne s'endorme pas en route. Elle voulait savoir à quelle heure il allait partir. Aller voir si m'man allait bien, et peut-être l'attendre. M'man devait déjà aller beaucoup mieux, en sachant que sa petite fille était en route. Wayne serait peut-être déjà parti à l'heure où elle l'appellerait. Mais s'il était là-bas, elle lui dirait de ne pas s'étonner si Ferris passait, et dans ce cas, de garder son calme, d'accord? Juste lui dire au revoir. Et Wayne dirait : « Ouais, et quoi, encore? Tu veux peut-être que je lui fasse un gros bisou, tant qu'on y est? » Il valait sans doute mieux ne pas parler de Ferris du tout. Il était à cinq cents kilomètres derrière elle, dans le sud-est du Missouri, avec ses muscles et ses bouclettes; à présent, Carmen le voyait comme un clown importun qui venait régulièrement faire « coucou » à la porte, un crétin gênant plus qu'une menace sérieuse. Elle aurait dû l'engueuler davantage. Se mettre en colère et lui dire de sortir de là, Nom de Dieu. Et ça l'énerva d'y penser, tout en finissant ses œufs au bacon, ses toasts et son café, là, dans cette cafétéria du sud de l'Indiana.

Elle aurait dû lui jeter un truc à la figure. Un truc bien lourd. Elle jetait des canettes de bière sur Wayne, mais c'était juste pour la frime. Ou elle aurait dû le frapper. Toujours avoir une barre d'ajustage sous la main pour les connards qui entrent chez vous sans y être invités.

Carmen finit de casser la croûte, prit l'addition et alla payer à la caisse. Un type avec une casquette John Deere – les tracteurs – y arriva en même temps qu'elle. Il toucha le rebord de sa casquette et dit : « Après vous. » Carmen fit un signe de tête, lui jeta un coup d'œil, aperçut son regard et son sourire entendu, et pensa : « C'est pas vrai, encore un. » « Je suis sûr que vous devez pas arrêter de vous faire draguer », dit le type, et Carmen se dépêcha de sortir de là.

Le pick-up était garé juste devant, éclairé par les lumières de la cafétéria. Elle l'ouvrit, y grimpa, et s'apprêtait à claquer la portière quand le type à la casquette la retint par la poignée.

– Excusez-moi, mais je voulais vous demander, si vous avez cinq minutes...

Carmen mit le contact et fit gronder le moteur.

– Attendez une seconde, on pourrait prendre un verre, tous les deux. Il y a un endroit là-bas, juste avant la frontière du Michigan, l'Auberge de l'Apache, juste à la sortie 39, voyez? V's avez jamais été là-bas?

Carmen prit le temps de l'examiner, le visage levé, plein d'espoir, cette fois-ci.

– Vous croyez vraiment que j'ai envie d'aller dans un truc qui s'appelle l'Auberge-de-l'Apache-juste-à-la-sortie-39? Que ce soit pour un verre ou quoi que ce soit d'autre? Non mais, vous rigolez?

Carmen passa la marche arrière et recula, le type toujours accroché à la portière ouverte. Il perdit l'équilibre et se mit à gueuler : « Hé, attention, bon dieu! » Carmen freina, repassa la première et démarra sans s'inquiéter de lui. La portière se referma toute seule.

Si tu n'as pas de barre d'ajustage, rentre-leur dans le lard avec un camion.

Vingt ans de mariage avec Wayne.

Elle suivit le pinceau de ses phares le long de la nationale, moins fatiguée qu'avant, pensant à Wayne, maintenant, s'imaginant avec lui. Ils étaient assis dans la cuisine devant une bière et elle lui décrivait le type avec sa casquette John Deere : « Oh, dans les trente-cinq ans, pas plus moche qu'un autre. » Elle lui répétait mot pour mot ce que le gars lui avait dit, en commençant par le « Après vous », et puis ce qu'elle avait répondu, très calmement, quand il l'avait invitée à boire un coup. « Non mais, vous rigolez? » Ça, ça plairait à Wayne. C'était le genre de chose qu'il aurait dit. Ou bien il aurait demandé au type s'il avait perdu ses putains de pédales mais « Vous rigolez? », c'était pas mal non plus. Elle avait hâte d'arriver à la maison, d'appeler Wayne et s'il était là, de lui dire : « Allez, cow-boy, à cheval! »

Au service fluvial, on annonça à Wayne qu'il y avait des trains de péniches prêts à partir vers le nord, mais pas un seul qui s'arrêtait à Cape Girardeau. Un type qui travaillait pour le Corps des Ingénieurs, un civil, se trouvait dans le bureau. Il dit à Wayne qu'il pouvait l'emmener jusqu'à Thebes, où il habitait, ce qui le mettrait à une quinzaine de kilomètres du pont de Cape, mais il fallait d'abord qu'il passe voir quelqu'un au *Skipper Lounge*. Wayne pensait que l'autre avait un bateau, mais c'était un pick-up Ford dans lequel ils retournèrent au bar qui sentait la pizza, et l'homme que devait voir l'ingénieur était précisément le barman. Wayne dut attendre que l'autre ait fini de s'enfiler ses Jim Beam, et quand il eut vidé le cinquième, il était 11 heures et demie du soir.

Wayne se dit que Carmen avait eu le temps d'arriver aux alentours de Chicago, pendant qu'il était encore coincé par un ivrogne au fin fond du Missouri. Le barman gardait un œil sur lui, pour voir s'il ne prenait pas l'ingénieur au collet pour le secouer comme un prunier.

Le type continuait à dire à Wayne de ne pas se faire de souci, d'en prendre encore un pour la route, qu'il arriverait toujours plus vite en Ford que sur un remorqueur. Wayne, qui buvait un verre sur deux, dit : « O.K., si vous me laissez conduire. » Bien sûr, pas de problème mon vieux, on ira même jusqu'à Cape et moi – le type était bourré comme un coing, à présent – je me rentrerai tout seul de mon côté. Wayne était d'accord, tant qu'il tenait le volant lui-même.

Quand ils arrivèrent à Thebes, Wayne dit :

– C'est par où, maintenant?

– Tu tournes ici, fit l'autre, et ici, et là, c'est bon.

Ils étaient devant la maison du type.

– Mais je croyais qu'on allait à Cape.

Ce connard du putain de Corps d'Ingénieurs lui dit :

– Toi tu vas à Cape, et moi dans mon pieu.

Wayne faillit lui faucher son pick-up. Il lui fallut trois heures et quarante minutes pour atteindre en stop le pont où il avait laissé l'Oldsmobile : il ne passait pas une fichue bagnole sur cette putain de route. Il récupéra la voiture, arriva à la maison avec un mal de crâne du tonnerre, et pas une aspirine dans l'armoire à pharmacie. Carmen l'avait emportée. Ça, c'est gentil, ma chérie. Il y avait un mot sur le réfrigérateur, et ses gants neufs, qu'il avait oubliés, sur la table de la cuisine. Wayne mit le réveil et alla se coucher.

Il se réveilla à 7 heures vêtu de son caleçon, et de ses gants, d'une humeur de chien et avec la gueule de bois. Il resta un quart d'heure au lit, rêvant d'un milk-shake au chocolat. C'était là-dedans qu'il avait noyé pas mal de gueules de bois, quand les autres buvaient de la bière glacée ou des trucs encore plus forts pour se remettre les idées en place. Wayne était persuadé qu'il était mauvais de boire avant midi, et il valait mieux avaler une glace que suer sang et eau en attendant que ça passe. Il était à peu près sûr que Carmen en avait acheté, un litre de glace au caramel. Il sauta du lit pour aller vérifier et elle était là, Merci Mon Dieu, dans le freezer. Sauf qu'elle était dure comme du bois. Il la sortit pour qu'elle ait le temps de fondre un peu pendant qu'il prenait sa douche.

Une fois sous la douche, entouré de vapeur, les cheveux pleins de shampooing, il se dit : « Bon sang, si j'apporte la glace ici, elle fondra deux fois plus vite. »

Il sortit, laissa couler le jet et ferma le rideau derrière lui pour éviter les inondations. Tout nu et trempé, il traversa l'entrée pour aller à la cuisine et s'arrêta net en distinguant quelque chose sur sa gauche. Par la fenêtre du séjour. Une

Plymouth couleur crème remontait l'allée et venait se garer derrière l'Oldsmobile. Le marshal-adjoint Ferris Britton en sortit et se dirigea vers la porte de derrière.

Qu'est-ce qu'il voulait, celui-là, à une heure pareille?

« S'il sonne, se dit Wayne, je vais lui gueuler de foutre le camp. » Mais personne ne sonna. Une clé tourna dans la serrure, et Wayne comprit ce que Ferris était venu chercher.

Il retourna dans la chambre sur la pointe des pieds, laissa la porte entrouverte et resta là à écouter. Il entendit la porte se refermer.

Ferris était dans la maison.

Wayne enfila un caleçon propre. Il était encore tout mouillé, et les cheveux pleins de shampooing. Il regarda ses gants de travail flambant neufs, posés sur le lit.

Ferris était dans l'entrée, et regardait dans la cuisine. Il s'approcha de la salle de bains, et resta planté devant un moment. Puis il entra.

Wayne attendit un peu pour le suivre, dans la vapeur et le bruit du jet derrière le rideau de plastique à fleurs. Il se tint dans le dos de Ferris, assez proche pour toucher la crosse de son revolver pendu à sa ceinture, sa chemise tendue par ses solides épaules, les manches courtes enroulées, et les muscles de ses bras qui se tendirent quand il se mit les mains sur les hanches. Wayne s'apprêta à lui taper sur l'épaule et à dire... Ce qu'on peut dire à un type qui est persuadé qu'il va surprendre votre femme sous la douche. Il hésita, tout en regardant Ferris lever la main droite pour tirer sur le rideau. Peut-être qu'on ne disait rien, dans ces cas-là.

Ferris, lui, parla; il cria : « Coucou! » en écartant le rideau, arrachant quelques crochets au passage, et resta planté là, à contempler le carrelage mouillé et la douche qui ruisselait dans un bac vide. Il resta là quelques instants, à se dire sans doute : « Bon, elle ne doit pas être loin. » Wayne se tint prêt.

Il attendit que Ferris se retourne, vit son visage, ses yeux écarquillés, et cogna. Il le frappa de la main droite, plus fort qu'il n'avait jamais fait tournoyer une masse de cinq kilos, une seule fois, de toutes ses forces, et Ferris disparut dans la douche, rebondit contre le carrelage et s'écroula là, les pieds dépassant du bord du bac. Il ouvrit des yeux hagards au milieu de la vapeur.

Wayne se pencha, posa les mains sur ses genoux nus et le regarda :

– C'est vous! Merde, je croyais que c'était un cambrioleur!
Le téléphone se mit à sonner dans la cuisine.
Il sonna cinq fois avant que Wayne ne décroche, après avoir ôté ses gants.
– Wayne? dit Carmen. Je suis chez nous.

21

– J'arrive juste.

– Ça s'est bien passé? Pas de problèmes?

– Pas trop mal, je te raconterai. Tu es rentré à quelle heure?

– A 4 heures du matin. Je me suis levé à 7, et j'ai pris une douche. Pour l'instant, je mange de la glace. Au caramel.

– Avec une légère gueule de bois, peut-être, hmmm?

– Tu avais embarqué l'aspirine. Ça, c'était vraiment dur de ta part.

– Wayne, pourquoi est-ce que tu ne pars pas tout de suite? Au cas où Ferris passerait.

– Il est déjà passé. Il est là.

– Tu veux dire là, dans la cuisine?

– Non, dans la salle de bains. Je crois qu'il a la mâchoire cassée.

Wayne lui raconta l'histoire par le menu.

– Tu ferais mieux de partir tout de suite, lui dit-elle.

– Dès que j'aurai nettoyé le refrigérateur.

Au moment où il disait ça, en ajoutant qu'il n'y avait aucun problème, qu'il allait demander à Ferris s'il préférait voir arriver le SAMU ou les flics, Carmen distingua un bourdonnement familier, et se détourna de l'évier pour regarder le réfrigérateur. Celui-ci était branché, la porte fermée. Wayne était en train de lui dire qu'il allait établir un nouveau record de vitesse, Cape Girardeau-Algonac en dix heures et demie.

– On a débranché le frigidaire en partant, non? intervint Carmen. Celui d'ici.

– On a tout débranché, sauf le téléphone.

– Eh bien, quelqu'un l'a remis en marche. (Elle fit une pause, l'oreille tendue.) Wayne, je crois que la chaudière marche aussi.

– Regarde le thermostat.

– Mais je le sens. Il fait chaud, ici.

– Peut-être que Nelson a ouvert la maison, pour essayer de la vendre. Ça ne m'étonnerait pas de lui.

– Peut-être, dit-elle en jetant un regard dans la cuisine, jusqu'au débarras où Wayne rangeait ses affaires de chasse.

Elle l'écouta faire des suppositions, « Nelson a reçu une offre et à la place il va essayer de nous fourguer un quatre-pièces à Wildwood, avec tout le confort moderne en pleine nature. » Le fusil de Wayne devait être là-bas, dans son débarras. Il devait y être, puisqu'ils ne l'avaient pas emporté avec eux. Le débarras était fermé à clé et la clé était avec les autres, sur le trousseau, dans son sac.

– Appelle ton copain Nelson et pose-lui la question.

Elle allait sortir le fusil et le poser près de la porte. Elle sursauta en se rappelant soudain des deux types.

– Carmen?

– Oui, je vais faire ça. J'appelle ma mère d'abord.

– Tu seras à la maison quand j'arriverai?

– Je vais voir comment elle va.

– Demande-lui la permission.

– Si je peux la laisser seule, je reviendrai. D'accord? Je ne peux pas faire plus.

– C'est ta mère qui t'énerve et ça retombe sur moi.

– Je suis fatiguée, dit Carmen.

– Appelle la police du Michigan, cet inspecteur, là, je ne sais plus son nom. Dis-lui que tu es rentrée.

– Oui, je vais le faire. Dépêche-toi, d'accord?

– Je serai là vers 6 heures, 6 heures et demie. Il faudrait peut-être que je prenne quelques petits trucs, non? De la bière?

– C'est bizarre, dit Carmen en regardant autour d'elle.

Elle s'aperçut que la porte du four était entrouverte.

– Quoi?

– Je ne sais pas – une impression. Quand je suis rentrée, ça ne faisait pas comme quand on revient dans une maison qui est restée fermée.

– C'est parce que ça t'a paru long, mais ça ne fait qu'une semaine, tu sais. Appelle Nelson.

– D'accord.

– Et le flic, aussi.
– A tout à l'heure. (Elle hésita un instant puis ajouta :) Wayne? Je serai chez nous.

Elle coupa la communication et appela sa mère. Elle attendit, et fut surprise d'entendre, « Allô? » d'un ton presque agréable.

– M'man? Tu savais que c'était moi?
– Je priais pour ça. J'étais malade d'inquiétude.
– Je suis à la maison. Comment ça va?
– Eh bien, j'arrive à marcher, maintenant. Cette douleur est toujours aussi atroce, mais au moins je suis sur pied. Tu passes quand?
– Tu as l'air beaucoup mieux.
– L'air peut-être, mais pas la chanson, crois-moi.
– Je passerai un peu plus tard, pas très longtemps. Wayne rentre ce soir et je veux que le dîner soit prêt quand il arrivera.
– Mais ça fait tellement longtemps que je ne t'ai pas vue...
– Il te faut quelque chose, comme courses?
– Laisse-moi réfléchir, j'ai tellement l'habitude de choisir moi-même... Oui, il me faudrait une bouteille de shampooing éclaircissant. Du blond cendré, numéro soixante et onze.
– Autre chose?
– Oh, j'ai reçu la feuille du Bureau des réclamations. Il y avait plein d'appels de là où vous étiez, au 314. Il y en avait un d'Algonac – chez vous – et trois qui venaient de cabines publiques : un de Marine City et deux de Port Huron, qui doivent être ceux qui ont raccroché. C'est leur truc, d'appeler d'une cabine, comme ça on ne peut pas les pincer. Ah, ils sont malins.
– Je ne savais pas que tu avais des ennuis avec ton téléphone.
– Mais je te l'ai dit le jour où ils sont venus poser le tien et que tu m'as appelée? Je t'ai dit que j'avais demandé qu'on surveille ma ligne?
– Tu as dû le faire faire avant qu'on s'en aille.
– Juste après, parce que j'étais malade d'inquiétude de ne pas avoir de tes nouvelles.
– Et un des appels venait d'ici? demanda soudain Carmen.
– Ton numéro est sur la liste, en tout cas.
– Mais on n'était pas là, M'man.
– Eh bien, il y avait quelqu'un d'autre. (Elle ajouta :) Quel temps il fait, par chez toi?

A moins de cinquante kilomètres de là, Carmen eut envie de raccrocher et de sortir de la maison – le temps était OK, dans les quinze degrés, vent assez fort, temps couvert – d'en faire le tour complet et s'assurer que c'était vraiment sa maison. Ça y ressemblait bien, tout était à sa place, mais elle n'avait pas le sentiment d'être chez elle. Quelqu'un était passé ici, et avait touché à certaines choses. Tout n'était pas exactement à sa place : par exemple, l'annuaire et le bloc-notes qu'elle rangeait dans un tiroir étaient posés sur le comptoir. Quelqu'un était passé ici et avait laissé une odeur, une odeur de cuisine. On avait cuisiné, utilisé le four qu'elle ne laissait jamais ouvert comme ça, rebranché le réfrigérateur qui bourdonnait, quoi d'autre, encore? En regardant autour d'elle – tandis que sa mère lui demandait à quelle heure elle allait passer et que Carmen répondit qu'elle n'en savait rien pour l'instant, il fallait qu'elle aille faire des courses et changer un pneu – elle entendit un bruit venant de l'intérieur de la maison, un bruit clair, fort, de métal heurtant du métal. Carmen se dit que c'était le radiateur, l'air chaud dans les tuyaux, et dit à sa mère qu'elle passerait vers midi, salut, tu m'as manqué aussi, M'man, oui, d'accord, allez, à tout à l'heure, et elle raccrocha. Elle se dirigea vers la cuisinière, se pencha pour ouvrir la porte du four et regarda dedans. Trois tranches de pizza et quelques miettes étaient posées sur la grille. Elle pouvait les sentir. Carmen se redressa, ferma le four, se tourna vers le réfrigérateur et sursauta en retenant son souffle.

– Comment va Môman? dit Richie.

Il se tenait dans l'embrasure de la porte, arborant des lunettes noires et le blouson de Wayne, un fusil sur le bras.

L'autre apparut à son tour, et entra dans la cuisine, passant devant Richie Nix. Lui aussi, tenait un fusil, mais pointé vers le bas. Armand Degas, avec le même costume sombre que ce jour-là, à l'agence de Nelson. Il dit à Carmen :

– On dirait qu'on va passer un petit moment ensemble, hein? Jusqu'à 6 heures, 6 heures et demie?

– Bird? dit Richie Nix. Tiens, tiens-moi ça.

Et il lui tendit son fusil.

Il s'approcha de Carmen et elle s'efforça de le regarder dans les yeux, de toutes ses forces, mais finit par baisser les siens et détourner la tête lorsqu'il leva la main comme s'il s'apprêtait à la gifler.

– Vous avez de beaux cheveux, dit Richie en les caressant.

Elle regarda ses Santiags, les pointes collées aux pointes de ses tennis blanches.

– Ils sont bien épais, vous ne devez pas voir besoin de mettre de la laque.

Il se colla contre elle et posa ses mains sur ses épaules.

– Mmmm, vous sentez bon, aussi. Je vois que vous avez une bonne hygiène, que vous vous lavez souvent. Et j'aime bien votre chemise avec ce haut. Ça vous donne l'air d'une écolière.

Il baissa les mains, et l'attrapa par les hanches.

– Otez-vous de là, je veux prendre un truc là-dedans.

Carmen leva les yeux. Elle vit le diamant passé dans son oreille, et Armand Degas qui les regardait. Richie avait ouvert le four. Il en sortit une tranche de pizza froide et l'entama tout en se dirigeant vers la fenêtre.

– Comment ça se fait que vous ayez le pick-up?

– Il était là-bas, dit-elle d'une voix sèche.

– Enfin, peu importe, dit Richie en la regardant. Où sont les clés?

Comme elle hésitait, il s'avança pour saisir son sac sur le comptoir :

– Là-dedans?

– Mets le pick-up dans le garage et ferme la porte. Ce sera déjà ça de fait, dit Armand.

Carmen regarda Richie lever les yeux et fixer Armand avant de répondre :

– C'est justement ce que je m'apprête à faire, Bird. Pourquoi tu crois que je veux les clés?

Il les sortit du sac et contourna le comptoir.

– Je pensais que tu voulais rester là à bavasser jusqu'à ce que quelqu'un passe et voie le pick-up, dit Armand.

Richie s'arrêta, et engouffra une bouchée de pizza.

– Tu sais quoi, Bird? dit-il d'un ton calme. Va te faire foutre.

Armand ne parut guère ému. Il se contenta de hausser les épaules et d'aller poser le fusil de Richie contre le mur, sur le comptoir.

Carmen se réfugia près de la fenêtre au-dessus de l'évier : elle n'avait pas envie de rester seule avec Armand qui la regardait. Elle avait besoin de réfléchir à tout ça, de réfléchir au moyen de l'accepter. Elle avait du mal à respirer et la bouche sèche; elle s'obligea à prendre une grande inspiration et à souffler très lentement. Quelle était la meilleure réaction, rester passive, ou se laisser aller, penser à Wayne quand il allait rentrer et laisser ses larmes couler, les supplier, non, je vous en prie...

Ou alors... D'abord, récupérer le trousseau des mains de Richie, avec dessus la clé du débarras de Wayne, où se trouvait le Remington. Elle se demanda si c'était possible, ou si elle en aurait le courage, essayant de se représenter la chose. Et si elle arrivait à mettre la main sur le fusil – est-ce qu'il serait chargé? Alors elle le pointerait sur eux... et puis quoi? Elle vit par la fenêtre Richie faire démarrer le pick-up, les deux mains libres, sa pizza dans la bouche. Il pouvait laisser les clés sur le contact. Elle vit le pick-up contourner la maison, et disparaître.

Armand dit derrière elle :

– Vous ne voulez pas nous faire un petit déjeuner? On a apporté de quoi manger, tout est dans le freezer.

Carmen se retourna, et ils se retrouvèrent aussi proches l'un de l'autre que le jour où il avait essayé de monter les marches de la véranda, le visage levé avec la visière de sa casquette dissimulant ses yeux, ce jour où elle aurait pu le tuer et Seigneur, ce qu'elle regrettait aujourd'hui de ne pas l'avoir fait. Elle dit :

– Qu'est-ce que vous voulez?

– Il y a des crêpes, si vous avez du sirop d'érable.

– Non, je ne parle pas de manger. Vous voulez quoi?

– On attend votre mari.

Comme s'il s'agissait d'une visite de bon voisinage.

– Et quand il arrivera...?

Elle le regarda hausser les épaules et lever les yeux. Un bruit sourd provenait du garage; Richie – ce ne pouvait être que lui – frappait sur du métal. Le bruit cessa.

– Je sais pourquoi vous êtes là, dit Carmen. Pourquoi est-ce que vous n'arrivez pas à le dire?

– Bon, ben si vous le savez déjà... (Il leva les mains, puis les laissa retomber :) Ne parlez pas tant, d'accord?

– Pourquoi, sinon vous allez me tuer?

– Je vais en avoir marre de vous entendre et vous bâillonner et vous ligoter. C'est ça que vous voulez? Je m'en fous, moi.

Richie rentra, la barre d'ajustage de Wayne à la main.

– Mate un peu ça, Bird. C'est avec ce truc que le type nous a cogné dessus. Je savais qu'il avait ça dans sa boîte à outils. C'était exactement ce que je cherchais.

Armand ne répondit pas.

Richie laissa tomber les clés sur le comptoir en passant, et Carmen n'hésita pas. Elle s'avança vivement, prit les clés, prête à les glisser dans la poche de son jean, et s'arrêta net. Richie s'attaquait au débarras de Wayne. Elle le regarda engager la barre de fer entre les gonds, tandis qu'il disait :

– Je me suis demandé pourquoi ce truc était fermé à clé. (Il poussa de toutes ses forces sur la barre, faisant levier.) D'ailleurs, je ne m'en suis rendu compte que ce matin.

Il grogna, poussa plus fort, et la porte céda.

Carmen fixa le débarras. Richie avait allumé à l'intérieur. Armand, tout près d'elle, lui dit :

– Vous allez nous faire à manger, oui ou non?

– Des cannes à pêche et des tas de bazars pour la chasse, annonça Richie. Je pensais qu'il y aurait un fusil aussi, pas toi, Bird?

Carmen demeura figée, contemplant le débarras et Richie en train de fouiller dedans. Près d'elle, Armand souffla :

– Il y avait un fusil. Celui que vous aviez ce jour-là, vous savez bien? Il est où?

– A Cape Girardeau, Missouri.

– Ah, c'est là que vous étiez? On dirait un nom français. Mais c'est la première fois que je l'entends. Alors, c'est votre mari qui a le fusil, hein?

Elle était en train de réfléchir que la semaine précédente, ou l'autre, ou Dieu sait quand, elle avait rentré le Remington et que Wayne était revenu du supermarché où la fille avait été tuée, et qu'il l'avait pris... Il n'était pas près de la porte quand ils étaient partis et Wayne ne l'avait pas emporté, elle en était certaine. Il l'avait mis quelque part... Dans le placard, croyait-elle.

– Je me souviens bien de ce fusil à canon rayé, dit Armand. Même que je vous ai demandé : « Vous tuez des gens avec ce machin-là? » Oh, vous en aviez drôlement envie, ce jour-là. Ça se voyait dans vos yeux. Ce n'est pas vrai?

Carmen fixait Richie dans le débarras, qui tenait quelque chose à la main et l'examinait soigneusement.

– Mais vous n'avez pas pu, dit Armand de sa voix calme, tout près. Avec votre mari, c'est peut-être autre chose, je ne sais pas. Mais vous, vous ne tuez pas les gens, hein?

Carmen ne répondit pas; elle regardait Richie sortir du débarras en brandissant une bouteille de plastique.

– Dis donc, Bird? Tu sais ce que c'est, toi, de l'« Appât sexuel de biche des Montagnes »?

Armand refit une inspection générale de la maison à la lumière du jour. Dans la chambre, au premier, il débrancha le téléphone, au cas où la petite femme du charpentier arriverait à se glisser là-haut. Elle pouvait toujours, mais pas question pour elle de sauter d'une fenêtre sans se blesser. Il faudrait qu'elle traverse un double vitrage et les volets anti-tempête, qu'il eut d'ailleurs un mal de chien à fixer. Le rez-de-chaussée était lui aussi équipé de volets de ce genre. Le salon était mal situé pour guetter quelqu'un, mais dans la salle à manger, c'était bon. Armand aimait bien la salle à manger, avec sa grande table de chêne, la baie vitrée en face et une série de fenêtres sur le côté par où le charpentier allait arriver. Ils avaient encore largement le temps. Il n'était que 11 heures et demie. Il allait boire juste un coup au goulot de sa bouteille, c'était tout.

Il commençait à s'habituer aux bruits de la maison. Tout avait été tranquille pendant la nuit – sauf Richie – mais à présent le vent soufflait en bourrasques, et de gros avions cargo de la base aérienne toute proche passaient très bas au-dessus d'eux, avec un tel boucan qu'on avait l'impression qu'ils allaient vous tomber dessus. Ça faisait taire Richie quelques instants. Armand sentait que la fin était proche, avec Richie, ce petit voyou l'exaspérait plus que jamais, et d'ici à la fin de la journée, il lui aurait réglé son compte. Richie n'avait pas encore parlé de Donna, mais ça n'allait pas tarder, Armand le sentait.

Un peu plus tôt, ils avaient mangé leurs crêpes chaudes dans la cuisine : la femme du type avait du sirop d'érable. Elle fit du café et se tint près de la fenêtre tandis qu'ils mangeaient au comptoir. Richie bavassait, essayant d'impressionner la femme. Ce petit connard parlait la bouche pleine, en plus. Il lui demanda si elle avait déjà rencontré un casseur de banques. Elle dit non. Il lui demanda si le Missouri lui plaisait. Elle haussa les épaules. Est-ce qu'elle savait que Jesse James était de là-bas? Il allait partir dans le Missouri et braquer une des banques que Jesse James avait attaquées, ça serait super. Il lui montra la douzaine de plats surgelés dans le frigo – pas dans le freezer, justement, pour qu'ils dégèlent plus vite et cuisent plus vite, en ajoutant qu'il mangeait du poulet tous les jours. Vous savez pourquoi? Elle dit non. Parce que Wade Boggs mange du poulet tous les jours de sa vie. Il dit :

– Bird, tu sais qui est Wade Boggs?

Armand avait déjà entendu ce nom, ils en parlaient au *Silver Dollar* à Toronto, pour le couvrir d'injures. Mais il n'en savait pas plus, de sorte qu'il ne dit rien. Richie demanda à la femme, en l'appelant Carmen, si elle savait qui c'était et elle hocha la tête. Ou elle en eut l'air.

– Alors, dites à Bird qui c'est.

– Un joueur de baseball, pour les Red Sox de Boston, dit Carmen.

– Et quand il tape sur une balle, on dirait qu'elle va éclater, ajouta Richie.

Il dit à Carmen qu'il aurait voulu être joueur de baseball dans une équipe nationale, mais que son enfance malheureuse dans un orphelinat avait bousillé toutes ses chances, ce qui fait qu'à la place, il s'était mis à braquer des banques. Ce petit voyou mâchouillait son chewing-gum, et frimait en faisant éclater de grosses bulles.

Ensuite, Richie dit à Carmen d'enlever ses fringues, qu'il avait une idée. Elle dit non d'un air déterminé, en secouant énergiquement la tête. Il dit « bon, d'accord, pas tout. Vous avez bien des trucs dessous, non? Vous pouvez garder votre soutien-gorge si vous en avez un, et votre slip. Vous portez un soutien-gorge? » Elle se détourna lorsqu'il s'approcha, et Armand le vit passer sa main dans son dos. Puis son visage s'éclaira.

– Hé, Bird, elle en a pas! Bon, d'accord, dit-il à Carmen, mettez-vous en slip si vous en avez un, et vous serez notre petite Bunnie, les seins à l'air, vous nous servirez comme ça. Qu'est-ce que t'en dis, Bird?

Armand ne dit rien. Il sentait qu'il n'allait pas tarder à faire un malheur. Mais enfin, il ne voyait pas d'inconvénient à ce qu'elle soit toute nue. Elle serra ses bras contre elle quand Richie essaya de lui ôter son pull-over. Quand elle lui mit un coup de genou dans les couilles et qu'il se plia en deux sous la douleur, Armand se dit que Richie allait sortir son revolver. Il pouvait la frapper si ça lui chantait, mais pas la tuer. Sa mère risquait de téléphoner, malade d'inquiétude, se demandant où elle était passée. Ou le charpentier pouvait appeler sur la route, se dire qu'il y avait un truc pas net si elle ne répondait pas, et prévenir les flics.

Mais Richie ne sortit pas son arme. Il essaya de la gifler d'une main, tout en se tenant les couilles de l'autre; elle fit un bond en arrière, passa de l'autre côté du comptoir et s'empara d'un couteau. Richie trouva ça drôle. Du coup, il ouvrit la bouteille d' « Appât sexuel de biche des Montagnes » et lui jeta de la pisse de cerf dessus, l'arrosa généreusement, et ça empestait à tel point qu'il l'emmena dans la salle de bains au bout du couloir en lui disant d'enlever ces fringues et de se laver. Il ferma la porte et ils attendirent dans l'entrée. La porte se rouvrit. Elle sortit vêtue d'un slip et d'une camisole. Bon dieu, Richie dit : « Hé, je voulais vous voir topless. » Mais il l'examina de nouveau et déclara que l'ensemble était plutôt mignon, ça lui plaisait comme ça. Armand ne dit rien, mais il était d'accord, la femme du charpentier était vraiment bien fichue. Debout, les bras le long du corps, sans essayer de se cacher, elle les regardait droit dans les yeux. On ne pouvait quand même pas dire qu'elle avait l'air ravie.

Ils se trouvaient maintenant dans la salle à manger, assis à la table en chêne que Wayne et Carmen avaient achetée à une vente aux enchères.

Richie était au bout, près de la porte de la cuisine. Le blouson de Wayne était suspendu au dossier de sa chaise. Le revolver nickelé dont elle se souvenait était posé sur la table, à côté de son assiette de poulet basses calories.

Carmen se trouvait dos aux fenêtres, les mains croisées sur le rebord de la table : elle se sentait moins nue, comme ça. Sa camisole empestait, et elle respirait par la bouche chaque fois qu'il lui parvenait un effluve de pisse de cerf, en se rappelant le soir où Wayne avait apporté ça à la maison. Elle tremblait moins que tout à l'heure, où elle était parcourue de frissons. Elle pouvait maintenant rester assise sans être figée, pas exactement détendue, mais au moins en possession de tous ses moyens. Le plus dur, c'était de s'empêcher de penser à Wayne rentrant à la maison, à Wayne dans les moments tendres, ou encore à Matthew; elle n'osait pas penser à Matthew, surtout quand il était petit garçon. Sinon, elle allait éclater en sanglots, et si ça commençait, elle avait peur de ne plus pouvoir s'arrêter.

Alors, pour tenir le coup, résister à la panique ou à l'envie de s'effondrer, elle se mit à penser à Wayne autrement. A Wayne ici, avec elle, qui ne la laissait pas seule. Elle se contenta de l'imaginer, mais il semblait réel, parce qu'elle le connaissait tellement bien. Elle lui demanda s'il avait peur, et il répondit : « Cette blague, bien sûr que j'ai peur, il faudrait être cinglé pour ne pas avoir peur de ces deux connards! Ne te laisse pas embobiner par leur bavardage, leurs conneries soi-disant innocentes, ces deux types sont des fous furieux. Garde un profil bas, fais le moins de bruit possible, ne les énerve pas, et s'ils tournent la tête ne serait-ce que trente secondes, profites-en, cours! N'essaie pas la fenêtre, tu ne pourras jamais ouvrir ces fichus volets ».

Merci du conseil. Wayne haussa les épaules. « Qu'est-ce que tu veux que je te dise de plus? Prends tes jambes à ton cou, si l'occasion se présente. Et si tu mets la main sur une arme, utilise-la. Pas de conneries du genre : « Les-mains-en-l'air-pendant-que-j'appelle-les-flics », tu tires, compris? » Elle lui demanda où il avait mis le Remington. Mais il ne répondit pas. Elle serra les dents. Wayne, bon sang de bonsoir... Mais il ne lui répondit pas davantage.

Armand, vêtu de son costume et de sa cravate avec des petits poissons, était assis en face d'elle et mangeait des boulettes de viande avec des nouilles. La porte menant à l'entrée et à l'escalier se trouvait juste derrière lui. Richie, à la gauche d'Armand, fixait sa camisole en mâchant la bouche ouverte et en se curant les dents. Il la regardait du même air que Ferris; mais Ferris était un clown, pas Richie. Ferris, c'était du vent. Armand lui jetait parfois un coup d'œil par-dessus son déjeuner, pour regarder la rangée de fenêtres derrière elle, secouées par le vent. Elle ne s'était pas trompée quand elle avait dit à Wayne, il y avait longtemps, si longtemps, que Richie était plus effrayant qu'Armand.

Ils avaient bu quelques verres, Richie un Southern Comfort avec du Seven Up, et Armand quatre whiskies avec un soupçon d'eau plate. Ça les rendait plus bavards.

Carmen les écoutait, attendant la sonnerie du téléphone. Sa mère, qui lui dirait : « Mais où tu es? Il est presque une heure! » Ils se mirent à parler du Remington de Wayne comme si elle n'avait pas été là. Elle éprouva une drôle d'impression, et se concentra sur ce fusil qui se trouvait quelque part dans la maison.

– Il l'a peut-être, dit Richie. Mais il ne va pas rentrer dans la maison en le tenant sous le bras.

– Et comment tu le sais?

– Pourquoi il ferait ça? Il pense que sa petite femme est là en train de lui préparer un bon petit dîner. Il va rentrer en courant : « Salut, chérie. C'est moi. »

– Comment tu peux être sûr qu'il ne l'aura pas, ce fusil?

Parce qu'il ne l'a pas, pensa Carmen. Parce qu'il est ici.

– T'as vu ce qu'elle lui a dit au téléphone? reprit Armand. Qu'il se passait un truc bizarre ici, et il lui a dit d'appeler les flics.

– Ouais, mais pour leur dire qu'elle était rentrée, c'est tout. (Il se tourna vers elle.) C'est pas vrai? (Carmen hocha la tête et il dit :) Vous aviez déjà dû piger qu'on écoutait au premier.

« Il doit être là-haut, se dit Carmen. Mais s'il y est, pourquoi est-ce qu'ils ne l'ont pas vu? » Si Wayne l'avait monté au premier, ce n'était pas pour le cacher.

Elle regarda les verres, les assiettes et les cartons de nourriture sur la table – avec du supplément au milieu dans lequel piochait Armand, des macaronis au fromage, des lasagnes, des patates douces avec des tranches de pommes et du sucre. Elle regarda les taches sur la nappe de plastique, ce qui la ramena à la veille, quand elle avait contemplé le réfrigérateur du 950, Hillglade Drive, en s'inquiétant pour la nourriture qui allait pourrir, alors qu'elle n'avait qu'une hâte, sortir de là. La bonne petite ménagère qui reprenait le dessus, d'instinct. Et maintenant, elle était assise en sous-vêtements avec ces deux types qui allaient tuer son mari quand il passerait la porte et la tuer, elle, ensuite, à moins qu'ils ne fassent ça en même temps... Elle n'avait jamais pensé à la mort, ni à la vieillesse, ni même à cette chose terrifiante qu'on appelait à la télé la crise de la quarantaine... Ils se serviraient des fusils posés contre la table à côté d'eux. Ils les feraient descendre à la cave. Elle se dit, « Bon, si au moins on meurt ensemble... » Et puis, « Mon cul, oui! »

Furieuse. Comme elle l'avait été le jour où Armand était venu et où elle avait tiré deux fois. Furieuse parce qu'il avait l'air tellement sûr de lui. Elle lui avait tiré dessus de tout près, et après, quand il était contre le mur du poulailler. Et puis, elle était rentrée dans la maison.

Réfléchis, maintenant.

Elle avait posé le fusil sur le comptoir.

Wayne était revenu du supermarché où la fille avait été tuée. Sans doute par le revolver nickelé posé sur la table à côté de l'assiette de Richie, le canon pointé vers Armand. Les flics étaient arrivés. Non, ils étaient arrivés avant Wayne, parce qu'ils l'avaient interrogé là-bas pendant au moins une heure, qu'il était revenu, que d'autres flics l'avaient à nouveau interrogé ici, et qu'ils n'avaient pas aimé le ton qu'il prenait. Ils ne l'avaient jamais apprécié, d'ailleurs. Wayne avait dit que s'ils n'étaient pas fichus de s'occuper de cette affaire, c'était lui qui allait le faire. Wayne furieux, mais à sa manière, méprisant, plein d'une rage froide, *Wayne en train de recharger le fusil devant eux*. Carmen s'en souvenait, maintenant, la police n'avait pas aimé ça du tout, ce geste à la Charles Bronson. Et le lendemain – ou le surlendemain? – on avait tiré sur les fenêtres pendant qu'ils étaient assis dans le salon, ils s'étaient jetés à terre et les reproductions de canards avaient sauté du mur. Et cette nuit-là, ça y était, Wayne avait monté le fusil au premier. Il avait dit : « Ils peuvent entrer dans cette maison comme dans un moulin. » Puis : « On nettoiera tout ça demain matin. » Et il avait embarqué l'arme là-haut en disant : « On entendra cette marche-là craquer si jamais ils essaient de monter. » Elle n'avait rien répondu. Il avait posé le fusil contre sa table de nuit, mais ça ne lui plaisait pas comme ça. Il avait dit : « Si je me lève pour aller pisser... Alors, il s'était agenouillé – elle le revoyait – *il avait glissé le fusil sous le lit*.

C'était là qu'il était.

Ces deux-là avaient dû rester debout près du lit, ou s'asseoir dessus pendant qu'elle parlait à Wayne, puis à sa mère, à 7 heures ce matin. Ils n'avaient pas remarqué le fusil parce que le téléphone était posé sur sa table de nuit à elle, et que le fusil était du côté de Wayne. Elle se demanda s'il avait pu le redescendre plus tard. Mais elle ne se rappelait pas l'avoir vu en bas avant qu'ils partent, et s'il y avait été, ils l'auraient trouvé.

Non, le fusil était toujours sous le lit, et chargé.

– Qu'est-ce qu'elle a qui ne va pas, notre petite bunnie? dit Richie.

Armand demeura silencieux.

– Hé, qu'est-ce qui va pas? Vous avez peur?

Carmen leva les yeux.

– Bien sûr, que j'ai peur.

Richie prit un air surpris :

– Mais il n'y a aucune raison. Ce vieux Wayne va rentrer, et tout ce qu'on va faire, c'est bavarder un peu avec lui. Pas vrai, Bird?

Armand, penché sur son assiette, lança à Carmen un coup d'œil morne, indifférent.

– C'est ça, dit-il.

Carment se tut. Il n'y avait rien à répondre. Richie avait l'air assez stupide pour croire qu'elle le croyait, et Armand lui faisait savoir qu'il se moquait éperdument de ce qu'elle croyait. Richie pouvait faire tout ce qu'il voulait. Armand se bornerait à le regarder. Elle devait trouver rapidement un moyen de les contourner pour se ruer dans la chambre, fermer en priant le ciel que le fusil soit sous le lit, et avoir le temps de mettre la main dessus avant qu'ils n'enfoncent la porte.

Quand le téléphone sonna, Richie dit :

– Ça doit être votre vieille Môman, hein? On va lui dire que vous ne pouvez pas passer aujourd'hui, que vous êtes malade.

Il la prit par le bras et lui donna ses instructions. Si c'était Wayne, qu'elle lui dise de se grouiller. Si c'était quelqu'un d'autre, elle n'avait pas le temps, elle devait courir chez sa mère. Elle atteignit l'appareil et il lui dit : « Une seconde. » Il la sentit sursauter lorsqu'il glissa le métal froid du canon sur ses reins.

– Pas de conneries, hein, si vous voulez pas que je vous fasse sauter le cul. Et je le veux entier, pour après. Allons-y, et vite.

Il se rapprocha pour écouter et sentir ses cheveux. Il entendit la mère dire : « Mais enfin, où es-tu? » Sacrée vieille carne. Carmen lui dit qu'elle était désolée mais qu'elle ne pouvait pas venir. Richie lui enfonça un peu plus le canon dans les reins, et elle ajouta : « Je suis malade ». Sa mère lui demanda ce qui n'allait pas. Carmen dit qu'elle n'en savait rien, mais elle ne se sentait pas bien. Ça devait être quelque chose qu'elle avait mangé en route, remarqua sa mère, c'est pour ça qu'elle-même ne partait jamais en voyage, parce que la nourriture était toujours horrible.

– Enfin, tu n'as pas l'air si malade que ça, ajouta-t-elle.

Elle voulait que Carmen vienne quand même, parce que son dos la tuait littéralement et qu'elle avait appelé le docteur trois fois, et qu'il ne l'avait toujours pas rappelée, il la faisait poireauter des heures, parce qu'il avait d'autres visites plus rentables ailleurs, évidemment, tous les mêmes. Richie était bien d'accord là-dessus. Les médecins qu'il avait connus en taule avaient tous une façon de le prendre de haut... Il fut surpris quand Carmen dit tout à trac :

– Tu ne peux pas arrêter de penser à toi une minute et m'écouter un peu? (Tiens, tiens.) Je suis malade, tu comprends ça? C'est toujours à toi que ça arrive, aujourd'hui c'est mon tour.

La vieille n'apprécia pas du tout :

– Eh bien, je te remercie, dit-elle, après tout ce que j'ai fait pour toi!

Et elle raccrocha.

– Vous devriez avoir honte, de parler à votre Môman comme ça, dit Richie en ramenant Carmen vers la table.

Armand mangeait directement dans le plat de lasagnes, sans se presser. C'était bon, et encore chaud. Richie était allé aux toilettes, et Carmen dans ses sous-vêtements regardait son Smith & Wesson 27 posé sur la table.

– Vous avez jamais tiré avec un truc comme ça? lui demanda Armand.

Elle ne s'attendait pas à ça. Elle le regarda un moment avant de secouer la tête.

– C'est bien, dit-il.

Ils se fixèrent un moment, et il regretta de lui avoir parlé.

Richie revint en remontant sa braguette, un magazine sous le bras.

– Bon dieu, Bird, t'es encore en train de bouffer? dit-il en mâchant son chewing-gum. Mon pote, je t'ai déjà montré à quoi tu vas finir par ressembler.

Armand cessa de manger, repoussa les lasagnes et s'appuya sur la table, sentant son ventre sous sa cravate. Il regarda Richie, son magazine ouvert sur la table, qui montrait à Carmen la photo de l'homme de six cents kilos allongé sur son lit, avec une toute petite tête émergeant de cet énorme tas de graisse.

– Bird, dit Richie, qui ne la bouclerait donc jamais, écoute un peu ce que bouffe ce type. Au petit-déjeuner, deux livres de bacon, une douzaine d'œufs et des petits pains. Pour déjeuner, quatre Big Mac, quatre cheese-burgers, des doubles, huit parts de frites, six tartes et six sodas. Ça te donne pas faim?

« Cause toujours », pensa Armand en regardant Richie faire éclater une grosse bulle de chewing-gum.

– Et pour dîner, trois steaks, six patates douces, six ou sept patates normales, et de la farce. T'imagines ce mec quand y chie un coup? Putain! (Il secouait la tête, le nez sur la photo. Quand il releva les yeux, il souriait.) Tu sais qui pourrait faire la cuisine pour ce mec? La vieille Donna. Ça serait comme cuisiner pour tout un bloc de taulards.

Richie se tourna vers Carmen :

– Donna Mulry, c'est la chérie de Bird.

Armand fut surpris quand Carmen le regarda et dit :

– Pourquoi est-ce qu'il vous appelle Bird?

Ça lui plut, qu'elle lui demande ça. Du coup, il se rappela qui il était. Ou qui il avait été. Il ébaucha un sourire :

– On m'appelle Blackbird.

– Lui et Donna vont aller à Memphis, déclara Richie en faisant claquer son chewing-gum, visiter Graceland et se tenir la main en regardant toute cette merde sur Elvis Presley. Pas vrai, Bird?

Regardez-moi ce voyou mâchonner son chewing-gum.

– Oui, je crois, dit-il.

– Donna, c'est cette vieille pute desséchée qui faisait la bouffe, en taule, expliqua Richie à Carmen. Punaise, ce que ça lui plaisait, les pénitenciers. Et je peux même vous dire pourquoi, si vous voulez.

Il fit une pause : il avait tout son temps. Il fit gonfler une bulle. Une énorme.

La main droite d'Armand sortit de son veston armée de son Browning. Richie ne regardait pas. Armand manœuvra la culasse. Richie le regardait, maintenant, les yeux écarquillés au-dessus de sa bulle.

– D'un coup, d'un seul, Richie, comme pour tous les autres, dit Armand-Blackbird, qui tendit le Browning et tira au milieu de la grosse bulle rose. Le bruit résonna tellement fort – tandis que la tête de Richie partait en arrière, puis retombait sur le magazine posé sur la table –, toujours beaucoup plus fort que ne s'y attendait Armand.

Carmen l'entendit dire : « Voilà », puis soupirer, tandis que sa tête résonnait encore du coup de feu. Pétrifiée, elle ne réalisa ce qui s'était passé que lorsque l'écho s'évanouit enfin, et qu'elle vit Armand se lever, se diriger vers le bout de la table, poser son arme à côté de celle de Richie, retirer le blouson de Wayne du dossier de la chaise et en recouvrir la tête et les épaules de Richie. Carmen faillit l'arrêter. Non, c'est à mon mari. Mais elle ne dit rien, s'efforçant d'imaginer Wayne tout près, comme elle l'avait fait avant, pour pouvoir sentir sa propre colère et tenir le coup. S'il était près d'elle à cet instant, il ne disait pas un mot. Elle fixa son blouson, LES CHARPENTIERS, LA FORCE DE L'AMÉRIQUE en lettres bleues sur fond argenté, et au-delà, une éclaboussure de couleur sur le mur, rouge foncé.

– Vous savez quoi? dit Armand.

Carmen leva les yeux. Il se dirigeait vers la cuisine.

– C'était la dernière fois qu'il m'appelait Bird.

Il disparut dans la cuisine, et Carmen attendit. Elle contempla le métal terne de l'automatique et le revolver nickelé, sur la table, à côté de la forme recouverte. Armand revint avec sa bouteille de whisky en déclarant :

– Je suis pas un oiseau. Tout ce que je sais de ces trucs-là, ça me vient de ma grand-mère. Et ça fait tellement de temps, maintenant, que je me souviens à peine du quart.

Elle le regarda se rasseoir et se verser un verre, qu'il leva à sa santé avant d'en avaler une gorgée.

– Et je vais vous dire autre chose, encore. Je l'ai jamais vue faire chier des mouettes sur une voiture. Oh, on racontait qu'elle pouvait le faire, mais je ne l'ai jamais vu. Elle a voulu me changer en hibou, une fois. Je lui ai dit : « J' veux pas être un hibou, j' veux être un corbeau. » « D'accord », elle m'a fait. Alors je suis entré dans le bain de vapeur, j'y suis resté des heures. J'en suis sorti tout nu, enveloppé dans une couverture. Elle a tapé sur son petit tambour et elle s'est mise à chanter en Ojibwa. Quand elle s'est arrêtée, elle m'a dit de jeter la couverture et de prendre mon vol. Je jette la couverture, et je lève les bras. Il ne se passe rien. Je me touche partout, et je lui fais : « Hé, je suis pas un corbeau, je suis toujours moi. » Elle demande : « Quand est-ce que tu as pris ton dernier bain? » Je lui fais : « Que je me suis lavé, tu veux dire? Eh ben, hier. » Elle dit : « Oh, t'aurais pas dû te laver pendant un mois. » C'est comme ça que je me suis pas transformé en corbeau. (Il leva son verre à sa santé :) Que vous compreniez ou pas, voilà l'histoire de ma vie.

– Qui diable a envie de se transformer en corbeau, de toute façon? dit Carmen.

Ça eut l'air de lui plaire, et il faillit sourire.

– Si vous pouviez être un oiseau, n'importe lequel, qu'est-ce que vous choisiriez?

Elle pensa à des oiseaux et revit les reproductions qui couvraient les murs chez sa mère.

– J'aimerais mieux être autre chose qu'un oiseau, dit-elle.

Ça eut l'air de lui plaire, ça aussi.

– D'accord, quoi, alors?

Elle réfléchit un moment, retint sa respiration, hésita, puis souffla. Elle dit :

– Peut-être un cerf. (Elle le vit hocher la tête.) Quoique... (Elle tira sur le col de sa camisole, baissa la tête et renifla :) Ils puent.

– On sent tous mauvais, par moments.

Elle s'éventa de sa main :

– Pas à ce point. Cet appât de biche est une véritable infection. Est-ce que je pourrais aller m'habiller? ajouta-t-elle.

– Bien sûr, si vous voulez. Je ne suis pas Richie. Je ne suis pas comme lui, moi.

Carmen le regarda lever son verre à l'adresse de la forme au bout de la table et le lamper.

– Il faut que je monte à l'étage.

Il y eut un silence.

– Eh bien...

Elle s'attendit à ce qu'il dise : « Vous n'avez pas rapporté de vêtements? » ou : « Je monte avec vous. » Il se versa un autre verre.

– D'accord. Je vous donne une minute.

Elle demeura immobile.

– Allez-y.

Cette fois-ci elle se leva, et contourna la table. Dans l'entrée, elle l'entendit :

– Si vous voulez pas être un oiseau, réfléchissez à ce qui vous plairait.

Carmen referma la porte de la chambre et tourna la clé. Le long du lit de Wayne, elle se mit à quatre pattes et vit le Remington, juste là. Elle le sortit, le soupesa. Il sentait la graisse. Elle se rendit dans la salle de bains, ferma la porte et arma le fusil. S'il était chargé, il y avait maintenant une cartouche dans la chambre. Elle réarma, et une cartouche magnum s'éjecta. Le fusil était chargé. Elle ramassa la cartouche et l'introduisit dans le magasin. Et maintenant, vas-y. « Je ne peux pas », se dit-elle. Ne pense pas, ne pense à rien. Mais à la porte de la chambre, la main sur la vieille clé glissée dans la serrure, elle se remit à penser. Impossible de s'en empêcher.

Il y avait une chanson de Georges Jones qui s'appelait « La dernière chose que je lui ai donnée, c'était un oiseau ». Armand l'aimait bien, jusqu'à ce qu'il en ait sa claque de Richie et que ça le dégoûte complètement de la chanson. Ce connard de Richie, c'était comme un truc collé sous la semelle, dont on n'arrivait pas à se débarrasser, comme son chewing-gum. Mais c'était pas une mauvaise idée d'emmener Donna à Graceland. Pourquoi pas? Elle était idiote, mais c'était pas grave, et il était fatigué d'être seul dans des chambres d'hôtel, des bars, des motels... Il pourrait l'emmener en voyage, jouer au Yahtzee avec elle... L'espace d'un instant, il éprouva un soulagement, un poids de moins sur la poitrine, en regardant le blouson qui recouvrait le petit voyou. Mais l'instant d'après, il ne se sentit plus aussi bien.

Elle pouvait attendre qu'il monte. Se cacher derrière le lit avec le fusil pointé vers la porte. Il entre et... Mais s'il montait, il serait déjà prêt, il aurait à la main l'arme avec laquelle il venait de tuer un homme, sans aucun problème, ou bien il aurait un fusil. Il pouvait attendre, aussi, ses nerfs à elle finiraient par flancher, à force de se demander où il était. Ou elle pouvait guetter le grincement des marches... Et elle entendit Wayne : « Bon sang, si tu dois le faire, fais-le. » C'était Wayne qui l'avait amenée là, qui lui avait donné le fusil chargé. Il fallait qu'elle s'entende le dire, elle, avec ses propres mots, et qu'ensuite elle cesse enfin de penser.

Tu dois le tuer.

Il n'y avait pas un bruit dans la maison.

Tu dois descendre et le tuer.

Carmen tourna la clé dans la serrure.

Maintenant, il regrettait de lui avoir parlé. C'était pareil avec le vieux dans la chambre d'hôtel, il avait regretté après d'avoir discuté avec lui. La fille qui avait commandé un petit-déjeuner et l'avait à peine touché, gaspillant l'argent du vieux, il s'en fichait. Avant le vieil homme de Detroit, il n'avait jamais parlé à quelqu'un qu'il s'apprêtait à tuer, et maintenant il avait parlé à cette femme, Carmen. Il se dit qu'il ferait mieux de ne plus lui dire un mot... quand il entendit grincer les marches et résonner ses pas dans l'entrée.

– Vous avez dix secondes de retard, remarqua-t-il en consultant sa montre.

Et voilà, il recommençait à lui parler, comme ça, sans y penser, simplement parce qu'elle était d'un abord facile. Il prit une gorgée, s'attendant à la voir entrer, le verre à la main, tendant l'oreille. Lorsqu'aucun bruit ne lui parvint, il se dit : « Mon pote, tu vieillis, tu sais. » Il resta assis à attendre. Elle n'avait aucun moyen de s'échapper, mais était en train d'essayer un truc. Il se remit à réfléchir. Cette femme était courageuse. Il reposa son verre, et les mains à plat sur la table, tourna juste assez la tête pour voir son Browning à côté du 38 de Richie, là où il l'avait mis quand il avait recouvert le corps du voyou. Il pouvait l'atteindre rien qu'en se penchant et en allongeant le bras gauche.

– Alors comme ça, ça ne vous plairait pas d'être un oiseau, dit-il. Et vous voudriez être quoi, alors?

Pas de réponse.

Elle était là, mais elle ne disait rien.

Carmen avait épaulé le Remington et pointé le canon sur son profil, à trois mètres environ, très près, avec pourtant suffisamment de recul pour voir tout ce qui se trouvait sur la table : la forme recouverte, les deux armes – le 38 nickelé de Richie et le Browning d'Armand, sa tête tournée par là – et derrière lui, à sa droite, le fusil posé contre la table. La lumière provenant de la fenêtre brillait sur la couronne de ses cheveux noirs, au-dessus du guidon du canon rayé. Quelque chose en elle disait : « Tu dois le tuer. » Mais elle vit alors Richie tué à bout portant d'une balle dans la tête, et une partie de lui-même aller s'écraser contre le mur. Elle baissa le guidon sur un point situé juste entre les omoplates d'Armand, cette silhouette massive dans son costume sombre. Vas-y... Elle pouvait aussi tirer à travers le dossier canné de sa chaise. Elle éloigna son visage de cette odeur de métal, pour lui lancer un coup d'œil et se décider à tirer en haut ou en bas, mais à tirer, bon sang!...

Au même instant, il dit : « Où êtes-vous, Miss? » et se

tournant à demi, il déplaça sa chaise pour la regarder pardessus son épaule.

Debout, là, dans son mignon petit slip, le fusil dans les mains. Elle avait toujours su qu'il était là, elle l'avait bien eu.

– Vous l'avez trouvé, hein? dit Armand en fixant ce trou noir pointé sur lui. On dirait bien le même que celui que vous aviez l'autre fois. Avec le canon rayé. (Il voulait qu'elle sache qu'il n'en avait vraiment rien à foutre.) Dites voir. Il est chargé?

– Il est chargé.

Sa voix calme ne signifiait pas qu'elle n'avait pas peur.

– Vous êtes sûre. Vous me racontez pas de conneries.

– Il est chargé, répéta-t-elle.

Elle avait peut-être peur d'ajouter autre chose, de montrer combien elle était nerveuse dans ses jolis sous-vêtements. Il se dit qu'il n'avait jamais couché avec une femme aussi mince et aussi bien faite. Il distinguait la pointe de ses seins sous la camisole, mais pas son endroit sombre à travers le slip blanc. C'est alors que la petite femme du charpentier le surprit vraiment. Elle pénétra dans la pièce, marchant en crabe pour garder le calibre 12 braqué sur lui, et se dirigea vers l'extrémité de la table, près des deux armes de poing. Il pensa qu'elle allait les prendre, les mettre hors de sa portée. Mais non, elle coinça son calibre 12 sous un bras pour le tenir d'une main, et de l'autre elle souleva le blouson, découvrant le petit voyou. Cela le stupéfia. Pour regarder Richie? Non, pour plier le blouson d'une main et le poser de l'autre côté de la table. C'était à son mari, elle en prenait soin pour lui. Voilà le genre de femme qu'il aurait dû avoir. Habiter en ville et l'emmener dans plein d'endroits, mais pas au *Silver Dollar*. Il pouvait emmener Donna Mulry au *Silver Dollar*, ou à Memphis, Tennessee. Il se sentit fatigué, aurait bien aimé s'allonger un moment, mais repoussa cette idée : « Mon pote, qu'est-ce que tu fous? Enlève-lui ce putain de fusil des mains et sers-toi de ton arme, d'un coup, d'un seul, qu'on en finisse. »

Il se leva. Il entendit le vent secouer les vitres, jeta un coup d'œil dehors, prit son verre et le reposa, – il était vide –, avançant juste d'un petit pas dans sa direction.

– Regardez-le, miss, dit-il en désignant le petit voyou d'un mouvement de tête.

Il voulait qu'elle voie le merdier qu'avait fait cette balle de la tête de Richie, ses cheveux souillés et noirs, maintenant, et le peu de cervelle qu'il avait jamais eu projeté sur le mur.

Mais elle ne le regarda pas.

– Voyez? Vous ne pouvez pas le faire, parce que vous êtes une femme bien. Vous ne tirez pas sur les gens, vous ne pouvez même pas regarder les morts. Je vais vous dire un truc, ce fusil que vous avez, il ferait un trou encore plus grand que celui-là.

Il avança le pied pour faire encore un pas, le pas décisif.

– Miss, vous ne voulez pas me faire un trou comme ça, dit-il en s'adressant au canon rayé.

Elle avait les deux yeux ouverts, mais il ne lisait rien dedans, et le fusil était braqué sur sa poitrine. Il était certain de ne pas arriver à le lui faire baisser uniquement en lui parlant. S'il n'avait pas tué Richie devant elle, peut-être; mais il ferait la même chose si c'était à refaire, alors, inutile. Il remarqua que le canon oscillait un peu. Le fusil devenait lourd, depuis le temps qu'elle le tenait comme ça. Il n'était pas possible qu'elle n'ait pas peur. Elle pouvait très bien appuyer sur cette détente par nervosité, sans le vouloir. Elle en avait pourtant bien l'air, de le vouloir.

– Vous n'allez pas me tirer dessus, dit-il. Vous savez pourquoi? (Il leva lentement la main gauche et pointa son index :) Vous voyez ce petit bouton, là? Le cran de sûreté est mis.

Là, il l'avait.

Il vit son regard changer. Il la vit retirer son doigt du pontet pour tâter le cran de sûreté. Il agrippa le canon, sans problème, et d'une simple torsion le fusil se retrouva entre ses mains. Il prit une seconde pour vérifier le cran de sûreté : il était ôté. Elle s'était affolée, l'avait oublié. Elle n'avait plus besoin de ce machin. Il jeta à travers la table le calibre 12 qui glissa et atterrit de l'autre côté, puis se retourna et dit : « Oh, merde. »

Elle tenait son Browning à la main.

Bon sang, à quelle vitesse elle l'avait braqué sur lui, à deux mains, les yeux grands ouverts, non pas de terreur, mais ouverts, le regardant fixement.

Il leva les mains pour montrer qu'il n'était pas armé, recula en disant : « D'accord, vous énervez pas, miss », et chercha quelque chose à lui raconter... Et elle tira. Elle lui tira dessus avec son arme, à lui, et ce fut comme si le bruit le touchait au ventre, l'obligeant à se plier en deux avec un grognement... « Attendez », dit-il en posant une main sur la table pour se redresser, et elle tira de nouveau. En pleine poitrine. L'impact fut si fort qu'il recula encore et tomba assis sur sa chaise. Elle braquait toujours sur lui son propre automatique. « Seigneur, vous m'avez descendu », lui dit-il. Elle ne répondit rien. Il se tenait le ventre, et dut écarter une main pour allonger un bras sur la table et s'appuyer sur le rebord pour ne pas tomber. Elle tenait toujours l'automatique à deux mains, le regard toujours aussi impénétrable. Il pensa, « Ne jamais les enfermer dans une salle de bains, comme l'infirmière, et dire qu'elle ne vous a pas bien vu. Ne jamais leur parler avant. Ne jamais les laisser mettre la main sur une arme dont tu ne savais pas qu'elle était là. » Il n'arrivait pas à le croire : une putain de bonne femme en sous-vêtements venait de le descendre, et il allait mourir.

Voilà ce qu'il lui dit : « Vous m'avez descendu. » Sur un ton incrédule, qui signifiait : « Regardez ce que vous avez fait. » Il voulait qu'elle regrette son geste. « Vous ne voyez pas que vous m'avez descendu? » Il la vit baisser son arme, et parler, enfin. Quoi? Elle venait de dire quelque chose à propos de sa maison. Il n'entendait plus très bien, il glissait lentement de sa chaise, et devait se retenir à la table. « Quoi? » Elle répéta assez fort pour qu'il entende :

– Vous êtes rentré chez moi comme dans un moulin!

Furieuse. « Non, vraiment...? »

Elle eut envie de le frapper parce qu'il était mort et ne voulait pas l'écouter. Salopard. Cette impulsion dura quelques minutes. La seule chose qui lui restait à dire, c'était : « Allez vous faire foutre », pour l'avoir obligée à agir. Elle téléphona à l'inspecteur de la police du Michigan et sortit attendre dehors. Ils n'avaient pas intérêt à lui demander si elle avait des problèmes au niveau du comportement.

Quelques heures plus tard, après leur départ, elle nettoya la cuisine, jeta toute la nourriture qui restait, le chocolat, le chewing-gum qu'elle trouva dans un tiroir, la nappe en plastique, et lava le mur de la salle à manger. Elle était incapable de rester dans la maison. Elle mit son manteau bleu marine, alluma la lumière de l'entrée et alla attendre son mari en marchant dans le pré. Le vent était tombé, laissant la place à une brise fraîche. Carmen leva la tête pour la sentir sur son visage, les yeux fermés.

– Nom de dieu, dit Wayne, je me suis fait arrêter par les flics. Je me suis dit que le plus court, c'était de prendre la 57 jusqu'à la 70, de couper par Indianapolis, d'attraper la 69 qui t'emmène jusqu'à la 94 et de la suivre jusqu'à la maison. C'est le chemin que tu as pris?

Carmen fit non de la tête, debout près de lui sous la lumière de l'entrée, au pied des marches.

– Moi, j'ai pris la 57 direct jusqu'à la 94.

– Comment va ta mère?

– Pareil.

– Tu es passée la voir?

– Pas encore. Je l'ai eue au téléphone...

– C'est ce que j'aurais dû faire, rester sur la 57, dit-il. J'ai loupé la sortie à Indianapolis, j'ai dû suivre la 70 jusqu'à l'Ohio et attraper la section nord de la 75. Et là, eh bien, tu sais ce qui est arrivé. J'étais presque à Findlay, et merde, j'entends une sirène derrière moi... A propos, tu as appelé ce flic?

– Je l'ai appelé, dit Carmen, qui avait maintenant la parole, mais préféra faire une pause.

– Alors, le motard s'approche, son casque sur la tête : « Monsieur, vous savez que vous alliez à 120 dans une zone limitée à 90. » Je lui dis que si j'allais si vite, c'est qu'il y avait une urgence à la maison.

Carmen écoutait.

– Le type n'a même pas sourcillé. « Monsieur, si vous voulez me suivre? » Qu'est-ce que tu veux dire, « pas question »? Ils te prennent ton immatriculation et ton permis de conduire. Alors j'ai eu l'occasion de visiter Findlay, Ohio, et je m'en suis tiré avec cinquante sacs d'amende.

Carmen regarda son mari, qui contemplait la masse sombre des bois, ses bois, lui laissant le temps... S'en laissant à elle-même, peut-être. Pourquoi se presser? Ils étaient de retour chez eux.

– Plus que deux semaines avant l'ouverture de la chasse, dit Wayne. Je meurs d'impatience.

Il passa un bras autour de ses épaules, tandis qu'ils regardaient ensemble le bois.

– Tu ne veux pas essayer, cette année?

Il la pressa contre lui.

– Hé, voilà quelque chose qu'on pourrait faire ensemble.

Dans Le Livre de Poche

Elmore Leonard

L'un des maîtres
du roman noir américain

Gold Coast

6475

Le mari de Karen est membre de la Mafia. Lorsqu'il passe de vie à trépas, il lègue à sa fidèle épouse quelques millions de dollars, et à ses partenaires des instructions strictes : aucun homme n'aura le droit de toucher la douce Karen...

Bien décidés à respecter les ultimes volontés du défunt, ses anciens associés engagent en guise de chaperon une brute sans scrupule. Mais voilà l'affreux qui se met en tête de porter la main, soit sur une part du magot, soit sur Karen, soit, encore mieux, sur les deux !

La Loi de la cité

6336

Parce qu'il se fait une règle de sortir vainqueur de tout défi, Clément tue sauvagement les deux occupants d'une voiture qui a entravé sa circulation sur l'une des nombreuses autoroutes de Detroit. Le sergent Raymond Cruz de la police judiciaire se lance à la poursuite du meurtrier. Lorsque l'enquête s'achève dans un duel à mort, le châtiment a tout d'un règlement de comptes...

Un drôle de pèlerin

6366

Dans son motel des Coconut Palms, George Moran, ancien marine à la retraite, mène une existence paisible. Trop ? Alors qu'il pourrait se la couler douce au chaud soleil de Floride, un bon pack de bières à portée de main, au bord d'une piscine de rêve, quel démon le pousse à entreprendre un pèlerinage sentimental à Saint-Domingue, où il a combattu l'insurrection dans les années 60 ? L'envie de retrouver la jeune tireuse d'élite qui lui a sauvé la vie à l'époque... ou tout simplement le désir de pimenter quelque peu son existence ? Du piment, il va en trouver. Et de l'explosif, comme on ne peut en produire que sous les Tropiques...

La Brava

6574

Il y a tout dans les hôtels « art déco » de South Miami Beach désertés par les millionnaires : un vieux book excentrique reconverti dans l'hôtellerie ; un vigile abruti qui veut se lancer dans le racket à la protection ; un Cubain qui fauche des voitures dans le noir et fait le gogo-boy dans la lumière, en slip léopard ; une vedette de ciné sur le retour qui rejoue dans la vie ses anciens rôles... Et La Brava, ex-agent des services secrets américains, qui n'a pas totalement perdu la main...

Bandits

6673

Quand on a été rat d'hôtel et qu'on a passé trois ans en prison, le métier de croque-mort, ça fait un sacré changement.

Mais Jack Delaney travaillait avec son beau-frère, et le boulot était tranquille : jamais de réclamations de la part du client, jamais d'ennuis... Sauf lorsque le cadavre est en fait une jeune Nicaraguayenne bien vivante qu'il faut tirer des pattes d'un affreux trio de *contras* venus à La Nouvelle-Orléans collecter des fonds pour faire la guerre aux sandinistes. Du coup, Delaney se retrouve pour une fois dans le camp des bons, avec une ancienne religieuse belle comme le péché, un ancien flic devenu barman et resté râleur, un ancien braqueur de banques mûr pour les joies du troisième âge. Heureusement, servir une bonne cause présente aussi des compensations benoîtes — deux millions de dollars d'à-côtés...

Le Livre de Poche / Thrillers

Extrait du catalogue général

Adler *Warren*
La Guerre des Rose

Attinelli *Lucio*
Ouverture sicilienne

Bar-Zohar *Michel*
Enigma

Benchley *Peter*
Les Dents de la mer

Breton *Thierry*
Vatican III

Breton *Thierry* et **Beneich** *Denis*
Softwar " La Guerre douce "

Browne *Gerald A.*
19 Purchase Street

Clancy *Tom*
Octobre rouge
Tempête rouge

Coatmeur *Jean-François*
La Nuit rouge
Yesterday
Narcose

Cook *Robin*
Vertiges
Fièvre
Manipulations
Virus
Danger mortel
Syncopes

Cooney *Caroline B.*
Une femme traquée

Coonts *Stephen*
Le Vol de l'Intruder

Crumley *James*
La Danse de l'ours

Cruz Smith *Martin*
Gorky Park

Cussler *Clive*
L'Incroyable Secret
Panique à la Maison Blanche
Cyclope
Trésor

Daley *Robert*
L'Année du dragon
La Nuit tombe sur Manhattan

Dickinson *William*
Des diamants pour Mrs. Clark
Mrs. Clark et les enfants du diable
De l'autre côté de la nuit
(Mrs. Clark à Las Vegas)

Erdmann *Paul*
La Panique de 89

Follett *Ken*
L'Arme à l'œil
Triangle
Le Code Rebecca
Les Lions du Panshir

Forbes *Colin*
Le Léopard

Forsyth *Frederick*
Le Quatrième Protocole

Giovanni *José* et **Schmitt** *Jean*
Les Loups entre eux

Goldman *William*
Marathon Man

Granger *Bill*
Un nommé Novembre

Hayes *Joseph*
La Nuit de la vengeance

Heywood *Joseph*
L'Aigle de Sibérie

Higgins *Jack*
L'Aigle s'est envolé
Solo
Exocet
Confessionnal
L'Irlandais
La Nuit des loups

Higgins Clark *Mary*
La Nuit du renard
La Clinique du docteur H
Un cri dans la nuit
La Maison du guet
Le Démon du passé
Ne pleure pas ma belle

Highsmith *Patricia*
L'Homme qui racontait des histoires
L'Inconnu du Nord-Express
Ce Mal étrange
Plein Soleil (M. Ripley)
Ripley et les ombres
Ripley s'amuse
Ceux qui prennent le large
Le Rat de Venise
L'Empreinte du faux
Eaux profondes
Le Meurtrier
Le Jardin des disparus
Sur les pas de Ripley
La Rançon du chien
Carol, les eaux dérobées
L'Amateur d'escargots
Le Cri du hibou
L'Épouvantail
Jeu pour les vivants
Une créature de rêve
Ces gens qui frappent à la porte
La Proie du chat

Hunter *Stephen*
Target

Irish *William*
Du crépuscule à l'aube
La Toile de l'araignée

Katz *William*
Fête fatale

Kerlan *Richard*
Sukhoï

King *Stephen*
Dead Zone

Kœnig *Laird*
La Petite Fille au bout du chemin

Koontz *Dean R.*
La Nuit des cafards

Le Carré *John*
Comme un collégien
La Petite Fille au tambour

Lenteric *Bernard*
La Gagne
La Guerre des cerveaux
Substance B
Voyante

Le Roux *Gérard* - **Buchard** *Robert*
Fumée verte
Fumée rouge

Ludlum *Robert*
La Mémoire dans la peau
Le Cercle bleu des Matarèse, *t. 1 et 2*
Osterman week-end
L'Héritage Scarlatti
Le Pacte Holcroft
La Mosaïque Parsifal, *t. 1 et 2*
La Progression Aquitaine
La Mort dans la peau
Une invitation pour Matlock
Sur la route de Gandolfo

MacDonald *Patricia J.*
Un étranger dans la maison

Morrell *David*
La Fraternité de la Rose
Le Jeu des ombres
Les Conjurés de la pierre

Nathan *Robert Stuart*
Le Tigre blanc

Pronzini *Bill*
Tout ça n'est qu'un jeu

Randall *Bob*
Le Fan

Ryck *Francis*
Le Piège
Le Nuage et la Foudre
Autobiographie d'un tueur professionnel

Salinger *Pierre* et **Gross** *Leonard*
Le Scoop

Sanders *Lawrence*
Péchés mortels

Simmel *Johannès Mario*
Le Protocole de l'ombre
On n'a pas toujours du caviar

Topol *Edward*
La Substitution

Topol *Edward* et **Neznansky** *Fridrich*
Une place vraiment rouge

Vachss *Andrew*
La Sorcière de Brooklyn

Wallace *Irving*
Une femme de trop

Wiltse *David*
Le Baiser du serpent

IMPRIMÉ EN FRANCE PAR BRODARD ET TAUPIN
Usine de La Flèche (Sarthe).
LIBRAIRIE GÉNÉRALE FRANÇAISE - 6, rue Pierre-Sarrazin - 75006 Paris.

ISBN : 2 - 253 - 05932 - 3

30/4298/3